世界侦探推理名著文库

［美］厄尔·德尔·比格斯 著
鲁玉荣 孙小芬 车宁国 译

陈查理探案

群众出版社
·北京·

图书在版编目（CIP）数据

陈查理探案／（美）比格斯著；鲁玉荣，孙小芬，车宁国译．—北京：群众出版社，2012．6
（世界侦探推理名著文库）
ISBN 978－7－5014－4951－4

Ⅰ．①陈…　Ⅱ．①比…　②鲁…　③孙…　④车…　Ⅲ．①侦探小说—美国—现代　Ⅳ．①I712.45

中国版本图书馆 CIP 数据核字（2011）第 257512 号

世界侦探推理名著文库
陈查理探案
［美］厄尔·德尔·比格斯　著
鲁玉荣　孙小芬　车宁国　译

出版发行：	群众出版社
地　　址：	北京市西城区木樨地南里
邮政编码：	100038
经　　销：	新华书店
印　　刷：	北京泰锐印刷有限责任公司
版　　次：	2012 年 8 月第 1 版
印　　次：	2012 年 8 月第 1 次
印　　张：	12.5
开　　本：	787 毫米×1092 毫米　1/16
字　　数：	240 千字
书　　号：	ISBN 978－7－5014－4951－4
定　　价：	30.00 元
网　　址：	www.qzcbs.com
电子邮箱：	qzcbs@163.com

营销中心电话：010－83903254
读者服务部电话（门市）：010－83903257
警官读者俱乐部电话（网购、邮购）：010－83903253
文艺分社电话：010－83903973

本社图书出现印装质量问题，由本社负责退换
版权所有　　侵权必究

总序

阅读经典　收获智慧

于洪笙

在色彩缤纷的世界文学园林里，侦探推理小说是一株盛开着奇异的花朵、分外引人入胜的巨大乔木。《中国大百科全书》"外国文学卷"对"侦探推理小说"这个词条是这样定义的：它是西方通俗文学的一种体裁，与哥特式小说、犯罪小说以及由它们衍生出来的间谍小说、警察小说、悬疑小说同属惊险神秘小说的范畴。侦探推理小说主要描写具有惊人推理、判断能力的人物根据一系列的线索，破解犯罪（多是凶杀）的疑案。它的结构、情节、人物，甚至环境都有一定的格局和程式，因此它也是一种程式文学。

但就是这种文学样式，在自己并不太长的发展历史中，创造出两个奇迹：其一，产生了一个读者不准其死去的文学形象"福尔摩斯"。英国作家柯南·道尔一八八七年在《血字的研究》中创造了他，从此福尔摩斯成为人类智慧的符号并承担起人类"保护神"的重任。这不仅标志着福尔摩斯这个人物形象在文学意义上的不朽，更重要的是在现实生活中世界读者对它的需求，这是从人类文学产生之日起任何文学形象所不能比拟的。其二，它产生了一位被称作"侦探小说女王"的作家——阿加莎·克里斯蒂。在她生前，即二十世纪六十年代，她的作品就在一百多个国家发行了四亿多册，仅次于《圣经》。如果考虑到《圣经》的销售主要依赖于悠久的宗教历史和庞大的教会系统作为背景的话,那么克里斯蒂就是世界文学史上最受读者欢迎的作家了。

不朽的人物形象、世界上最高的图书销售量,均是在侦探推理小说领域创造的。如果我们还不能就此下结论说侦探推理小说是最好的文学样式,那么至少可以说它是最受读者欢迎、极具文学魅力的文学样式。

自一八四一年美国作家爱伦·坡创作《莫格街凶杀案》之后,侦探推理小说便以其曲折的情节、强烈的悬念、严谨的逻辑为表现手段,闪耀着理性的光芒,以智慧文学的形式显示出独有的魅力,在世界文坛上脱颖而出。从此,侦探推理小说便在世界各国拥有广大的读者,有关图书始终占据着国际图书市场销售量的四分之一以上,成为其他文学类图书难以企及的畅销、长销的图书类型。究其原因,侦探推理小说强大的生命力无非是由它的内容和形式所决定的。首先,侦探推理小说的巨大魅力,在内容上与它在审美上的主体意识被读者认可有关。一篇(部)优秀的侦探推理小说,不管故事发生在何国何时,不论篇幅长短,它都不能缺少一位正面人物。这个正面人物继承的是世界文学传统,如史诗、悲剧中的英雄原型。在这个带有英雄色彩的正面人物即"侦探"身上,体现着人文精神和对人性的优点的描述,如正义、智慧、维护文明秩序,为纠正法制生活中的失衡、偏颇而奋不顾身等。他的主体人格应该是伸张正义、嫉恶如仇、尽忠职守、视死如归。这样一个在社会生活中具有奉献精神、牺牲精神的文学角色被创造者赋予的理想的色彩,是人类在生存、繁衍、发展、进步、创造文明的过程中所必须发扬光大的。正如比利时著名诗人维尔·哈伦所说:"文学的主旋律是对人的肯定和人性的张扬。"因为信仰、理想犹如阳光对于万物,是被人类自己肯定、歌颂的，所以它便具有了永久的魅力。这种理想色彩的魅力，满足着人类对英雄的崇拜需求，也就是人类对自己理想的肯定。

与此同时，侦探推理小说是用故事的载体，反映着人类同自身存在的毒瘤——犯罪的斗争，是人类对自身文明进化过程的不断反思。文明与犯罪，是人类历史进程中的双生子，而人类是必须要前进的，因此，同形形色色的犯罪作斗争，则集中反映着正义与邪恶、文明与贪欲、"真善美"与"假恶丑"的较量，体现着人类对自身理想的坚定捍卫。在这种较量中，文学的真谛得到了阐述。从这个角度讲，侦探推理小说还应在"智慧文学"前面加上"理想文学"。

同时，关于侦探推理小说在文本形式上的魅力，早在二十世纪三十年代，意大利杰出的马克思主义理论家安东尼·葛兰西就做了研究。他写道："侦探推理小说这类书籍为什么总是令人读得如此入迷？它们能使人们得到什么样的满足？符合怎样的兴致？它们能给予人们什么样的特殊幻美？……阅读时，人们在幻想着'美丽的'、'有趣的'冒险，这种冒险应是个人不受约束的主动的精神表现。"

好奇地逗留在事物面前，屏住呼吸并密切地注视它们的奇异性，这是人的特性。而正是这种好奇心，促使人类产生了区别于动物的伟大的想象功能。想象，这一人类本身所具有的天性，是人类生存、发展和创造文明的需要。正是想象才构成了人类行为中的创造性的基本特征。没有了想象，只知道追求近前的目标，人们就会减弱并失去活力。正是想象，激发着人类走向一个又一个未知的世界。在想象中去探秘，去历险，去体验英雄般的感受，人们这一古老的愿望正是在侦探推理小说中得到了满足。

作为一种智慧文学，侦探推理小说情节的主要框架是解谜，而读者的阅读实质上即是参与分析、判断、推理的解谜过程。对青少年读者来说，这更能激发他们的好奇心及探险、揭秘的心理，进而满足他们想象的乐趣、思索的乐趣、发现的乐趣、参与的乐趣，使他们在阅读的愉悦中不知不觉地进行了思维训练，提高了智能。因此，人们称侦探推理小说是"脑力体操"，这种脑力体操对当今的青少年尤为重要。

日本东京创造力开发研究所所长山上定也先生认为："推理锻炼可以使头脑聪明，而作为一个现代人，应当及时掌握当代独特的成功利器——信息推理术，并把它和演绎法相结合，这能使你由此及彼、由表及里、举一反三、触类旁通，从而以高超的创造力迎接信息社会的挑战。"这番话倒是从另一个角度回答了孩子们为什么爱读侦探惊险作品的问题。一九九八年，由中国出版工作者协会少儿读物工作委员会和中华读书报社联合进行的"中国的孩子爱读什么书"的调查结果显示，侦探惊险作品超过"卡通漫画"及"寓言童话"，独占鳌头。

基于以上原因，由北京侦探推理文艺协会和群众出版社联合策划，决定推出《世界侦探推理名著文库》这套丛书，作为献给全国热爱这一文学样式的广大读者的一份珍贵的礼物。北京侦探推理文艺协会是我国目前在侦探推理文学研究、创作领域唯一的专业协会；群众出版社则是最早翻译出版《福尔摩斯探案全集》和大量世界侦探推理佳作的全国著名的出版机构，在此样式的出版上声誉卓著。协会与出版社强强联合推出这套丛书，意在从权威的角度向读者推荐世界侦探推理文学领域的泱泱名作，其中包括这一文学样式在一百七十多年发展历程中涌现出的众多流派的巅峰之作。与此同时，对收入本套丛书的每部作品，我们均特邀专家撰写导读文章，发挥他们各自独特的审美才华，对文库收纳的众文本进行阅读上的尽情评点，从而使广大读者更加明白什么叫精彩、什么是名著、悬疑之美是如何形成的……从某种角度上看，我们这种阅读加欣赏、点评的做法是希冀读者在读完文库后能有一个宏观上的史线般的阅读收获，即知晓在世界侦探推理文学领域有哪些优秀的代表作家，那些精彩绝伦的作品为什么能够影响至今。如果这些不是我们的奢望的话，那么丰富的知识信息定会使这些图书成为读者朋友阅读、收藏、研究这一文学样式的最佳文本。

爱因斯坦说："我们所能有的最美好的经历是对神秘的感悟。它是坚守在真正艺术和真正科学发源地的基本感情。谁要是体验不到它，谁要是不再有好奇心，也不再有惊讶的感觉，那就形同行尸走肉……"让我们放松心情，敞开胸怀，捧上这些充满神秘、惊险、智慧并能引发我们的好奇心的经典之作！让阅读这些作品成为我们人生最美好的经历吧！

（本文作者为中国人民公安大学教授、北京侦探推理文艺协会常务副会长）

导读

关于陈查理

郝一星

　　像大多数侦探推理小说爱好者一样，我接触到的第一位真正的"侦探"就是福尔摩斯。上初中时，柯南·道尔塑造的这位大师级侦探就让我沉迷、向往。在一个少年的心目中，福尔摩斯就是自信和智慧的化身。我就是通过认识他而进入侦探小说世界的。一九六七年，逍遥于"文革"风暴之外的我到处找书看，也就是在这个时候"遇到"陈查理的。同学家里有四本陈查理探案小说，二十世纪四十年代上海出版，纸已发黄，小三十二开，竖排繁体。

　　我记得读的第一本是《百乐门大血案》。继福尔摩斯之后，我眼前又出现了一个真正的"侦探"。四十多年前读过的四本关于陈查理探案的书，情节早已淡忘，但有两个印象至今依然清晰：第一，火奴鲁鲁警察局的这位探长竟然是一个中国人；第二，陈查理给我的感觉，与福尔摩斯大不相同。美国作家书里的这位主角儿，不像伦敦那位有着睿智目光的大师，一见来人就能道出来意，未卜先知，而是大智若愚，破案中常处于下风。可到了最后，他总能凭着一个个细枝末节的线索解开谜团。故事情节陡然一转，柳暗花明，令人拍案叫绝。败中取胜，乃是陈查理破案的一绝。欲扬先抑，这也是作者的高明之处。

　　作者比格斯没有来过中国，对中国的了解也没有多深，却塑造了一个美国的中国探长形象，这是他的小说得以成功、被广泛传播的一个原因。西方人写中国人，比格斯不是第一人。一九一二年，英国作家萨克斯·罗莫发表了一系列小说，塑造了一位中国犯罪专家傅满洲博士，完全扭曲了中国人的形象。据说，一九一九年，比格斯在夏威夷度假时，读了一篇有关中国侦探的报道，便萌生了写一个中国探长的想法。一九二五年，他推出了第一部陈查理探案小说《没有上锁的房间》。但他不像荷兰汉学家高罗佩创作《狄仁杰探案》那样，出于对中国文化的热爱和对中国历史的熟悉。比格斯笔下的陈查理与其说是反映了上世纪初美国文化人对中国的认知程度，不如说是一种商业技巧，不过是在西式的叙述中加进了中国元素而已，就像现在的美国大片《花木兰》、《功夫熊猫》一样。

　　这一点可以从电影市场上得到证明。比格斯的小说一经问世，就引起了极大的关注，并且被搬上了银幕。从一九二六年到一九四九年，美国有四家电影公司拍摄了四十九部有关陈查理探案的影片。这位华人探长成为银幕上正义的化身，风靡美国。陈查理动不动就"孔子曰"式的英语成了当时美国社会的流行语。陈查理也就因此而成为当时欧美读者心目中的中国人的唯一典范。比格斯笔下的陈查理是一个彬彬有礼、考虑周详、三思而行的典型中国人，他的人品和智慧及他那些脱口而出的成语和警世箴言，使他赢得了美国读者的喜爱。

　　从推理艺术上讲，比格斯的以陈查理为主人公的六部小说均是古典侦探推理小说的精品。从每部作品线索的追踪、逻辑的推演、嫌疑犯的意外性上，均可见作者构建故事框架的高超功力。同时，作者擅长将神秘、意外、诡计熔于一炉。在人物的复杂关系导致线索纠缠不清时，陈查理总能凭借着超人的智慧破解谜团，令人惊叹！

　　（本文作者为中国戏剧出版社编审、北京侦探推理文艺协会研究中心主任）

目录

陈查理探案

雨中的皮卡迪利广场 …………………………………（1）
布鲁姆饭店的迷雾 ……………………………………（7）
心脏病患者 ……………………………………………（13）
达夫忽视了一个线索 …………………………………（22）
莫尼考的午宴 …………………………………………（32）
维多利亚车站，一〇四五次列车 ……………………（40）
苏格兰场的仰慕者 ……………………………………（49）
里维埃拉之雾 …………………………………………（57）
圣雷莫的黄昏 …………………………………………（67）
德雷克先生的耳聋 ……………………………………（75）
热那亚快车 ……………………………………………（83）
乔林吉大道的珠宝商 …………………………………（92）

目 录

敲响查理的门 …………………………………（102）
蓬奇鲍山上的晚餐 ……………………………（105）
从檀香山东行 …………………………………（116）
马六甲手杖 ……………………………………（122）
东方大饭店标签 ………………………………（129）
马克斯·明钦夫妇的宴会 ……………………（139）
结满果实的树 …………………………………（148）
帕梅拉小姐列的名单 …………………………（156）
普罗梅纳德的安格兰斯 ………………………（162）
钓鱼的时刻 ……………………………………（171）
收网的时刻 ……………………………………（180）

第一章
雨中的皮卡迪利广场

苏格兰场首席巡官达夫冒雨走在皮卡迪利广场上。他隐隐约约能听到从远处詹姆斯大街传来议会大厦的大笨钟敲响十点的钟声。此刻是一九三〇年二月六日的夜晚。请记住首席巡官日程表中的这一时刻吧，虽然它在本案中相对来说并不十分重要，并且从未作为证据在法庭上出现过。

尽管巡官达夫本就生性宁静，但此刻他的心情可以说更为平静。这一天的早上，一桩耗费时日而且十分乏味的案子终于结束了，他在法庭上亲眼目睹了那个戴着不祥的黑帽子的法官向一个身份卑微、满脸沮丧的小个子男人宣判了死刑。对，情况就是这样，达夫想着这些情景。不管怎么说，再胆小的杀人犯也是不讲道德和缺少人情味儿的。在最终捕获他的这个猎物之前，他曾带领苏格兰场的同伴们进行了多么激烈的追逐啊！但是，坚韧不拔的努力终于获得了成功。当然，在这当中，或多或少可以说达夫还是靠了点儿运气的。当拿到了凶手写给巴特西公园路那个女人的信时，达夫立刻就从那并无恶意的短句中看出了双重意思。他对此紧抓不放，直到搞清了全部情况，取得圆满成功。现在，此事已成过去了，一切都结束了，下一步该做什么呢？

达夫就这样走着。那有带子的宽大长外套紧裹着他，雨水从他那带檐儿的旧毡帽上流下来。在此前的三个小时里，他一直坐在马布尔·阿奇·帕维林影剧院里，想让自己发泄、放松一下。这部电影是在南部拍摄的，那里有棕榈成行的海岸、炎热的气候和充足的阳光。看着这部影片，达夫想起了他多年前在圣弗朗西斯科遇到的一个侦探伙伴。那是一个谦虚羞怯的小伙子，他一直干着追捕逃亡者的幕后工作。在那信风轻吹、树花盛开、永远是六月气候的地方，他常年研究着各种线索。回忆起这些，巡官不禁露出了温柔的笑容。

达夫漫无目的地在皮卡迪利广场上走着。在他的记忆中，这里曾是一条通衢大道，现在却已拥挤不堪。直到不久前，他一直是文街车站地区的侦探巡官，主管这一上流社会地区的刑事侦查队。伦敦西区一直是他独有的追猎区。那里的俱乐部尊贵而显赫。现在，它那孤傲的身影在雨中若隐若现。就在那个俱乐部里，他曾只消几句话便抓住了一个潜逃的银行家。前方的一个阴暗的店铺把他的思绪带回到某一天的早晨，那时他正在那里俯视一个穿着巴黎睡袍被杀的法国女人的尸体。伯克利那白色建筑的正面使他回忆起的是抓捕一个残酷的勒索者，当时此人刚洗完澡，显得茫然无助。在离地铁站前方几步远的半月街，达夫仅对一个凶恶的男人耳语了一句话，那人的脸色立刻变白。当达夫把手放在其肩膀上时，这个被纽约警察局紧急通缉的杀人犯正在自己奥尔巴尼舒适的住宅里轻松地吃早餐。半月街的对面是帝王饭店，达夫曾连续两星期每晚都到那里就餐，为的是盯住那个认为自己已成功地藏好了晚礼服并将这一秘密永远埋在了心里的男人。现在，在一个难忘的夜晚，达夫又来到了这个他曾战斗过的皮卡迪利广场。在这里，他曾与哈顿花园的钻石大盗进行过殊死决斗。

雨越下越大，雨柱猛烈地抽打在他的身上。他走进一个门洞，目不转睛地盯着前方。伦敦是安全有序的，她是高贵和纯洁的代名词。数不清的电子招牌的黄色灯光在倾盆大雨中变得模糊不清，而街面上的小水坑却在闪着亮光。达夫感到此时需要个伙伴，便绕过这圈形地带消失在黑暗的大街上。在离红绿灯二百码远的地方，他冲着一个阴森可怖的建筑物直接走了过去。这建筑物的一层窗户上装有铁栅栏，窗内闪着微弱的灯光。这就是他十分熟悉的、曾长期在此任职的文街警察局。

达夫在这儿的重要职位的接任者、地区巡官海利正一个人待在屋里。这是一个瘦瘦的、看上去总显得疲倦的男人。他一看到老朋友，脸上顿时生出光彩。

"快请进，达夫，我的朋友。"他说，"我正想找个人聊聊天儿呢。"

"你这么说我也很高兴。"达夫回答道。

他摘下滴水的帽子，脱去湿乎乎的爱尔兰外套，坐了下来。隔壁房间的门开着，他看到那里有一伙儿侦探，每个人都拿着一张毫无价值的报纸在看。

"一个宁静的夜晚。可以这样说吗？"

"是的。感谢上帝！"海利回答道，"过一会儿我们要去查抄一个夜总会。不过，你也知道，这类小事是我们现今主要的消遣。顺便说一句，我看到通令中的赞美词了。"

"赞美词？"达夫挑了挑他那浓重的眉毛。

"是啊，自治镇的那个案子，你知道的。法官对巡官达夫特别称赞——出色的工作、聪明的推理——等一类的词。"

达夫耸了耸肩。

"是啊，是那样。谢谢你，老朋友。"他拿出他的烟斗，往里面装烟丝，"但这些已成为过去了，明天就会被忘掉。"他沉默了一会儿，又补充说："我们干的是一种奇特的工作，是不是？"

海利目光锐利地看了他一眼。

"一种回击，"他补充道，"每当一个艰巨的案子结束后，我便有这种感觉。朋友，你需要的是什么样的工作？一个新的谜，永无休止的思考。现在，如果你负责这个地区——"

"我曾经负责过。"达夫提醒他。

"是啊，是这么回事。但是，在我们忘掉过去——这是个好主意，我同意你的说法——之前，难道我不可以说几句恭维的话吗？你在这件案子中所做的工作完全可以作为一个典范——"

达夫打断了他的话。"我是靠了点儿运气，"他说，"不要忘了这一点。正像我们的老长官弗雷德里克·布鲁斯先生所说，要把艰苦的工作、理智的分析和能碰上的运气结合起来，而在这三者中，运气是最重要的。"

"噢，是这样说的，可怜的弗雷德里克先生。"海利说。

"说到弗雷德里克先生，"达夫继续说道，"一提起他，就会想到抓住杀害他的凶手的那个中国侦探。"

海利也点头道："那位来自夏威夷的朋友。萨金特·陈——是这个名字吗？"

"陈查理——是这个名字。他现在是个侦探，在檀香山。"

"你接到过他的信吗？"

"是的，间或有信。"达夫点燃了烟斗，"尽管我很忙，但我一直坚持与他通信。无论如何，我忘不了查理。两三个月前我还给他写了一封信呢，询问一下他的情况。"

"他回信了吗？"

"回了，今天早晨刚接到他的回信。"达夫从口袋里拿出一封信。"这不，就是它。没什么新闻。"他笑着点了点头。

海利将身体靠在椅子上。"反正也没什么事儿，我们听听他信上说了些什么吧。"他提议道。

达夫从信封里抽出两页信纸，把它们展开。他盯着这封用世界很远一端的另一个警局的打字机打出的信看了一会儿，然后，一丝笑意浮现在他的唇上，他开始用他那苏格兰场巡官温和有力的声音念起信来：

尊贵的朋友：

你的友好的信件按照预期的时间完成了它的旅程，把对已逝去的过去的幸福回忆带回到鄙人心中。什么是财富？被朋友记住并能收到他的信就是幸福。当我得知,在你那高贵而紧张的大脑中仍给最卑贱的陈查理留有一席之地时,我感到自己是个很富有的人。

每当想起在那边所经历的情景,我就总是想到你。这是永远也忘不了的。请原谅我所发表过的直率的评论,也许那样的建议对于你的职责来说是十分荒谬的。你曾对我说过的大量的赞扬之语一直留在我的记忆中,而且,总有那么一点儿我不该有的自豪感围绕着它。

至于你信中要求我谈谈我的情况,非常遗憾,没有什么值得提起的。水照旧从屋檐滴下,落入固有的小坑,这就是对我的生活的精确描述。檀香山不盛产杀人犯。平静的人即是幸福的人,我不该有什么好抱怨的。东方人都知道,只要打鱼,就得晒网。

但是,有时我还是感到焦虑,因为晒网的时间太多了。为什么会这样呢?这种东方人性格逐渐改变的状况是否应该归功于我在不平静的美国人中间生活了多年这一现实?不要紧,我会自我掩饰这一点的。我总是不多说不多道地执行着不太紧要的任务。在一些夜晚,我坐在门廊里向外看着沉睡的城市,强烈地企盼着电话铃声响起来,带来什么重要的消息。用我孩子的话说:"我完了!"我的这个女儿英语学得很好,她现在在本地的一所学校里教书。

你的命运就与我不同,对此我很高兴。我经常想到,你是在大城市,那儿有许多的住户,你优秀的才能不会像死水一样得不到施展。好几次给你打电话时,你都外出巡查去了。我心里很清楚,成功永远会微笑地陪伴着你。对于你对我的友情,我同样感到高兴。你知道,中国人一向是很敏感的。

非常感谢你还挂念着我的孩子们,并给他们以问候。略一计算,他们已是十一人的队伍。我记得一个聪明人说过:"管理一个国家容易,管理一个家却很难。"然而我却勇往直前。我的长女罗斯曾在大陆的一所学校学习。当我在一次为昂贵的美国教育付费时,我就已意识到了,为了孩子们,我必须更加勒紧裤带,钱永远要算计着花。

再次感谢你友好而亲切的来信。也许某一天我们会重逢,尽管骇人听闻的陆地距离和我们之间的海水使这一想法听起来像是在做梦。无论如何,请接受我由衷的问候。望你在所辖地区值勤巡逻时注意安全。

致以同样的良好祝愿!

深深尊敬你的陈查理

达夫念完信,把它折了起来。一抬眼,他看到海利正用一种带有疑惑的目光凝视着自己。

"太好了，"地区巡官说，"只……是……有点儿幼稚。你不会对我说，写这封信的人就是那个抓住了杀害弗雷德里克·布鲁斯的凶手的人吧。"

"别让查理的话骗住，"达夫大笑起来，"他比他自己所说的要深刻得多。耐心、智慧、艰苦工作——这些并非苏格兰场所独有。偏偏就是这个陈警官为我们这一行添了光彩，海利。他被埋没在檀香山那样的地方真是太可惜了。"他在电影中看到的棕榈成行的海滨又从他眼前掠过，"不过，也许可以这样说吧：平静的人就是幸福的人。"

"也许吧。"海利回答道，"可我们永远没有机会尝试它，你，还有我。你不是要走吧？"

看到达夫已经站起身，他问道。

"该走了，我得继续去巡逻。"首席巡官回答说，"刚才进来的时候我的情绪还很低落，可现在已经好多了！"

"还没打算结婚呢吧？"

"结婚当然好，"达夫回答说，"可我没时间干别的事，就算是只能跟苏格兰场结婚吧。"

海利摇了摇头。

"这可不行。可我也没谈恋爱呢。"

海利帮达夫穿上外套。

"但愿两件案子之间的空闲时间不要太长，你不适应这种情况。等你桌子上的电话——陈是怎么说的来着？——铃声响起，带来重要消息，那么，我的朋友，你就会又变得敏捷起来。"

"水，"达夫耸了耸肩，"照旧从屋檐滴下，落入固有的小坑。"

"可你喜欢听这滴水声，你熟悉你要干的事。"

"是啊，"首席巡官点头道，"你说得很对。当一个实际问题出现时，不让我去解决我会不高兴的。再见吧，祝你在夜总会走好运。"

第二天早上八点钟，达夫迈着轻快的步子走进他在苏格兰场的办公室。他容光焕发，又恢复了从约克郡农场继承下来的乐观天性，他就是在那儿加入大都会警察局的。他开始办公。首先，他匆匆处理了一小批早邮件。然后他点燃一支雪茄，拿起《电讯报》，慢而仔细地看起新闻来。

八点五十分，电话突然响了起来。达夫停止阅读，看了一眼电话。铃声又响了，声音尖利而紧迫，像是在求救似的。达夫放下报纸，拿起话筒。

"早上好，老朋友！"是海利的声音，"我的巡官刚报告了一个消息：昨天夜里的某一时刻，一个男人在布鲁姆饭店里被杀了。"

"在布鲁姆？！"达夫重复道，"你说的不是布鲁姆吧？"

"我也认为在那种环境里发生谋杀案让人难以置信，"海利回答说，"但毕竟还是发生了。睡觉时被杀的，是一个从什么底特律或类似这样的古怪地方来的美国游客。由于我们昨晚刚聊过天儿,我很自然地立刻就想到了你。当然喽,这也是你原来的管区。毫无疑问,你了解布鲁姆这个特殊环境中的具体情况。我已向警长报告过了。一会儿你就会接到给你的命令。请带上一班人,跳上汽车,尽早加入我在饭店的工作吧。"

海利挂上了电话。与此同时,达夫的上司急匆匆地走进他的房间。

"一个美国人在半月街被杀了。"他宣布道,"我想是在布鲁姆饭店吧。海利先生请求支援,他提议让你去。这的确是个好主意。你马上就去吧,达夫先生——"

达夫此刻已走到了门口,正在戴帽子,穿外套。"我这就去,先生。"

"太好了!"听到警长说此话时,他已急匆匆地走下楼梯。

不一会儿他就跳上了路边的一辆绿色小汽车。他还找来了一个指纹专家和一个摄影师,他们也默默地加入到这一行列中。绿色小汽车驶出不很长的德比街,转向右边的白厅①。

夜间下起的雨已停了,但晨雾很浓。他们在这个变幻不定的世界里前行,耳边是不断的汽车喇叭声、尖锐的警笛声。街道的左右两边都亮着灯,暗淡而不起什么作用的一团团黄光照着脏兮兮的广告牌。在这大幕后边的一些地方,伦敦又像往常一样,开始了它的一天。

此时的景象与这位巡官头天晚上看过的电影中的情景形成了强烈的对比。这里没有强烈的阳光,没有白花花的碎浪,也没有轻轻点头的棕榈树。但是,达夫此刻不再去想南部海滨,这一切已从他心头消失。他弓着背坐在这小小的汽车里,眼睛徒劳地试图穿过那覆盖着前方道路——这条路将把他们带往远处——的雾气。他已经彻底忘掉了其他事情,包括他的老朋友陈查理。

查理此刻也没想着达夫。在世界的另一头,二月份的这一天还没有破晓,事实上,那里还是黎明前的黑夜。这个率直的檀香山警察局侦探,已坐在他的门廊里,平静而淡漠地面对着自己的命运。从他在蓬奇鲍山的这个休息处,他注视着怀基基海岸线上的这个城市中闪烁的灯火,还有回归线正下方的微微发白的月光。他一向是个平静的人,而此刻也正是他生活中最平静的时刻之一。

他听不到达夫巡官苏格兰场办公桌上的电话铃声,不会看到那突然发动起来的绿色小汽车从自己眼前疾驶而过。即使是做梦,他也不会想到在伦敦著名的布鲁姆饭店那高屋顶下的某个房间的床上,会躺着一具永远无法再动一下的老人的尸体,他是被人用一条背包带紧绕脖子而勒死的。

也许这个中国人毕竟不是很具灵感的吧。

---

① 伦敦的一条街道,英国政府机关所在地。——译者注

第二章 布鲁姆饭店的迷雾

要说把布鲁姆饭店与"谋杀"一词连在一起，或多或少都是一种亵渎，但不幸的是，它确实发生了。这座古雅的老式饭店已经在半月街站立了一百多年，尽管它的供暖、供水系统已经很差，但它仍然很结实。据说，塞缪尔·布鲁姆是以一座单独住宅起家的。由于经营成功，发展到今天，它已有十二座联成一体的这样的住宅。布鲁姆饭店不仅在半月街有宽阔的门前空地，而且它的后身一直延伸到克拉格斯街，那儿是它的第二出口。

在这里，各种式样的住宅无序地连接在一起，客人在楼上行走时会感到自己置身于一个神秘的迷宫之中。他会在这儿上三阶，在那儿下两阶，在一些偏僻古怪的角落里转来转去，而突然之间，门和拱廊又会出其不意地出现在眼前。由于设计的不尽合理，侍者们运煤烧火的难度较大，因此客人们在老式的洗澡间里使用热水是没有保障的。

但是，别以为缺乏现代生活的舒适条件，在布鲁姆饭店搞到一套房子就是容易的事。被这个饭店接受是一种奖赏。在伦敦社交繁忙的季节，一个外来者要想住进去就更是不太可能成功的。届时，各郡县的名门望族，著名的政客、文人和为数有限的贵族将充斥这里。这里就曾接纳过一个被放逐的国王，而此人的社交关系是很广的。旺季之后，在一年中余下的时间里，布鲁姆饭店会降低它的门槛儿，就连美国人都接待。而眼下，在二月的这个多雾的早晨，美国人中的一个就在这里的楼上被谋杀了。这很让人感到难过。

达夫穿过半月街，进到了昏暗、寂静的建筑内。他觉得自己好像进入了一座教堂。他摘下帽子，站在那里一动不动，等待着捕捉自己心灵发出的第一信息。可是身穿粉红色外套、轻声地走来走去的侍者们打破了他的这种幻觉。没有人将他们误认为是唱诗班的成员。他们也毫无例外地似乎回到了塞缪尔·布鲁姆名下只有一套房子的时代。一代又一代的老人——瘦老头儿也好，胖老头儿也好，他们中大多数是戴眼镜的——在布鲁姆饭店熬白了头。这些老人以往的光辉似乎仍围绕在他们身旁。

一个担任值班经理的侍者从服务台后的椅子里站起身，脚步笨重地走向达夫。

"早上好，彼得！"达夫说，"这儿怎么了？"

彼得沮丧地摇了摇头。

"出了件最让人烦心的意外之事，先生。是一位从美国来的先生，住在三层后部的二十八号房间。他们告诉我，他确实已经死了。"他用颤抖的声音低声说，"这都是允许那些外来人进住造成的。"

"没错儿，"达夫微笑着说，"对此我很感不安，彼得。"

"我们都很不安，先生。我们都感到受了很大刺激。亨利！"他向一个似乎有七十岁了的"小伙子"喊道，此人正在长凳旁体味着他的刺激感。

"亨利将带您去您要去的任何地方，巡官先生。我可以这样说，对于您的那一套调查，这种人可是必不可少的。"

"谢谢！"达夫回答道，"海利巡官到了吗？"

"已经先到了，先生。他已经在——在房间里询问情况呢。"

达夫转向亨利。

"请带这些人到二十八号房间。"他指着跟他一起进来的摄影师和指纹专家说，"我首先想和肯特先生谈谈，彼得。这不会有什么麻烦吧！他这会儿在他的办公室里，我猜得对吗？"

"我相信他在那里，先生。您熟悉去那儿的路。"

布鲁姆饭店的总经理肯特身穿华丽的晨礼服、灰色的马甲，还打着领带。他衣服的左翻领上佩戴着一小朵红玫瑰。尽管如此，他看上去仍是情绪不高。他的桌子旁坐着一位留胡须的、有学者风度的男人，脸上一副沉静阴冷的表情。

"请进，达夫先生，快请进。"这位总经理提高声调说道，"这是今天早上第一件让人多少感到高兴的事。能指派你到这里来，我们可真是大喜过望啊。太可怕了，巡官，真是可怕的困境。如果您能将这一切予以保密的话，我会永远——"

"我明白，"达夫打断他的话说，"但遗憾的是，凶杀和宣传报道总是连在一起的。我想知道被杀的男人是谁，他来这里时有谁跟他在一起，以及任何您能向我提供的其他情况。"

"这家伙名叫休·莫里斯·德雷克。"肯特回答说，"从登记上看，他是底特律人。据我所知，那是美国的一个城市。他上周一到达这里，是乘经过纽约的与列车联运的邮船的三等舱在南安普敦登陆的。和他一起来的有他的女儿波特小姐，也是底特律人。还有他的外孙女，名字……我一下子想不起来了。"他转向留胡子的男人,"洛夫顿博士,那位小姐的名字是……"

"帕梅拉。"另一位用阴冷低沉的声音说。

"对了,是帕梅拉·波特小姐。噢,顺便说一下,这位博士能比我更多地告诉你有关死者的事。事实上,是有关同行人员的所有情况。要知道,他是他们的领队。"

"领队?"达夫怀疑地重复了一句。

"是啊,当然了,指的是这次旅行的领队。"肯特补充说明道。

"什么样的旅行?你的意思是说,这位死者是跟着旅行伙伴参加这次旅行的?"达夫看了一眼这位博士。

"我很难把自己说成是一个旅行伙伴,"洛夫顿回答说,"尽管按常规我应该是这样。很明显,巡官,您看来没有听说过'洛夫顿巡回世界旅行团',而这个旅行团我已经和诺马德旅游公司一起联合经营了大约十五年了。"

"报告中没有提到这一点。"达夫干巴巴地答道,"这样说来,休·莫里斯·德雷克先生正在做旅游世界的事,在你的指导下——"

"请允许我解释一下,"洛夫顿打断巡官的话说,"这并不是精确意义上的世界旅游。通常这是用来指乘车船而行的大规模的旅游。由于我的安排十分多样——不同的列车和多种的船只,所以相对来说人数较少。"

"你说的人数较少是什么意思?"达夫问。

"这一期的成员只有十七个人,"洛夫顿告诉他,"这是指——昨天晚上。而今天,当然了,只剩十六个人了。"

达夫的心情感到一阵沉重。"你没有说错,"他评论说,"现在,洛夫顿博士——顺便问一下,你是医学博士吗?"

"不,不,我是哲学博士。我还有很多头衔——"

"嗯,好吧。昨天晚上之前,这个旅行团遇到过什么麻烦吗?包括任何令你感到有敌对和不和——"

"这太荒谬了!"洛夫顿打断达夫,站起身,开始在地板上踱步,"什么事也没有,没有。我们非常艰辛地从纽约穿行到这里。我们的团员们看起来确实是累了点儿,但实际上他们在上周一到达这个饭店时都很健壮。我们组织了几次集体游览,他们还都——现在可好了,巡官!"他的镇静消失了,他那布满胡须的脸开始发红和变得激动起来。"这对我来说真是一个可怕的处境。我一生的事业——我用十五年的努力创立的事业,我的名声,我的地位——所有的一切,看来都要被这件事毁了。看在上帝的分上,别考虑是旅行团的成员杀死了休·德雷克。这是不可能的。是可恶的贼,是饭店的侍者——"

"请原谅!"饭店的总经理激动地大喊道,"你看看我们的侍者吧!他们都跟随我们多年了。这个饭店的受雇者绝对没有以任何方式卷入这件事。我以生命打赌。"

"那么，是外来的什么人吧。"洛夫顿说，他的语气是调停式的，"我告诉你，不会是我的旅行团里的任何人。我选择的标准很高——最优秀的人，总是这样。"他把手放在达夫的手臂上，"请原谅我的激动，巡官。我知道您的想法是合情理的，但是，这样的话，对我来说就很严重了。"

"我知道。"达夫回答道，"我将尽力为您着想。但我必须尽快询问您的每一位团员，您能把他们召集到这个饭店的会客厅吗？"

"我试试吧。"洛夫顿回答，"他们中的一些人可能现在不在，但我确信十点钟他们会全部到齐。要知道，我们就要到维多利亚站去乘坐一〇四五次车到多佛，再搭乘到卡利斯的船了。"

"你应该说原打算到维多利亚站乘一〇四五次车。"达夫纠正着他的话。

"噢，是这样的，当然了，我们原打算在那个时间离开。我应该这样说才对。现在怎么办，巡官？"

"这很难回答。"达夫道，"我们将视情况而定。肯特先生，如果可以的话，我就先上楼去了。"

他并没有等待任何回答的话就快步走了出去。一个并不以自己有曾孙而自豪的电梯操纵者把他送上了三楼。在二十八号房间的门口，他意外地看见了海利。

"嗨，你好，达夫！"来自文街的男人说，"请进来吧！"

达夫进到一个很大的卧室里，这里充斥着浓浓的闪光灯药粉的味道。这间屋子布置得是如此的吸引人，以致维多利亚女王进来也会摘下她的帽子，在最近的一把摇椅上坐下来。她会有种置身家中的感觉。床摆在离窗户很远的房间后部的凹室里。床上躺着一个达夫认为有将近七十岁的男人。那根显然并不适宜的背包带仍缠在死者瘦瘦的喉咙上，它似乎在告诉达夫，死者是被勒死的。而这位侦探的锐利的眼睛已经从所有的迹象上看出，死者曾进行过狂乱但无效的挣扎。他站在那里看了一会儿。外面，雾已散尽，从下面的街道上传来已成为伦敦街区一景的数不清的街头管弦乐队奏出的金铂银铃般的声音。

"地区外科医生来过了吗？"达夫问。

"来过了，他写出报告后就走了。"海利答道，"他说这个人已经死了大约四个小时了。"

达夫走上前去，隔着手帕动了动那根背包带，他需要从这根带子上找出一个男人的指纹。然后他开始仔细地查看这位底特律的休·莫里斯·德雷克先生的遗体。他将遗体的左臂举起，掰开了那紧握的手指。当他准备对其右手也这样做时，他突然发出了一声饶有兴味的惊呼：在那瘦而僵硬的手指指缝中，有什么东西在闪闪发光——细长的白金表链。达夫立刻意识到：死者是右手抓着什么东西倒在床上的。是三节表链！表链的最下端有一把小钥匙。

海利走到达夫身边，他们一起研究着达夫手帕中的这一发现物。钥匙的一面是"三二六〇"这个号码,另一面是这样的字:底特律保险箱、锁公司、坎顿、俄亥俄。达夫又看了一眼枕头上的那张毫无表情的脸。

"这位好老弟,"他柔声地说,"他想帮帮我们。他扯下了攻击者表链的末端,并握在了手里。天哪!"

"这可是很重要的东西。"海利评论道。

达夫点了点头。"可能吧,而且它开始显露出浓浓的美国味道了,我的老朋友。可我是个伦敦侦探啊!"

为了更仔细地查看地板,他在床边跪了下来。有人进了屋,但当时达夫正全神贯注地进行搜寻,因而没有在意。当他终于发现了这一情况时,急忙站了起来,并顺手在裤子的膝盖处掸了掸。一个苗条而有吸引力的美国姑娘正站在那儿睁大眼睛看着他,若不是他此刻正在忙着的话,他会注意到那眼光中包含着一种相当特别的东西。

"嗯——呃——早上好!"巡官说道。

"早上好!"姑娘声音低沉地答道,"我是帕梅拉·波特。德雷克先生是我的外祖父。我想,您是苏格兰场的人吧。您肯定想和这个家庭中的成员谈谈话。"

"当然了。"达夫赞同道。

这个女孩子充满自信,但她那紫色的眼睛周围留有泪水的痕迹。

"据我所知,你母亲也是这个旅行团的成员吧?"

"母亲现在十分衰弱,"姑娘解释说,"过一会儿她才能过来。此时此刻,我是唯一能面对这一事件的人。要我告诉你些什么呢?"

"能说说发生这一不幸事件的理由吗?"

姑娘摇摇头。"什么理由也没有。这件事实在无法让人相信,真的。他是世界上最善良的人,没有任何仇敌的人。知道吗,这件事太荒谬了。"

从下面的克拉格斯街上传来《拖着长长尾巴的风》那响亮的乐曲声。达夫将身体转向他的下属。"关上窗户!"他厉声命令道。

"你的外祖父在底特律是知名人物吗?"他又转向那个女孩子问道。他拿不准那个地名应该怎样念,将重音放在了第一个音节上。

"噢,是的,很多人都知道他,已经很久了。他是那里第一个涉足汽车生意的人。五年前他从公司退休了,但他仍保留着董事会的席位。几年前,他开始对慈善事业感兴趣——为成百上千的人发放物品。每个人都尊敬他。每一个认识他的人都热爱他。"

"我想,他是一个很健康的人吧?"

"当然了。"

"那么,谁——"达夫停顿了一下,"请原谅,可我必须要问一个例行公事的问题。谁是他财产的继承人呢?"

那个女孩子目不转睛地盯了达夫一会儿。"呃,这件事我还从没想过。但是，无论如何，不会全部捐给慈善团体吧。我想，应该是我母亲。"

"而最后——是归你？"

"归我和我的兄弟，我是这样想的。那又怎样呢？"

"没什么，我也是这么想的。你最后一次见到你的外祖父是在什么时候？我指的是他还活着时。"

"昨天晚饭后，妈妈和我要去看戏，但外祖父不愿意去。他说他累了，另外，我那可怜的外祖父也无法欣赏戏剧。"

达夫点了点头。"这我知道，你外祖父耳聋。"

那个女孩子再次盯着达夫。"你是怎么知道的——噢——"她的目光随着巡官的视线转向一张桌子，那儿放着一组系在一起的助听器。刹那间，泪水充满了她的双眼，但她又马上竭力控制住了自己。"是的，那是他的。"她点了点头，并伸出手去。

"请别碰它。"达夫赶忙叫道。

第三章　心脏病患者

听完这令人惊讶的陈述，达夫沉默了一阵，眼睛凝视着空中。肯特，饭店的总经理，出现在门口，他的圆脸上还是充满着烦恼与忧虑。

"我想我来这里也许能帮上什么忙。"他说。

"谢谢，"达夫回答道，"我想见一下最早到现场的人。"

"我知道您会想见他的。"总经理回答道，"尸体是马丁发现的，他是楼层服务员。我把他带来了。"他走到门口，招呼了一声。

一个服务员走了进来，他面色苍白，比其他服务员都年轻很多。他显得非常紧张。

"早上好。"达夫说着拿出他的笔记本，"我是苏格兰场的达夫巡官。"年轻人的样子变得更痛苦了，"我想请你告诉我今天早晨在这里发生的每一件事情。"

"好的，先生，我……我和德雷克先生有个约定，"马丁开始讲了起来，"我每天早晨都要叫醒他，这套房间没有电话。他喜欢到楼下去用早餐，但是他又怕睡过了头。这是件很容易的事情，先生，让他听见就行了，但他的耳朵太聋了。我曾经两次不得不找房间管理员要钥匙，然后开门进来。

"今天早晨，在差一刻八点的时候，我来敲他的门。我敲了半天，但是没动静。最后我就去要房间管理员的钥匙，但是他告诉我，昨天钥匙就不见了。"

"房间管理员的钥匙丢了？"

"是的，先生。楼下还有一把房客使用的钥匙，我就去找那把了。我并没有意识到有什么不对头的，因为经常叫不醒他。我打开房门，走了进来。一个窗户关着，窗帘是放下的；另一个窗户开着，窗帘拉了起来，光线从那里进来。所有的一切看上去都很正常。我看见助听器放在桌子上，德雷克先生的衣服放在一把椅子上。然后我就走到床前，先生。然后就是马上报告给总经理这件事。这些……这些就是我能向您提供的全部了，巡官。"

达夫转向肯特。"房间管理员的钥匙是怎么回事？"

"非常奇怪，"总经理说，"这是间老式饭店，您知道的，我们的女仆没有房间的钥匙。如果客人出去的时候锁上了门，女仆就进不了房间，除非她们从房间管理员那里拿到房间钥匙。隔壁二十七号房间的艾琳·斯派塞夫人，也是洛夫顿旅行团的成员。昨天，她出去时锁上了门，尽管服务员已经请她不要锁门。为了进门，女仆不得不去拿房间管理员的钥匙。她把钥匙留在了锁上，就去干活了。等她再找钥匙的时候，钥匙已经不见了。"

"很显然，"达夫微笑道，"肯定有人在今天早晨四点左右用了这串钥匙。"他看了海利一眼。"周密的计划。"海利点了点头。

"饭店里还发生过什么事情？"他继续对肯特说，"我们应该知道的事情。"

总经理考虑了一下。"有。"他说，"我们的巡夜人报告说，夜里发生过两件奇怪的事情。他岁数已经不小了，我让他找一间空房间去躺下休息一下。我已经让人去叫他了，您马上就能见到他。我想，还是让他亲自对您说吧。"

洛夫顿出现在门口。"啊，达夫巡官，"他说，"我发现有一些成员还在外面，但我会尽快把他们聚齐的。十点钟，他们都会到这里的，就像我告诉您的。有一些人就住在这层……"

"请稍等。"达夫打断了他的话，"我非常想见一下住在这间房间隔壁的人。肯特先生告诉我，二十七号房住的是斯派塞夫人。能否请您看一下她是否在，洛夫顿博士？如果在的话，能否带她到这儿来？"

洛夫顿出去了。达夫走向那张床，他就是在那张床上把死者的脸盖上的。当他从小一点儿的房间走出来的时候，洛夫顿又进来了，后面跟着一位衣着考究、三十岁左右的女人。她的确很漂亮，但是从她疲劳的双眼和嘴唇上多少有些硬的线条上可以看出来，她曾经是很放荡的。

"这是斯派塞夫人，"洛夫顿介绍道，"这是苏格兰场的达夫巡官。"

那女人非常感兴趣地盯着达夫。"您为什么想和我谈话呢？"她问道。

"您是否知道今天早上这里发生了什么事情？"

"我什么也不知道。我在自己的房间里吃的早餐，到现在，一直没有出去过。当然，我听见了你们在这边说的很多话……"

"住在这里的那位先生昨天晚上被谋杀了，"达夫说得很扼要，并在他说话的时候研究着她的表情。她的脸色变得苍白。

"谋杀？"她喊道。她轻轻地晃了一下，海利马上搬过来一把椅子。"谢谢，"她机械地点了点头，"你是说可怜的德雷克先生？一个很有魅力的男人。为什么……这……这太可怕了。"

"确实非常不幸。"达夫承认道,"您的房间和这里只隔着一道很薄的门。那门总是锁着的?"

"当然。"

"两边都锁着?"

她眯起眼睛。"我不知道这边是不是锁着,可我那边总是锁着的。"达夫的小计谋失败了。

"昨晚您有没有听见什么动静?挣扎……或者是喊叫?"

"我什么也没听见。"

"那就奇怪了。"

"这有什么奇怪的,我向来睡得很死的!"

"那么当谋杀发生的时候,您肯定是睡着了?"

她迟疑了一下。"您很聪明,不是吗,巡官?当然我是睡着了,不知道什么时候发生的谋杀。"

"啊,当然,您怎么会知道呢?我们相信,大约是在今早四点。您有没有听到有人在这个房间里说话——呃——在过去的二十四小时?"

"让我想想。我昨晚去了剧院……"

"您自己吗?"

"不,和斯图尔特·维维安先生一起,他也是旅行团的成员。当我十一点左右回来的时候,这里很安静。但我确实听到这边有人说话——就是昨天晚上,当我换衣服去吃饭的时候——很高声的谈话。"

"真的?"

"事实上,听起来就像是……可以说是争吵。"

"有几个人?"

"只有两个人,两个男人。德雷克先生和……"她停了下来。

"您听出了另一个声音吗?"

"是的。他的声音很特别,我指的是洛夫顿博士。"

达夫突然转向旅行团的领队。"您与死者昨晚晚饭前在这个房间里吵架了?"他严厉地问道。博士的脸色马上变得非常痛苦。

"这样说并不准确,我不认为是吵架。"他抗议道,"我到他的房间里,来通知他今天的安排,他马上就开始向我批评旅行团的某些成员。他说有些成员不像他期望的那样。"

"他那么说并没有错。"斯派塞夫人插话道。

"当然,我的名誉对我很重要,"洛夫顿继续说道,"我习惯不了那种评论。今年确实是这样,老家的生意条件不好,我不得不接受两三个通常我并不带的人。但是无论他们生活中的地位如何,他们都是不错的人,这一点我可以保证。我对德雷克先生所说的感到很不高兴,所以肯定说话就有些激动了。但是这种误会很难造成什么……"他朝床的方向点了点头,"像这样的事。"

达夫转向那妇人。"您没有听到他们的谈话吗？"

"没有，我听不清他们在说什么。当然，我也没有使劲去听。我只知道他们似乎都很紧张而且激动。"

"您家在什么地方，斯派塞夫人？"达夫问道。

"在旧金山。我丈夫在那里做经纪人。他太忙，不能陪我旅行。"

"这是您第一次出国旅行吗？"

"哦，不是，确实不是。我已经有过很多次了。其实，我以前做过两次环球旅行。"

"真的？你们美国人真是了不起的旅行者。我正在请洛夫顿博士旅行团的成员马上到底层的会客厅集合。是否能请您也到那里去？"

"当然，我马上就去。"她走了出去。

取指纹的人走过来，把背包带递给达夫。"上面什么也没有，达夫先生。"他说，"我想是先擦干净后，又一直戴着手套拿的。"

达夫拿起带子。"洛夫顿博士，你有没有注意到这条带子是你的哪个……呃……客人的？看来这是……"他停了下来，吃惊地看着这位领队的脸。

"真奇怪，"洛夫顿说道，"我的一个背包的背带跟这根很像。我是在纽约上船前买的。"

"您是否愿意把它取来？"巡官提出了建议。

"乐意效劳。"洛夫顿离开了。

饭店总经理走上前来。"我去看看巡夜人准备好了没有。"他说。

等他走出房间后，达夫看着海利说："我们的领队看来深陷其中了。"

"他戴的是手表。"海利说。

"我也注意到了。他是否总是戴手表——或者将表拴在白金链子上？不可能。要是这样，他什么都会丢的。这会有损他的生意。这是个相当好的辩辞。"

"除非他打算改做别的生意。"海利说。

"是的。就因为这一点，他对这些事情的理所应当的苦恼也就成了很好的借口。可是，他为什么会提到他有一个相似的带子……"

洛夫顿回来了，他显得有些烦乱。"非常抱歉，巡官，"他说，"我的背带不见了。"

"真的？那么这条或许就是你的了。"巡官把它递过去。

博士检查了一下。"我想是的。"他说。

"您最后一次见到它是什么时候？"

"在星期一的晚上我打开行李的时候，我把包放进橱柜里，就再也没有碰过它。"他有些委屈地看着达夫，"有人要栽赃于我。"

"这是无疑的。都有谁到过您的房间？"

"所有的人。他们进进出出的，询问关于旅行的安排。我想不仅是我旅行团的成员，在过去的五天里，整个伦敦的人都有可能进入我的房间。你可以去问女仆，他们不让我们在出去的时候把门锁上。"

达夫点了点头。"不要太苦恼了，洛夫顿博士。我不相信您会那么笨，用那么容易认出来的带子来勒死人。我们会找出答案的。现在告诉我，您知道那间房间是谁的吗？"他指了指通向另一侧房间的门，"我指的是二十九号房间。"

"那里住的是沃尔特·霍尼伍德，一个很好的先生，一个来自纽约的百万富翁。他也是旅行团的成员。"

"如果他在，您能不能请他到这里来？然后请您回到楼下，招呼一下您的人？"

博士走了以后，达夫站起来试了试通向二十九号房间的门。他这边是锁着的。

"这带子很说明问题，"海利轻声地评论道，"我想，这排除了洛夫顿博士。"

"我想也是，"达夫同意道，"除非这个人太狡猾。这是我的带子——自然我就不会用它——它是从我的橱柜里被偷走的——不可能，男人不会有这么聪明，但是很不幸，我现在并不想和这位领队成为知心朋友。但我们需要在旅行团里有这么一个知心朋友，直到我们结束……"

一个近四十岁的高个子的英俊男人站在门口。"我是沃尔特·霍尼伍德，来自纽约。"他说，"发生的这一切使我非常难过。我住在，您知道，二十九号房间。"

"请进，霍尼伍德先生。"达夫说，"我想，您知道发生了什么事情。"

"是的，我吃早餐的时候听说了。"

"请坐。"纽约人坐了下来。他的脸色红润，头发灰白，看起来是那种一生都很劳累的人。达夫想起了斯派塞夫人——嘴唇上的硬线条和疲倦的世故的眼神。

"在吃早餐之前，您对这件事情什么都不知道吗？"巡官问道。

"一点儿都不知道。"

"很奇怪，不是吗？"

"您这是什么意思？"霍尼伍德的脸上马上闪现出一丝惊恐。

"我的意思是，事情就发生在您隔壁的房间里，您知道。您没有听到喊叫或者挣扎？"

"没有。我睡觉是雷打不动的。"

"当谋杀发生的时候，您正在睡觉？"

"确实如此。"

"那么您知道是什么时间发生的了？"

"这个……哦，不，当然不知道。我只是假定我当时肯定是睡着了，否则我肯定会听见……"

达夫微笑道："啊，是的，我明白了。告诉我，你们房间之间的门总是锁着的吗？"

"哦，是的。"

"两边都锁着？"

"确实如此。"

达夫挑起了眉毛："您怎么知道这边也是锁着的？"

"呃……呃，有一天早上，我听见楼层服务员努力想把德雷克先生唤醒。我把我那边的锁打开，以为我们这样就可以进去了，但是，这边的锁锁着。"

霍尼伍德失去了那副庄严的神情，他开始冒汗，而且脸色变成一种病态的苍白。达夫饶有兴趣地看着他。

"我好像在什么地方听到过您的名字。"

"有可能。我在纽约是戏剧制作人，在伦敦我也干过。您可能也听说过我的妻子——西比尔·康韦女士，她是演员。她在你们这里演出过。"

"啊，是的。她与您在一起吗？"

"没有。我们两个月以前发生了一点儿不和，她就离开了我，到了意大利里维埃拉的圣雷莫。她现在在那儿。我们的旅行会路过那里，我希望能见到她，缓和一下我们的矛盾，并劝她和我一起做剩下的旅行。"

"我知道了。"达夫点了点头。纽约人拿出一支香烟，点着火。他的手猛烈地抖着。他抬起头，看见巡官正在盯着他。

"这事情对我打击太大了，"他解释道，"我在船上认识了德雷克先生，我很喜欢他。我的身体也不是很好，这就是我要参加这次旅行的原因。我妻子离开我以后，我彻底垮了，我的医生建议我做一次旅行。"

"对不起，"达夫说，"但是这非常奇怪，不是吗，霍尼伍德先生？一个刚刚遭受打击的人，会有这么好的睡眠吗？"

霍尼伍德显得有些惊恐。"我……我从来没有为睡眠担心过。"他回答道。

"您真是太幸运了，"达夫告诉他，"我将在一层会见你们旅行团的全体成员。"他又解释了一遍，并让这个纽约人到楼下去等他。当他走远之后，达夫转向海利。

"你怎么看，老伙计？"他问道。

"他心里非常的恐惧，不是吗？"

"我从来没有见过像他现在这样糟糕的人。"达夫同意地说，"他知道的比他说的要多得多，而且他是个很能饶舌的家伙。但是不能混为一谈，这并不是证据。慢慢来，上了岁数的人都很慢，我们也得慢慢来，但是我们不能忘了霍尼伍德先生。他知道谋杀是什么时候发生的，他知道门的两边都锁着。他正在经受着沉重的打击，我们可以肯定他注意到了，而他却依然酣睡得像个孩子。是的，我们必须留意霍尼伍德先生。"

肯特又来了，这次跟着的是一个上了年纪的侍者，块头和皮克威克先生差不多。

"这是埃本，我们的巡夜人。"总经理介绍道，"您想听听他的故事吗，巡官？"

"马上。"达夫回答道，"你有什么要说的吗，埃本？"

"是这样的，先生。"老人开始讲道，"我每个小时在房子里巡视一次，整点的时候敲一下钟。昨天晚上两点那次巡视时，我来到这层的时候，看见一位先生站在一个门前。"

"哪个门？"

"我有些记乱了，先生，但是，我想是二十七号房间的门。"

"二十七。是斯派塞那个女人的房间。请继续。"

"好的，先生。当他听见我的声音时，很快转过身向我站的地方走来。在楼梯口，他说：'早上好，我想我是走错楼层了，我的房间在楼下。'他的气质很像个绅士。既然是客人，我就让他过去了。我想我当时应该盘问他一下，但是在布鲁姆饭店，我们从没有遇到客人有什么奇怪的举动，所以我就没那么想。"

"你看见他的脸了？"

"看得很清楚，先生。走廊里的灯亮着。我看见他了，而且我能够认出他来，如果他还在。"

"很好，"达夫站了起来，"我们马上就让你看一看洛夫顿博士的旅行团成员。"

"稍等，先生。我还有一个小小的冒险经历。"

"哦？什么？是什么？"

"我四点的那次巡视。当我到了这层的时候，灯已经不亮了。周围漆黑一片。'开灯！'我想着，然后就去掏我的手电筒。当我把手伸进口袋的时候，突然我发觉有人就站在我身边。仅仅是感觉到他在那里，先生，在很静的黑暗中，有沉重的呼吸。我拿出手电，并打开了。我看见那人穿着灰色衣服，先生，然后我的手电就被他从我手里打掉了。我们就在那里扭打起来，在楼梯口，但是他太年轻了。我肯定是抓住了他的衣服口袋——右面的口袋。我努力想抓住他，他努力想挣脱。我听见衣服响了一声，然后他猛推了我一下，把我推倒了。我晕了过去。当我苏醒过来时，他已经走了。"

"但是你能肯定他穿的是灰色衣服？而且你抓住的是他右面的口袋？"

"对这两点，我可以发誓，先生。"

"你有没有把握说你这次碰到的和你在两点的巡视时遇到的是同一个人？"

"我不能肯定，先生。第二个人看起来好像胖些。但这可能只是我的想象，我确实也是在想象。"

"然后你做什么了？"

"我下楼去告诉夜间的大楼管理员。我们一起彻底搜查了整个房子，没有妨碍任何客人。我们一个人也没有找到。我们讨论是否报警，但是这是一家非常高档的、非常有名的饭店，先生，看来最好是……"

"做得很对。"总经理插话道。

"恐怕最好是离新闻记者们尽可能地远些。所以我们就没有再做什么。当然，今天早晨肯特先生一到，我就把两件事情都向肯特先生汇报了。"

"你在布鲁姆饭店已经很长时间了，是吗，埃本？"达夫问道。

"四十八年了，先生。我来这里的时候，还是个十四岁的孩子。"

"了不起的记录。"巡官说道，"请你现在到肯特先生的办公室等一会儿。我一会儿还会需要你。"

"乐意效劳，先生。"侍者回答道，并走了出去。

达夫转向海利。"我现在下楼去见见那些环球旅行的人们。"他说，"如果你不介意，老伙计，你到局里叫几个人。当我把那些人稳在楼下的时候，搜查一下他们的房间。肯特先生肯定会很高兴做你的向导的。"

"我不愿意出现这种事情，"肯特很忧郁地说，"不过，如果一定要这样……"

"恐怕必须这样。一段表链、一件撕了口袋的灰色外衣，恐怕你很难找到，海利，但是我们不能漏过任何东西。"他转向还在现场的指纹专家和摄影师。"伙计们，完了没有？"

"马上就完了，先生。"取指纹的人回答道。

"在这里等着我，你们两个，找到所有可疑的地方和目标。"达夫命令道。他和海利与肯特一起来到走廊里。他站住脚，察看着。"走廊的这边只有四个房间，"他说，"二十七、二十八、二十九号房间，属于斯派塞夫人、可怜的德雷克和霍尼伍德。能不能告诉我，谁住在剩下的一间——三十号房间，霍尼伍德的隔壁？"

"那间住的是帕特里克·泰特先生，"肯特回答道，"洛夫顿旅行团的另一个成员。一个大约六十岁的人，看上去非常与众不同——作为一个美国人来讲。我想他在美国是很知名的刑事律师。不幸的是，他的心脏不好，所以就有一个陪伴，陪他来做旅行——一个二十出头的年轻人。但是您得到楼下才能见到泰特先生，当然，还有他的陪伴。"

达夫一个人走到了一层。洛夫顿博士正站在门前翘首等待。在他后面，达夫瞥见了一小群人，正在铺着红长毛绒地毯的会客厅里。

"啊，巡官。"博士迎上前去。"我还没能把所有的成员都聚齐。还有五个或者六个没有找到。马上就要到十点了，他们也马上就要回来了。又来了一位。"

一个粗壮、很有尊严的男人从克拉格斯街入口处走了进来。他的一头优雅而雪白的头发使他看上去非常与众不同——作为一个美国人来讲。

"泰特先生，"洛夫顿说，"见一下苏格兰场的达夫巡官。"

老人伸出手。"你好，先生。"他的声音很低沉，"我听到了什么？谋杀吗？难以置信，非常难以置信。谁？我想问一下，谁被杀了？"

"先请进来吧，泰特先生。"达夫回答道，"您马上就会知道细节的。一件非常头痛的事情……"

"肯定是的。"泰特转过身，迈着强健的步子走进会客室。他站在门口停了一下，看着屋里的一群人，然后发出了一声令人窒息的叫声，并往地板上倒了下去。

达夫第一个跑过去。他把老人翻转过来，非常担心地看着他的脸。他的脸色白得就像二十八号房间里的死人。

第四章
达夫忽视了一个线索

紧跟着过来的是达夫身旁的一个小伙子，一个英俊的美国人，长着一双很直率的灰色眼睛，现在变得有些惊愕。他从一个瓶子里拿出一个小小的像珍珠一样的东西，放在手绢里压碎，然后把这个手绢捂在帕特里克·泰特先生的鼻子上。

"是硝酸甘油，"他解释道，抬眼看着巡官，"我想，这东西马上就会让他醒过来。是他告诉我的，如果他出现这种情况，就这样做。"

"哦，是吗？你是泰特先生的旅行陪伴？"

"我是。我叫马克·肯纳韦。泰特先生预料到会发生这样的事情，这就是为什么他要雇我跟着他。"躺在地上的人很快就动了一下，并睁开了眼睛。他沉重地喘着气，脸色比他的头发还要白。

达夫发现这间屋子的对面有个门，就走了过去。他发现那是一个小一些的会客室，有一张宽大而舒适的长沙发。"最好让他到这儿来，肯纳韦先生。"他说，"他还抖得厉害，上不了楼。"他二话不说，抱起老头儿，把他放在沙发上。"你在这里陪着他。"达夫建议说，"我一会儿再和你们俩谈话。"他转身回了大会客厅，并从身后把门关上。

他站在那里好一阵子，看着布鲁姆饭店的休息室。装修者很有创意地使用了很多红色长毛绒和胡桃木，而且多年来一直未被改动过。那儿有一个摆放着落满尘土的册子的书架和一张堆满乱纸的桌子。墙上还有不少招贴画，它们原本的白色已被岁月染黄。

这群非常时髦的人物坐在显得有些落伍的房间里，正在以一种认真的，对达夫巡官来说，更是一种渴望的眼神看着他。外面，太阳终于撕开了浓雾，一缕很强的阳光透过有很多方格的窗户射了进来，照亮了这些被巡官研究了许久的面孔。

他转向洛夫顿。"还有人没找到？"

"是的，还有五个。不包括隔壁房间的两位，当然，我指的是波特夫人。"

"没关系。"达夫耸了耸肩，"我们最好开始。"他把一张小桌子拉到房子中间，然后挨着桌子坐了下来，拿出他的笔记本。"我想在座的各位都已经知道发生了什么。我指的是昨晚发生在二十八号房间的德雷克先生被谋杀案。"没有人说话，达夫继续道："请允许我介绍一下。我是苏格兰场的达夫巡官。我首先声明，在座的旅行团成员，包括随行人员，都要一起留在布鲁姆饭店。未经苏格兰场许可，不得擅自离开。"

一个戴着金边眼镜的小个子男人站了起来。"喂，先生。"他用又高又细的噪音喊道，"我要求马上离开旅行团。我不想与谋杀犯混在一起。在我们马萨塞诸塞州的皮茨菲尔德……"

"啊，是的。"达夫冷冷地说，"谢谢您。我正不知道从哪里开始呢。我们从您开始吧。"他拿出一支自来水笔。"您的姓名？"

"我叫诺曼·芬威克。"他发音做"芬尼克"。

"请拼出您的姓，如果您愿意的话。"

"F-e-n-w-i-c-k。这是个英国姓氏，您知道。"

"您是英国人？"

"对，祖籍英国。我的先人于一六五〇年到了马萨塞诸塞。在大革命期间，他们都忠诚于祖国。"

"那些，"达夫冷冷地一笑，"都是过去的事情了，很难与眼下这个案子有什么干系。"他用一种略带厌烦的眼神盯着这个非常渴望拍英国马屁的小个子男人。"你一个人旅行吗？"

"不，不是。我姐姐和我在一起。"他指着一位脸色苍白的灰头发的女人，"劳拉·芬威克小姐。"

达夫又记了下来。"现在先告诉我，你们是否有谁知道关于昨晚发生的事件的什么情况？"

芬威克先生怒道："您这是什么意思，先生？"

"快点儿，快点儿吧。"巡官很是反感。"还有很多事情要做呢，不要浪费时间。你们是否听到了什么，看到了什么，或者联想起了什么能与这个案子有联系的事情？"

"什么也没有，先生，我也可以替我姐姐回答。"

"你们今天早上有没有离开饭店？如果离开了，去哪里了？"

"我们绕着西区散步，最后看一眼伦敦。我们都很喜欢这个城市，这很自然，因为我们都有英国血统……"

"是的，是的，对不起，我必须继续。"

"但是，请稍等，巡官。我们希望马上离开旅行团。马上，先生，我不能再和……"

"我告诉过你们应该怎么做，事情就是这样。"

"很好，先生。我会去见大使的。他是我叔叔的一个老朋友……"

"那就去见他吧。"达夫厉声说道，"下一个是谁？帕梅拉小姐，我们已经谈过了。斯派塞夫人，我已经见过您了。您旁边那位先生是……"

那人自己回答道："我是斯图尔特·维维安，来自加利福尼亚的德尔蒙特。"他很瘦，古铜色的皮肤，如果没有额头上的那道很深的伤疤，就可以称得上英俊了。"我必须说，我很赞同芬威克先生的观点，为什么我们要受这个案子的限制？我本人与被谋杀者是完全陌生的。我从来没有和他说过话。我也不知道其他什么情况。"

"有一点异议。"达夫提示他。

"啊……呃……是的。有一点异议。"

"昨晚您带斯派塞夫人去戏院了？"

"对。我们在旅行之前就认识了。"

"你们是约好一起旅行的？"

"一个可笑的问题。"那女人有些恼怒。

"你的问题恐怕超出范围了吧？"维维安非常生气地喊道，"这完全是巧合。我已经有一年没见到斯派塞夫人了。我到了纽约才发现斯派塞夫人也是旅行团的成员，可以想象我当时有多惊奇。我想我们没有理由不一起旅行。"

"当然。"达夫亲切地回答道，"关于德雷克先生的谋杀案，你什么也不知道吗？"

"我怎么会知道！"

"今天早上你是否离开过饭店？"

"当然。我去逛街了，想在布灵顿商场给自己买几件衬衫。"

"做别的什么了吗？"

"没有。"

"您做什么生意，维维安先生？"

"什么也没做，只是时常打打马球。"

"那个伤疤就是在马球场上留下的，没错吧？"

"对，几年前的一次令人不快的落马。"

达夫环视了一下四周。"霍尼伍德先生，再问您一个问题。"

霍尼伍德把香烟从嘴里拿下来的时候，手抖着。"什么，巡官？"

"今天上午，您有没有离开饭店？"

"没有，我……我没出去。早餐以后我就到这里来翻一些旧的《纽约论坛》。"

"谢谢。您旁边的那位先生呢？"达夫注视着的是一个中年男子，长着长长的鹰钩鼻子和一双引人注意的小眼睛。虽然他穿得很好,并且看起来生活无忧,但是总有点儿什么使他或多或少与这些不相称。

"罗纳德·基恩上校。"他说。

"军人?"达夫问道。

"怎么……呃……是的……"

"要我说,他是个军人。"帕梅拉·波特插话道,并瞥了达夫一眼,"基恩上校告诉我,他曾在英军服役,曾经到过印度和南非。"

达夫转向上校,"是真的吗?"

"这……"基恩踌躇着,"不,不是很精确。也许我太……太虚构了,您知道……在船上……一个可爱的姑娘。"

"我明白了,"达夫点头道,"在这种情况下,为了给人留下印象,不顾事实,我以前也曾经遇到过这样的人。您曾经服过军役吗,基恩上校?"

基恩又犹豫了。这个苏格兰场的人对个人经历挖得太深了,于是又揭露了一个谎言。"对不起,"他说,"我……呃……这个头衔只是一个尊称。它……呃……并不代表什么。"

"您做什么生意?"

"我现在什么也没做。我曾经是……工程师。"

"您怎么碰巧参加了这次旅行呢?"

"为什么……当然只是为了高兴。"

"我相信这次旅行并没有使您高兴。您对昨晚的事知道些什么?"

"当然不知道。"

"我想您早上也出去逛街了?"

"是的,我出去了。在美国快递公司兑现了一张支票。"

"你应该只带普通支票。"洛夫顿博士插话道。他的生意意识总是很强。

"我还有几张别的,"基恩回答道,"有法律禁止这样做吗?"

"问题是这涉及我们的协议……"洛夫顿又要开始了,但是达夫打断了他。

"请注意保持你们的绅士风度。"巡官说。他朝一个穿着粗花呢套装的高个子点了点头。这位旅行团成员走路跛得很厉害,现在一条腿僵直地伸在前面。"您的名字,先生?"他继续道。

"约翰·罗斯。"他回答说,"我是个伐木工,来自华盛顿州的塔科马。我想做这样的旅行已经好几年了,但我做梦也没有想到会发生这样的事。我的一生是本敞开的书,巡官。您随便选一页,我给您大声念出来。"

"我想您是苏格兰人?"达夫问。

"还有口音吗?"罗斯微笑道,"不会的……说实话,我在美国待的时间已经够长的了。我看到你正在看我的脚。既然我们都需要解释我们的伤疤和我们的弱点,那我就告诉你,几个月前我还在砍红木。我真蠢,让一棵树倒在我的右脚上，折了好几根骨头，而且并没有像预料的那样长好。"

"让人同情。知道关于谋杀的事吗？"

"一点儿都不知道，巡官。很抱歉，我没法帮您。这个德雷克是个好老兄。在船上的时候，我们的关系就很不错了。他和我都有一副相当好的胡子，我很喜欢他。"

"我想您也……"

罗斯点头道："是的。早上我出去散步了，享受这里的雾和所有的一切。你们这里是个很有意思的小城市，巡官，与太平洋海岸非常不同。"

"太平洋海岸是个不错的地方，"达夫回答道，"那里的气候很特别。"

罗斯兴奋地站了起来。"您到过那里，巡官？"

"时间很短——几年以前。"

"您对我们怎么看？"伐木工期待着回答。

达夫笑着摇了摇头。"换个时间问我好吗？"他说，"我已经满脑子都是这些麻烦了。"他站了起来。"请你们都在这里稍等一下。"然后走了出去。

芬威克走向洛夫顿。"听我说，你必须把旅行的钱退给我们。"他又来劲儿了，透过厚厚的眼镜片，瞪着洛夫顿。

"为什么？"洛夫顿温和地问。

"发生了这样的事情，你还想继续旅行？"

"旅行会继续的，"洛夫顿告诉他，"不管你是走是留。我带这种旅行团已经好几年了，在我的行程里，又不是没有发生过死人的事。虽然这次是谋杀，但不会影响到我的计划。我们会在伦敦耽误一些时间，但不过如此，当然，这是上帝的安排。去读一下我们的合同，芬威克先生。对于上帝的安排，我们不负任何责任。我会如约带领旅行团环游世界的。如果您选择中途退出，不会有任何折扣。"

"太蛮横了！"芬威克喊道，他转向其他人，"我们要团结起来。我们要去找大使馆。"但是，好像没人响应他。

达夫回来了，埃本——那个巡夜人跟在他后面。

"女士们，先生们，"巡官说道，"我请这个人来见一下你们，看看他是否能够辨认出来，是谁在昨天晚上两点时，搞不清楚自己的房间在什么地方了。曾有一个人当时在发生谋杀的楼层闲逛。"

他转向埃本，后者正在认真地审视着这间老式会客厅里的每一个男人的脸。他盯着洛夫顿，然后是霍尼伍德、伐木工罗斯，还有制作人维维安。他对芬威克的脸只是一扫而过。

"是他。"埃本很严肃地指出罗纳德·基恩上校。

基恩站了起来："你是什么意思？"

"我是说，是您在两点左右碰上了我。您告诉我说，您走错了楼层，以为那是您住的那层。"

"这是真的吗?"达夫严肃地问道。

"那又怎样,"基恩不安地看着他,"那又怎样……是的……我是上了那层。我睡不着,想找本书看。"

"这是一个很老套的说辞——找本书看。"达夫提醒他说。

"我想是的。"基恩马上就来了精神,他说道,"但碰巧就是这样——事情发生在受过教育的人身上。我知道泰特有很多的书——那个年轻人给他念书,每天念到很晚。我在船上的时候就发现了。我也知道,他住在三楼,虽然我不知道具体是哪个房间。我当时想,可以上楼去,在门外听一听,如果听到有人读书的声音,我就进去借些书。但是,我什么也没有听见,我想可能是太晚了。当我转身下楼的时候,碰上了巡夜人。"

"为什么在刚才的陈述中你说你是搞混了房间的位置?"达夫仍不放过。

"这个,我想,对一个服务员根本无法解释我对文学的需要。他不可能对这个感兴趣。于是我想到什么就说什么了。"

"我想,这也是你的习惯。"达夫说道。他站在那里盯着基恩看了一阵。一张普通的脸,不知道为什么,他对这张脸一点儿兴趣也提不起来,但是他不得不承认,这辩解听上去确实有些道理。但是他决定继续盯住这个人。出于某种说不清的警觉,他总觉得此人的话不真实。

"很好,"巡官说,"谢谢你,埃本,你现在可以走了。"他考虑到海利还在上面搜查,就又说道:"请大家暂时都不要离开。"他对异口同声的抗议充耳不闻,快步走了出去,进了那个小一些的会客室。

当他从身后把门关上时,他看到帕特里克·泰特先生正直直地坐在长沙发上,手里端着一杯苏打水。肯纳韦正在旁边关心地守着。

"啊,泰特先生,"达夫说道,"很高兴看到您好些了。"

老人点了点头。"没事。"他说,"没什么。"声音在嗓子里面咕哝着,就像在自言自语,"我有这毛病——这就是为什么要这个孩子陪着我。他会很好地照顾我的,我可以肯定。也许是有些太激动了,你知道,没有料到会发生这样的事情。"

"当然不会料到,"达夫表示同意,并坐了下来,"如果您已经好了,先生……"

"请稍等。"泰特抬起手,"我知道您不会介意我的好奇心。但是,我还不知道是谁被杀了,达夫先生。"

巡官用审视的眼光看着他。"您是否肯定您已经真的好了?"

"不用说了。"泰特回答道,"我是说,我已经没事了。这不幸的事情到底发生在谁身上了?"

"是来自底特律的休·莫里斯·德雷克先生。"达夫说。

泰特低下头,沉默了一阵。"我认识他好几年了,但不是很熟悉。"他终于开口说道,"一个无污点的人,有着最最仁慈之心。为什么会有人要干掉他？你碰到了一个非常有趣的问题。"

"而且是很难的问题。"达夫补充道,"我正想和您讨论一下这个问题。您住的是三十号房间,与发生不幸事件的地点这么近。您昨晚是什么时候休息的?"

泰特看着那个小伙子。"大概在十二点,对吧,马克?"

肯纳韦点了点头。"或许再晚几分钟。您知道,巡官,我每晚到泰特先生的房间,为他读书,好帮助他入睡。昨晚我是十点开始读的,十二点多一点儿的时候,他已经睡熟了。然后我就轻声出去了,回到二层我自己的房间。"

"你主要读些什么?"达夫对此很感兴趣。

"侦探小说。"肯纳韦微笑道。

"读给一个心脏不好的人听?我总觉得这有些太刺激……"

"不,"泰特插话道,"这里面刺激的东西够少的了。我在家乡已经做了好几年的刑事律师了,至于'谋杀'这个词……"他突然停了下来。

"您是想说,"达夫轻轻地提示道,"那种谋杀案并不是您所关心的有刺激性的话题。"

"是又怎么样呢?"泰特非常温和地问道。

"我只是奇怪,"达夫继续道,"为什么这件谋杀案会让您如此动容呢?"

"哦,是呀!碰上这样的事情,与在书中读到有很大的差别,即使在法庭上,所碰到的也和这不一样。"

"当然,当然,"达夫表示赞同。他不说话了,用手指敲着椅子的扶手。他突然转过身来,以机枪扫射般的速度开始对律师进行轰炸式的提问。

"您昨天晚上在三层没有听到任何动静?"

"没有。"

"没有喊叫声?没有呼救声?"

"没有。我告诉过你了。"

"没有一个老人遭到残酷的攻击时发出的尖叫声?"

"我已经告诉过你,先生……"

"我正在问您,泰特先生。我看到您在门廊里的时候,还很结实,很健康。您听到了关于谋杀的传闻,但是您不知道是谁被杀了。您走到会客室的门口时,步子还很稳健。您扫视了一下屋里人的脸,然后您就倒在地上了,看起来像是遭到了致命的打击……"

"看起来是这样……"

"是吗?或者您在那间屋里看到了什么人……"

"不!不!"

"或者是某张脸……"

"我告诉你,不是!"

老人两眼冒火,端着杯子的手在抖。肯纳韦走了过来。

"巡官，对不起，"他很稳重，"您扯得太远了。这个人正在病着……"

"我知道，"达夫很温和地承认道，"对不起，是我的错，我道歉。我忘了，你知道——我有我的工作要做，我忘了。"他站起身来。"不过，泰特先生，"他又说道，"我还是认为您在门口的时候，肯定看到了什么令人惊讶的东西。我会找出那是什么的。"

"愿意怎么认为是您的权利，先生。"老人回答道。达夫走出房门，脑子里闪现出一个画面：一个著名的刑事律师，脸色青灰，喘着粗气，坐在维多利亚式的沙发上，挑战苏格兰场。

海利正在大厅里等着。"查过了旅行团每个男人的房间，"他报告道，"没有发现断裂的表链的碎片，没有发现被撕破口袋的灰色外套，什么也没有。"

"当然没有。"达夫回答道，"这帮子人，今天早上几乎都到饭店外面去了。任何证据都可以被他们带出去。"

"我真的必须回文街的岗位上去了。"海利说道，"事情完了就过来吗，老伙计？"

达夫点头道："走吧。那些马路乐队是怎么唱的？前面还有很长很长的路。确实如此呀，海利。真该死。"

"恐怕是的，局里见。"

当达夫回过身时，紧锁的眉头马上舒展开来。帕梅拉·波特正在会客室的门口招呼他。他马上朝她走了过去。

"我想知道，巡官，"她说，"您现在是否想见我的母亲。我想我可以安排一下。"

"很好，"他回答道，"我马上就和你一起上楼。"他走进会客室，再一次警告在座的不要离开布鲁姆饭店，然后宣布解散。"我想尽快见到旅行团的其他五位成员。"他对洛夫顿说。

"当然。他们一回来，我就通知您。"洛夫顿答应道。他朝大厅走去，芬威克还跟在他屁股后面不停地争论。

达夫站在帕梅拉·波特和她母亲住的套间的门口，等着姑娘进去问话。他听见门里边一阵说话声。几分钟以后，姑娘出来请他进去。

起居室里很昏暗。在他的眼睛逐渐地适应了黑暗后，他发现，在最黑暗的角落里的一把躺椅上有一位妇人。他走近了一些。

"这是达夫巡官，妈妈。"帕梅拉·波特说。

"哦，是么。"妇人的声音很模糊。

"波特夫人。"巡官说道，觉得有些于心不安，"我非常抱歉打搅您，但我不得不如此。"

"我想你也只能如此，"她回答道，"怎么不坐下？我希望您不会介意窗帘都放着吧。经过这样的打击，恐怕我现在的样子不会好看。"

"我已经和您的女儿谈过了，"达夫说道，并挪过一把椅子，尽可能近地挨着躺椅坐下来,"所以我不会待很长时间。您是否能向我提供一些有关这个事件的情况?我向您保证,您所提供的情况将是至关重要的。您对过去的事情的了解,当然要比帕梅拉小姐多一些。您父亲有没有什么仇人?"

"可怜的父亲,"妇人说道,"帕梅拉,把鼻盐给我。"姑娘拿出一个绿色的瓶子,"他是个圣徒。呃……你说他的名字叫什么来着,亲爱的?"

"达夫先生,妈妈。"

"如果有圣徒的话,我的父亲可以说是个真正的圣徒。他从来没有过仇人。真的,我这辈子从来没有听说过这样的事情。"

"但是肯定有点儿什么,波特夫人。这就是我们要找出来的。您父亲过去的一些事情……"达夫停了下来,从他的口袋里拿出一个水洗皮的钱包。"能不能把窗帘略微打开一点儿?"他对姑娘说。

"当然可以,"她说,并把窗帘拉了起来。

"我现在肯定看上去很难看。"妇人反对道。

达夫将钱包递过去。"您看,夫人,我们在您父亲的床上发现了这个。"

"这到底是什么?"

"只是一个小钱包,波特夫人,水洗皮做的——我想您可能称之为软羚羊皮。"他往手心里倒出一些里面的东西。"这里面装着一百个,或者更多的小鹅卵石,或者是小石头。这些对您有什么意义吗?"

"当然没有。对您有什么意义吗?"

"没有,非常不幸。但是,请您想一想,波特夫人。您的父亲从来没有,比如说,采过矿?"

"即使他有过,我也从来没有听说过。"

"这些小鹅卵石与汽车没有任何联系吗?"

"怎么会呢?帕梅拉……这个……靠垫……"

"我来弄,妈妈。"

达夫叹了口气,把小包又放回口袋里。"在船上的时候,您有没有和旅行团的其他成员在一起?"

"我从来没有离开我的船舱。"妇人说道,"这个帕梅拉倒是时常四处游荡,应该和我在一起的时候,她却在和各种各样的人聊天。"

巡官拿出了那段表链,上面连着钥匙,递给了姑娘。"我想你没有注意过那些和你谈过话的人中,有戴过这样的表链的吧?"

她仔细看了一下表链,摇了摇头。"没有,谁会看一个人的表链呢?"

"这个钥匙呢?"

"没有,非常抱歉。"

"请拿给你妈妈看一下。您以前有没有见到过这个表链,或者钥匙,夫人?"

妇人耸了耸肩。"不,没有见过。这世上到处都有钥匙。从这上面你什么也得不到。"

达夫把他的"线索"放回口袋，站了起来。"我想，就这些了。"他说。

"整个事件绝对是无缘无故的，我告诉你。"妇人有些抱怨地说，"没有任何意图。我希望你能找到根源，但我不相信你能找到。"

"我会努力的，即使机会很少。"达夫向她保证道，然后走了出去，并意识到自己刚刚遇到的是个自负而且非常肤浅的女人。姑娘跟着他走进了大厅。

"我只是认为您见我母亲一下会有好处。"她说，"现在您该明白了吧，我正是家里的发言人，类似主管，如果您愿意这么认为的话。可怜的母亲，身体一向不好。"

"我明白，"达夫回答道，"我尽力不再麻烦她了。你是和我站在一起的，帕梅拉小姐。"

"为了外祖父。"她严肃地点了点头。

达夫回到二十八号房间。他的两个助手正等着他，他们的随身用具都已经收拾好了。

"都完了，达夫先生。"指纹专家告诉他，"恐怕找到的太少了，先生。这东西，无论如何，太奇怪了。"他把死者的助听器递给巡官。

达夫接了过来。"这东西怎么了？"

"上面没有指纹。"专家回答道，"连床上那个人的指纹也没有——被擦干净了。"

达夫盯着助听器。"被擦干净了？我现在想知道，这位老绅士和他的助听器是不是在饭店的其他什么地方……是不是在其他地方被杀，然后被移回这里……助听器也被拿了回来……"

"我还没明白，先生。"助手说。

达夫微笑道："我只是把心里想的说了出来。来吧，小伙子们，我们必须继续了。"他把助听器放回桌子上。

显然，现在他并没有怀疑。其实他手里的这东西，正是揭开这个秘密的钥匙——休·莫里斯·德雷克的耳聋导致了他在布鲁姆饭店被谋杀。

第五章　莫尼考的午宴

他们到了一层大厅后,达夫命令司机马上送他的两个助手带着他们找到的东西回苏格兰场,然后让司机和绿色轿车再返回布鲁姆饭店等他。他开始在走廊里巡视,然后走向还是那样心烦意乱的洛夫顿博士。

"那五位成员已经到了,"博士说,"我已经让他们在那间会客室里等着了。我希望您现在能见他们,他们现在都已经很累了。"

"马上。"达夫亲切地回答道,然后和洛夫顿一起进了那间会客室。

"你们都已经知道发生了什么事情。"领队说道,"这位是苏格兰场的达夫巡官。他希望和你们谈一下。巡官,这是埃尔默·本博先生和夫人、马克斯·明钦先生和夫人,还有拉蒂默·卢斯夫人。"

巡官站在那里,面对着一群满脸惊奇的人。他想,这些美国人真有意思:各种类型、各种种族、来自社会的各个阶层,一起旅行,表面上和睦而友好。是呀,这一点确实令人感动。当他正在掏笔记本的时候,那个叫埃尔默·本博的人冲了上来,近乎狂热地抓住他的手,上下摇动。

"非常高兴见到您,巡官。"他喊道,"瞧,这将成为我们回到阿克伦以后的话题了。和一桩谋杀案搅在了一起……苏格兰场,和所有这些……就像我在你们英国侦探小说里读到的一样。我读了很多那样的小说。我妻子告诉我,这些对我的脑子没有好处,但是每天晚上从工厂回到家里,我都要垮掉了,我不想再看其他无聊的东西……"

"真的吗?"达夫插进话来,"现在,请稍停一下,本博先生。"本博停了下来,他的话总算被打断了。他是个胖胖的很和蔼的人:天真、单纯,英国人一般都喜欢认为他这样的人就是典型美国人。他的手里拿着一架小型电影摄影机。"您刚才说要回去的那个地方叫什么名字?"达夫问道。

"阿克伦。您听说过阿克伦吗？俄亥俄州的阿克伦。"

"我现在听说过了。"达夫微笑着，"我猜，您的旅行一定很愉快？"

"确实如此。说要旅行已经说了很多年了。今年冬天的生意挺不错，我的合伙人对我说：'埃尔默，你还不掏腰包去做那个环球旅行？你都跟我唠叨了五年了。你瞧，'他说，'要是华尔街金融形势大跌，你的腰包里不知道还能不能剩下什么呢。'是呀，有很多人做投机生意，但我不做。'安全投资'是我的座右铭。我不怕花钱，因为我知道我的资金很充足，而且我的生意会及时地转危为安。我希望能够恢复到常态——在俄亥俄也是一样的难——比如按时返回到阿克伦。你得到的是打了折扣的价格……"

达夫看了看表。"我打断您一下，本博先生，我想问您，是否愿意谈一谈发生在二十八号房间的不幸事件？"

"确实是不幸的，"本博回答道，"就像您说的。他是一个您能想象到的最好的老绅士。是个人物，要多富有多富，有人计划要谋杀他。我告诉你，这都是美国的制度造成的……"

"关于这个事件，您什么也不知道吗？"

"不是我干的，如果您是这个意思的话。难道我们在阿克伦做的轮胎多到不得不四处走动去杀掉我们最好的做汽车生意的客户？不，先生，这对内蒂和我都是极大的损失。您见过我的老婆了？"

巡官朝本博夫人鞠了一躬。那是一个很漂亮、衣着讲究的女人，在工厂里是不会需要这样的人的。她明显地比她的丈夫要讲究得多。

"非常荣幸，"巡官说，"听说你们今天早上去逛伦敦了？"

本博先生举起摄影机。"想再抓拍一些好镜头。"他解释道，"但是——雾太大了。我不知道其中一些照片冲洗出来效果会怎么样。这是我的爱好，可以这么说。旅行回去的时候，我希望我的房间里有足够的照片去愚弄我未来的桥牌伙伴，这对我来说可是太好了。"

"所以，您整个早上都在拍照片？"

"确实如此。刚才出太阳了，我才真正拍到了照片。内蒂对我说：'埃尔默，我们要误火车了。'我这才不得不回来。那时候，我正照得带劲呢。"

达夫坐下来看着他的记录。"这个阿克伦，"他说，"应该离……"他用手指轻轻点着记录，"离俄亥俄的坎顿很近，是吗？"

"只有几英里的路程，"本博回答说，"你知道，麦金莱①就来自坎顿。我们管俄亥俄叫'总统的母亲'。"

"的确。"达夫低声说。他转向拉蒂默·卢斯夫人——一个目光敏锐的老妇人，说不准年纪，举止高雅，有教养。"卢斯夫人，关于这件谋杀案，您有什么可以告诉我的吗？"

---

① 麦金莱（William Mckinley），美国总统（一八九七～一九〇一）。——译者注

"非常抱歉，巡官。"她回答道，"我告诉不了您什么。"她的声音很低，很好听，"我的一生几乎都在旅行，但是这次是一个全新的经历。"

"您的家在什么地方？"

"嗯……加利福尼亚的帕萨德那，如果说我有家乡的话。我在那里有所房子，但是从来没住过。我总是在路上。像我这个岁数，总得想点儿什么——新鲜的事情，新鲜的面孔。德雷克的事情使我很震惊，他是一个很有吸引力的人。"

"您今天早上离开饭店了吗？"

"是的，我和住在柯曾大街的一个老朋友一起吃的早餐。她是我在上海住的时候认识的一个英国女人，那是二十年以前的事了。"

达夫的目光转向马克斯·明钦先生，他们一脸的惊奇。明钦先生又黑又矮又胖，留着小平头，嘴长得靠下，撅着。当本博先生激动地和一个苏格兰场的人谈话的时候，他却没有显露出任何热情。事实上，他的表情很阴沉，甚至是怀有敌意的。

"您的家在什么地方，明钦先生？"达夫问道。

"这跟案子关系吗？"明钦问，并伸出一只毛茸茸的大手，动了动领带上的一粒大钻石。

"哦，告诉他，马克斯。"他妻子说，她的身子把红色长毛绒椅子都挤满了，"说出来也没什么羞耻的。"她看着达夫，"我们来自芝加哥。"

"好吧，芝加哥，就是那儿，"她的丈夫粗暴地说，"那又怎么样呢？啊？"

"关于这个谋杀，你们有什么情况可以提供吗？"

"我们是什么人？"马克斯说，"我看见了？自己去找情报吧。我——我没什么可说的。我的律师们——当然，他们不在这里，我是不会说什么的。明白我的意思了吗？"

达夫看着洛夫顿博士。看来，有些让人不舒服的人物混进了今年的洛夫顿环球旅行团。洛夫顿看着其他地方，显然很困窘。

明钦夫人也显得很不自在。"别这样，马克斯。"她反对道，"闹脾气也没有用。现在没人控告你。"

"管你自己吧，"他说，"我会对付的。"

"你们今天早上在做什么？"达夫问道。

"购物。"明钦回答得很简单。

"看看这宝石，"萨迪伸出她的胖手，"我在橱窗里看到这个，然后对马克斯说——如果你想让我记住伦敦，通过这个，我就能记住了。他走过来就给我买了。一个挥金如土的人！在芝加哥他让……"

达夫叹了口气，站了起来。"我不想再耽搁你们更多的时间了。"他对屋里的人说。他又强调了一遍，他们不能离开布鲁姆饭店，然后让五个人都出去了。洛夫顿转向他。

"结果到底会怎么样，达夫先生？"他很想知道，"我的旅行是有计划安排的，当然，任何的耽搁都会使事情变得非常的混乱。比如船，您明白的。整个旅行路线上的船，那不勒斯、赛义德港、加尔各答、新加坡。您有没有得到什么可以让您扣留某些成员的线索？要是有，扣留他们，然后让我们其他人继续上路。"

达夫一向很沉稳的脸上露出为难之色。"我得对你坦诚相告，"他说，"我从来没有遇到过这样的境遇。现在我不能确定以后会怎样发展。我必须和苏格兰场的上司商量一下。上午会有验尸官来验尸，这无疑会使您的旅行推迟几个星期。"

"几个星期！"洛夫顿惊愕地喊道。

"非常抱歉。我会尽快的，但是我可以告诉您，我也不情愿看到这样，但您的旅行必须暂停，直到我解决了这个案子。"

洛夫顿耸了耸肩。"我们拭目以待。"他说。

"当然，"达夫回答后，他们便分手了。

马克·肯纳韦正在门厅里等着。"能耽误您几分钟吗，巡官？"他说。他们在旁边的一个长椅上坐了下来。

"您有什么线索吗？"巡官问，多少有些厌倦。

"从某种意义上讲，是的。这或许并不能说明什么。我昨天晚上离开泰特先生到了二层的时候，看见一个人藏在电梯对面的阴暗处。"

"什么人？"

"哦，别期望有什么大的惊奇，巡官。不是别人，是我们的一个老朋友，基恩上校。"

"啊，是的。或许是希望借一本书。"

"可能是的。夜班的那个电梯工是个很喜欢读书的人，我知道这一点，但是他的藏书并不广泛。"

达夫仔细审视着这个年轻人的脸，他有些喜欢肯纳韦了。"告诉我，"他说，"你认识泰特先生多长时间了？"

"从旅行开始我们才认识的。您看，我去年六月刚刚从哈佛法律学院毕业，而且好像一直没有什么需要我的地方。一个朋友告诉了我关于这个工作的事。我想要旅行，而且这看上去像是个好机会，能学到一些法律上的东西——跟着一个像泰特这样的人。"

"学到什么了吗？"

"没有，他说话不多。对他，需要在意的事情很多。如果他还会发生很多次像今天早晨这样的事情，我还是希望回波士顿去。"

"这是泰特先生开始旅行以来，第一次发生这样的事情吗？"

"是的，直到现在他看上去都非常正常。"

达夫把身子向后靠过去，然后开始往烟斗里装烟丝。"给我讲讲你对这些人的印象怎么样？"他建议道。

"好吧，可我不敢说自己是个特别明眼的人。"肯纳韦笑道，"我在船上认识了几个人，'类型多样'似乎是这支远征军的根本特点。"

"比如，说说基恩。"

"一个虚张声势的家伙，而且爱管闲事。搞不清楚他是从哪里弄到钱来旅行的。您知道，这是一次很昂贵的旅行。"

"那个死者德雷克，您在船上对他有什么印象？"

"非常深的印象。一个无辜的老绅士。他比较好交际，但这也使我们其他人多少有些感到困难。他耳聋，您明白的。然而，我在大学里曾经是拉拉队队长，所以我不在乎。"

"你怎么看洛夫顿？"

"他属于比较与人疏远的类型。一个有教养的人——他知道自己是块什么料。您可能听过他对伦敦塔的谈论。他总是忧虑重重，精神恍惚。不用问，肯定是因为他手上这群人。"

"那霍尼伍德呢？"达夫点着了他的烟斗。

"在船上从来没有见到他，直到昨天早晨。我相信他从来没有离开过他的船舱。"

"他告诉我他在坐船过海的时候结识了德雷克先生。"

"他在欺骗您。当我们的船停在南安普敦码头的时候，是我站在他们两个中间，为他们互相做的介绍。我可以肯定，在那之前，他们从来没有说过话。"

"非常有趣，"达夫琢磨着，"你今天早晨有没有仔细观察霍尼伍德？"

"我注意了。"肯纳韦点了点头，"他就像看到了鬼，不是吗？这件事对我也有影响，我想不是好事。洛夫顿告诉我，他的这些旅行对身体不好的人和上了年纪的人很有好处，我本指望着能很高兴呢。"

"波特小姐是个很迷人的姑娘。"达夫引开了话题。

"是的，但她的旅行只能到此为止了。这种事没发生在我身上，这就是我肯纳韦的运气。"

"明钦那家伙怎么样？"

年轻人的脸上立刻容光焕发起来。"啊——旅行团的灵魂。他每个毛孔都在往外渗钱。一路上，他曾经举办了三次香槟酒晚宴。别人都没去，除了本博夫妇、基恩和我，还有老夫人卢斯。她的身体非常好——从来不忘什么，她告诉我的。第一次香槟酒晚宴时，我们几个都去了。但自那次以后，就只有基恩和马克斯在吸烟室里找到的那几个爱凑热闹的家伙去了。"

"晚会太热闹了，是吧？"

"哦，根本不是，只是仔细观察一下马克斯之后——哎，即使是香槟酒也不能弥补什么。"

达夫笑道:"谢谢您的关于基恩的小秘密。"他说着站了起来。

"不要认为这能说明什么。"肯纳韦回答道,"我个人并不喜欢流言飞语,但是可怜的老德雷克对每个人都是那么好。好吧,再见,我想我们会再见面的。"

"这是你无法避开的。"达夫告诉他。

跟饭店的总经理谈了几句之后,巡官走出饭店,来到大街上。那辆绿色小轿车正等着他。当他正准备上车的时候,一个愉快的嗓音从身后传来。

"嘿,嘿,巡官。能不能转过身来对着我?"达夫转过身去。埃尔默·本博先生站在便道上微笑着,他举着摄影机正准备拍照。

"注意,小伙子,"他喊道,"现在,能不能把那东西摘下来?我是说帽子!你知道——光线不是很好……"

达夫一边按照他的指挥行动,一边在心里咒骂着。那个来自阿克伦的人把摄影机举到眼前,并转动着一个小小的曲柄。

"来一点儿微笑——很好——回去给那些阿克伦的家伙们看一看,你知道的——现在,稍微换一个姿势——一只手放在车门上——我想这些照片不至于吓坏那些家伙吧——著名的苏格兰场巡官,在调查发生在环球旅行团的神秘的谋杀案之后,离开位于英国伦敦的布鲁姆饭店!现在,上车吧!就拍这些了,开车吧,谢谢!"

"这个傻瓜!"达夫向他的司机抱怨道,"去文街。"

几分钟以后,他们到了警察局门口。警察局隐藏在伦敦的最西边,在一条很平常、很不起眼的街上,很多伦敦人都不知道这里。达夫下了车,走了进去。海利正在他的办公室里。

"完了,老伙计?"他问道。

达夫不耐烦地看了他一眼。"我不会完的。"他说,"这个案子也完不了。"他看了看表,"马上就十二点了。愿意来和我一起吃点儿什么吗,小伙子?"

海利当然愿意,不久他们就坐在了莫尼考烤肉馆。点了菜以后,达夫坐在那里发了半天愣。

"喂!"他的朋友最后说话了。

"喂,喂,喂!"达夫回答道,"以前有过像这样的案子吗?"

"为什么要忧郁?"海利问道,"不过是一个小小的谋杀案。"

"罪行本身,是的,再简单不过了。"达夫同意道,"并且在通常的情况下,最终无疑会解决。但是,如果你愿意的话,考虑一下这个。"他拿出他的笔记本,"我这里有这些人的名字,十四个或者更多,而且在这些人里,肯定有我想要的人。就此而言,很好。但是,这些人正在旅行。去哪儿?只要你高兴,世界上任何一个地方都行。所有这些嫌疑人,就在同一个旅行团里。

除非马上有什么料想不到的事情发生，否则这个旅行团会继续旅行的。巴黎、那不勒斯、赛义德、加尔各答、新加坡——洛夫顿刚把这些都告诉我了。继续向前，离犯罪发生地点越来越远。"

"但是你可以把他们留在这里。"

"我能吗？我很高兴你这么想，可我不能。我可以把杀人凶手留在这儿，当我对他的罪行有了充分的证据以后。我必须马上得到证据，否则事情就复杂了，美国领事馆，或者是大使本人会召见我。你把他们留在哪儿？你有什么证据证明他们中的哪个人犯罪了？我告诉你，海利，这样的情况，没有先例。以前从来没有发生过这样的事情，现在终于发生了，而我又是那个幸运的家伙。在我忘了这一点之前，得先感谢你才是。"

海利笑了起来。"昨天晚上，你还渴望着另一个难题呢。"他说。

达夫摇了摇头。"平静的人才是幸福的人。"他低声说。他要的烤牛肉和一瓶黑啤酒被放在了他面前。

"你审查了旅行团，没有什么收获吗？"海利问道。

"没有什么可以肯定的。没有什么能把他们中的任何人与这罪行联系起来，即使是微小的联系也没有。一些模糊的怀疑倒是有，一些奇怪的小事。但是没有什么能让我把什么人扣下来，没有什么能说服美国大使馆，甚至不能说服我自己的上司。"

"你的本子里写了那么多东西，"这个文街的警察评论道，"为什么不再看一看你谈过话的人名录？也许会突然发现点儿什么——谁知道呢？"

达夫拿出了他的笔记本。"我见他们第一个人的时候，你和我在一起。帕梅拉·波特小姐，一个漂亮的美国姑娘，决心要找出杀她外祖父的凶手。我们的朋友洛夫顿博士，昨天晚上和死者有一些小小的吵闹，而且勒死死者的背包带也是他的。斯派塞夫人聪明、敏捷，没有被料想不到的问题缠住。霍尼伍德先生……"

"啊，对，霍尼伍德，"海利插话道，"看一看他的脸色吧，我选他。"

"这是说给陪审团的废话！"达夫冷笑着说，"他看上去很心虚。我想他是这样，我自己也这么想，但有什么用呢？这能说明什么吗？"

"你不是和其他人在楼下谈话了吗？"

"是的。我见到了住三十号房间的那个人，帕特里克·泰特先生。"他讲了关于泰特在会客厅门口心脏病发作的事情。海利变得严肃起来。

"对这一点你怎么看？"他问道。

"我怀疑他是被什么东西吓着了，或者是被什么人吓着了。他曾向屋里张望。但另一方面，他是个著名的刑事律师，大概应该能够禁得住这样的考验吧！多一点儿的话他都不说，让人奇怪。另一方面，他或许没有什么可说的。他对我说，他的病之所以发作，只是因为事情太突然了。"

"和对霍尼伍德一样，对他也得注意。"

"是的。这里还有一个人。"他介绍了关于罗纳德·基恩上校的情况,"与昨晚的事情很巧合——天知道。他是只穿着裤子的狐狸,如果我见过那样的狐狸的话。让自己都相信的说谎者!"

"别人呢?"

达夫摇了摇头。"再没什么更多的了。泰特身边有一个很好的年轻人陪着。还有一个有伤疤的玩儿马球的家伙,维维安先生,看起来和艾琳·斯派塞夫人有点儿什么联系。一个叫罗斯的瘸子,在西海岸做伐木生意。姓芬威克的姐弟两个,是爱炫耀的小人物,对死人之事很惊恐,好像决定要退出旅行。"

"哦,是吗?"

"是的,但是不要被蒙骗了。这不能说明什么。他连只兔子都杀不了。这里只有四个人,海利,只有四个人需要监视:霍尼伍德、泰特、洛夫顿和基恩。"

"那你没有见到旅行团的其他成员吗?"

"哦,我见到了,但他们并没有什么。本博先生和夫人来自一个叫阿克伦的小镇。他开了一家工厂,对他带着的电影摄影机十分着迷。他想回到家以后看一看自己环球旅行时的影像,以前没有这样旅行过。等一下……他告诉我阿克伦离俄亥俄的坎顿很近。"

"啊,是的,这个地址很关键吗?"

"相当关键。但是他与这事无关,我可以肯定——他不是这种人。还有一位卢斯夫人,一个上了岁数的女人,到过所有的地方。我看她在这样的旅行团里是个重要人物。还有来自芝加哥的一对儿,很麻烦的人,真的,马克斯·明钦夫妇……"

海利弄掉了手里的叉子。"明钦?"他重复道。

"是的,就叫这个。有什么问题吗?"

"没什么,老伙计,显然你没有注意到苏格兰场几天前发的一条消息。这个明钦,好像是芝加哥的一个骗子头目,最近被什么人说服,结束或者只是暂停了他的暴行和犯罪事业。"

"很有意思!"达夫点了点头。

"很有意思!他还在活动的期间,就有人想要除掉他了。已经有一些对手,直接或者是通过他的手下人'使他处于险境',我觉得这词用得很贴切。最近,由于某种原因,他被迫放弃了以前的位置,并且远走高飞了。纽约警察当局建议我们要注意他的那些老朋友,他有可能要跟他们算老账。马克斯·明钦是芝加哥的头面人物之一。"

达夫沉思着。"午饭以后,我得和他再谈谈,"他说,"可怜的老德雷克先生的身上并没有被射满机枪子弹,但是,我想布鲁姆饭店的情况即使是对马克斯·明钦这样的人,也会有影响的。对,我得和这家伙直截了当地谈谈。"

第六章　维多利亚车站，一〇四五次列车

用完午饭后，达夫和海利一起回到了文街警察局。他们一起找到了一本落满尘土、早被人遗忘了的地图集。达夫马上翻到了美国地图。

"上帝呀，"他大声叫道，"好一个国家！如果你问我，海利，我得说，这国家可真是太大了。啊，我找到芝加哥了，马克斯·明钦的城市。现在看看，底特律到底在哪儿？"

海利躬下身，过了一会儿，把一个手指按在密西根城上。"在这儿，"他说，"在这么大的一个国家里，这并不算远，是吧？"

达夫向后靠到椅背上。"我想知道的是，"他慢慢地说，"这两个城市离得这么近，这个芝加哥流氓和这位底特律百万富翁有什么联系呢？德雷克是个名声显赫的很受尊重的人，但是谁也不敢担保什么。里科尔，你知道，海利，里科尔离底特律很近，我是去美国的时候知道的。而这个里科尔，无疑至少是在明钦的势力范围之内。是不是有什么争执——什么旧怨？那些小鹅卵石又表示什么呢？也许是从湖边捡的。哦，我知道，这些听起来好像有些太离奇了，但是在美国，任何事情都是可能的。这种说法会得到证实的，老伙计。"

带着海利的鼓励，达夫又出发去布鲁姆饭店探个究竟了。马克斯·明钦先生让人转告说他要在自己的套房里接待巡官。达夫看到这个有名的骗子只穿着衬衫和拖鞋。他的头发乱七八糟的，他解释说他正在午睡。

"保持精神饱满——明白我的意思吗？"他说。他的样子比早些时候友好多了。

"非常抱歉打搅你。"达夫说，"但是，有一两件事……"

"我明白你的意思。拷问马克斯，是吧？"

"这里并不实行这个。"达夫告诉他。

"哦？"马克斯耸着肩说，"好吧，如果不是拷问，那就是你对我们美国人有别的办法。我们认为在我们的国家我们是光明磊落的，但是我想，我们还有些东西要学。对了，您对吸毒怎么看，长官？现在很时髦这个。我们正在谈论如何做个毒品贩子。"

"昨天晚上饭店里发生了一起谋杀。"巡官开始了话题。

马克斯微笑道："你以为我是谁？从锡塞罗来的乡巴佬？我知道他们喜欢杀人。"

"从掌握的材料来看，我相信谋杀是你的嗜好之一，明钦先生。"

"试试换个说法。"

"是你的消遣之一，如果可以这么说的话。"

"哦，我明白你的意思了。好吧，或许我曾经什么时候需要某些家伙消失，但那是他们造成的。明白我的意思吗？而那些事情与你无关，它们发生在美利坚。"

"我知道。但是现在就在你身边发生了谋杀，我……呃……不得不……"

"你现在想围着我绕圈子，啊？好啊，那就来吧。但是你是在浪费精力。"

"你在做这次旅行之前有没有见过德雷克先生？"

"没有，我在底特律听说过他，我时不时要往那儿跑。但是我从来没能有幸与他相识。我在船上和他聊过，一个很好的老头儿。如果你认为是我把那带子套在他脖子上的，那你就搞错了。"

"马克斯是世界上最好的人了！"他夫人插嘴道，她正在慢慢地打开一个皮箱，"也许他今天说话有些粗暴，但这不能说明全部。他现在已经洗手不干了。是不是，马克斯？"

"是，是。"她丈夫同意道，"行了吧，长官！这就是我，已退出以前的行当了，正努力远离那一切，现在只是希望像其他绅士一样愉快地旅行。不凑巧，正好有只鸟几乎死在了我的口袋里，您可以这么说。"他抬头看了一眼，"看起来就好像一个家伙无法收手，不管他到了哪里。"他郁闷地补充道。

"你昨天晚上什么时候休息的？"达夫问道。

"我们什么时候上床的？呃……我们去看戏了。一些真正的男演员，令我感动！但是慢着，伙计，我并没有醒着。一有机会我就要去剧院，我想看戏。虽然都是老掉牙的戏，但是我们没有别的事情可做，所以我们就坚持看完了。大约十一点半回到这里，十二点就躺下了。我不知道那以后饭店里发生了什么事情。"

"已经洗手不干了，就像他告诉你的那样。"萨迪·明钦补充道，"他退出是因为小马克斯的缘故。那是我们的儿子，他正在军事学校读书，而且成绩很好。他好像天生就是玩儿枪的料。"

听了这些，达夫轻蔑地笑了起来。"很抱歉打搅你们了，"他说着站了起来，"但我的任务就是每条线索都要走一遍，你知道的。"

"当然。"马克斯和蔼地表示同意，他也站了起来，"你有你的生活，就像我有我自己的——或者说，曾经有。还有——听着，如果我有什么地方能帮助你，就打个招呼。我可以和公牛站在一起，也可以站在它们对面儿。现在我希望和它们站在一起，明白我的意思吗？这件事情，恐怕不是没有原因的，如果不是为了什么，我是不会干这种事的。好了，长官。"他拍了拍达夫的后背，"如果需要帮忙的话，叫上马克斯·明钦。"

达夫说了声"再见"就走出门到了走廊里。他对明钦先生主动提出的建议没什么明确的感觉，但是他想到他确实在某些方面需要帮助。

在一层，他遇见了洛夫顿博士。在这位领队身边，跟着一个非常精神的年轻人，他手里拄着手杖，身着非常合身的大衣，纽扣的孔里插着栀子花。

"哦，达夫先生，"洛夫顿上前和他打招呼，"这就是我们想要见的人。这位是吉洛尔先生，美国大使馆的次长。他已经在过问昨天晚上发生的事情了。达夫巡官，来自苏格兰场。"

吉洛尔先生是那些精干的年轻人之一，是大使馆的骄傲。他们通常是整个白天都在睡觉，然后换掉睡衣，穿上晚礼服，整夜为他们的国家跳舞。他傲慢地朝达夫点了一下头。

"验尸报告什么时候出来，巡官？"他问道。

"明天十点，我想是的。"达夫回答道。

"啊，好的。那么如果到时候没有什么新的发现，博士就可以继续按计划旅行了？"

"我不知道。"巡官低声说。

"真的？那你是有了什么证据可以把博士留在这里了？"

"这……还不能肯定。"

"或许，你能够扣留他的旅行团的一些人？"

"我将扣留所有的人。"

吉洛尔先生挑起了眉毛。"根据什么？"

"呃……我……我……"能干的达夫第一次失败了。

吉洛尔先生遗憾地朝他微笑道："其实，我亲爱的朋友，你现在很荒谬。在英国你不能这么做事，除非在验尸以后，你得到了比现在更充分的证据。假如你手里没有东西，那么整个案子就和洛夫顿博士与我无关了。"

"是旅行团里的人杀死了休·德雷克。"达夫执拗地抗议道。

"是么？那么你的证据在哪儿？杀人的动机是什么？也许你是正确的，但是也许根本就是无稽之谈。或许是饭店里的小偷……"

"戴着白金表链的小偷。"达夫提醒道。

"与旅行团毫无关系的什么人——只是大概，我亲爱的先生。我能举出更多的可能。证据——您必须有证据，您自己也明白的。否则，我很抱歉地告诉您，洛夫顿博士和他的旅行团将马上继续他们的行程。"

"我们拭目以待吧。"达夫冷冷地回答。他带着无法掩饰的烦恼从吉洛尔先生面前走开了。他并不欣赏高雅的年轻人，他更不喜欢这个人，因为他已经预见到事态将如何发展，吉洛尔先生的预言无疑将成为事实。

次日上午的验尸并没有揭示出什么以前没有发现的东西。饭店服务员和旅行团的成员们把前一天对达夫说的又都重复了一遍。那个装着石子的小包引起相当的兴趣，但是因为对它的解释没有能够成立的，大家的兴趣很快就消失了。显然，没有充分的证据，无法继续扣留什么人，而昨天达夫还在说要将旅行推迟三个星期。达夫看见吉洛尔先生正在房间的另一边朝他微笑。

随后的几天，达夫像个疯子一样地工作。是否有旅行团的成员购买了表链来代替在布鲁姆饭店的搏斗中断开的那条？他走访了西街的每一家钟表首饰店，另外还有城里的很多家。有没有撕破了口袋的灰色衣服被处理到典当行，或者二手服装店？这些，同样的，也被彻底梳了一遍。或者那件衣服被包裹起来随便处理掉了？在这个大城市里发现的每一个被丢弃的包裹，都被达夫亲自检查过了。他的努力没有任何结果。他的表情越来越严肃，并且显得十分疲倦。上面也在提醒他，他的时间已经不多了，洛夫顿正在准备上路。

波特夫人和她的女儿正在计划着星期五坐船回家，就在一个星期前的那个早晨，德雷克的尸体在布鲁姆饭店的房间里被发现。星期四晚上，达夫和两个女人做了最后一次谈话。那个母亲看上去比任何时候都更无助、更失落；那个姑娘沉思着。带着从未有过的懊悔感觉，巡官和她们道了别。

又是毫无收获的一天。星期五下午晚些时候，当他回到苏格兰场的办公室的时候，吃惊地发现帕梅拉·波特正在那里等着他。和她在一起的是拉蒂默·卢斯夫人。

"你好！"达夫喊了出来，"我以为你已经走了，波特小姐。"

她摇了摇头。"我不能走。所有的事情还没有解决……还悬着……我们的问题还没有答案。不能走！我雇了一个女仆带我妈妈回家。我要继续这次旅行。"

巡官已经听说过，这个美国姑娘比他们想象的要可爱的多，但他依然感到吃惊。"你妈妈对此说了什么？"他问道。

"噢，她当然很震惊。很不好意思告诉您，我已经让她震惊太多次了，她现在应该已经习惯了。这位卢斯夫人同意承担我的伴护职责。您见过卢斯夫人了吗？"

"当然，"达夫点了点头，"对不起，夫人，我是看见帕梅拉小姐，真是太……"

"我理解，"老夫人微笑道，"这姑娘很有志气，不是吗？不错，我喜欢有志气的人，一直很喜欢。她的母亲有一些朋友，碰巧也是我的朋友，所以我帮她说服了母亲。为什么不呢？这孩子自然会很好奇。我也一样。我现在愿意出五千美元，就想知道谁杀死了休·德雷克，还有为什么。"

"两个不那么容易回答的问题。"达夫告诉她。

"不容易，我看也不容易。我很为你难过，这么难的案子！我不清楚你知道不知道，洛夫顿的环球旅行团下个星期一早晨就要起程了。"

达夫的心一沉。"我预料到了，"他说，"而且我可以告诉您，这对我来说，是个坏消息。"

"振奋点儿，"老夫人回答道，"没有什么事情会像看上去那样糟糕，我知道这一点。这是我在过去的七十二年里检验出来的。帕梅拉将和我在一起，我们会睁着眼睛，竖起耳朵。大大地睁开，是吧，亲爱的？"

姑娘点了点头。"我们必须查明事实真相，不达目的，誓不罢休。"

"好啊！"达夫说，"我会把你们当做我的助手的。是整个旅行团一起走？"

"所有人一起走。"卢斯夫人回答道，"今天早上，我们在饭店里开了个会。芬威克那小子，想发动兵变，但是失败了。本来就应该失败。把事情看穿了就没什么了。就我自己来说，就是他们都被谋杀了，我也要继续走。"

"那么芬威克又吵闹了？"达夫马上就想到了这一点，"应该邀请我到会。"

"洛夫顿不希望你来。"夫人告诉他，"洛夫顿那个家伙，我无法理解他，而且我不喜欢我理解不了的男人。嗯，无论如何，芬威克试图破坏旅行，但当他发现自己是一个人的时候，也就只好作罢了。所以我们所有人都一起走，就像一个快乐的大家庭，而且有个杀手就在其中，或者是我猜错了。"

达夫微笑着对她说："我想，您很少有猜错的时候。"

"并不一定。但是这次我没有猜错，是不是？"

"我相信您没有猜错。"他保证道。

她站了起来。"是呀，我一生都在旅行。也有让人感到不舒服的时候，但这就像补药一样，能让人精神振奋。我倒是很希望能在洛夫顿博士的旅行中见一见刀光剑影！噢，对不起，亲爱的！"

"没什么，"帕梅拉·波特笑了笑，也站了起来，"我可不想总是阴沉着脸。如果可以的话，我希望能够帮助解决问题。如果能够揭开这个秘密，我会很高兴的。"

达夫凝视着她，表示赞同道："您就是动力，波特小姐。看到您要继续旅行，给了我新的信心。星期一你们离开之前，我会再见你们两位的，而且以后肯定还会再见的。"

两位女士走了以后，巡官在桌子上发现了一张便条，让他马上去见上司。他去了上司的办公室。他很清楚上司为什么要召见他。

"这是无法改变的，达夫先生，"长官说道，"美国大使本人对此事非常关注。我们也是被迫允许旅行团继续上路的。别看上去那么失望,伙计。你知道的,有引渡逃犯条约存在。"

达夫摇了摇头。"如果这个案子不能迅速解决,恐怕就很难解决了。"他说。

"这个理论早就被推翻了。看看苏格兰场的记录吧。想想这个月在很多要案上的开销。比如说——克里平的案子。"

"都一样,先生,不能站在一边看着,天知道那伙人会跑到哪里去。"

"我明白你的处境,伙计。你不是想抓基恩这家伙吗?我们可以找出一个正当理由。"

"这没用的,先生,我可以肯定。我宁可抓霍尼伍德或者泰特。但是,当然,我没有理由抓他们。"

"马克斯·明钦先生怎么样?"

"可怜的家伙。他想摆脱一切这样的事情。"

长官耸了耸肩。"好吧,你看着办吧。当然,你将从领队那里获知完整的旅行路线,也就是说,如果行程有什么变动,他必须马上通知你。而且,如果旅行团的任何成员离开,他必须马上让你知道。"

"当然,先生。"达夫点了点头,"这会很有帮助的。"

"至于现在,你最好继续进行在伦敦的调查。"他的上司接着说道,"如果没有任何收获,我们将派一个人去盯着旅行团——一个他们不认识的人。我怕你不行,达夫先生。"

"我知道,先生。"巡官回答道。

他回到自己的办公桌旁,感到困惑、绝望。但是他没有让他的精神状态在行动中表现出来。整个星期六,再加上条件不利的星期天——所有的商店都关了门——他一直在搜查、提问、研究问题。海利作为他的助手,时常做出令人愉快的评论。但一切努力都无济于事。这起发生在布鲁姆饭店的谋杀案,离侦破仍然是那么遥远,一如当初那个大雾的早晨,当绿色小轿车第一次停在大门口的时候。

星期一早晨,达夫去了维多利亚车站,去完成一个苏格兰场巡官所能遇到的最怪异的使命。他到那里去和环球旅行团告别,去和所有的人握手,并且祝他们旅行愉快。而他心里很清楚,在这些他握过的手当中,就有那双在七号星期五的清晨,在布鲁姆饭店勒死休·莫里斯·德雷克的手。

他一来到开往多佛的一○四五次列车旁边的站台上,洛夫顿博士便诚挚地和他打招呼。领队的举止中透着得意,他就像一个学生放了长假一样。他亲切地握住达夫的手。

"抱歉,我们必须赶快走了。"他说,语气已经有些轻浮了,"旅行毕竟就是旅行,你知道的。你有我们的计划,任何时候你想见我们都是受欢迎的,本博先生!"

达夫听到了从身后传来的刺耳的声音，回过头去，发现本博先生正摆弄着他那台"永恒"的摄影机。这个阿克伦人很快将摄影机交到左手，然后向达夫伸出了右手。

"真遗憾，你没能结案。"他亲切而聪明地说，"苏格兰场的人从来不会这样——我是说书里面。但这不是书，所以我猜，真实生活中的事情是很难办的，是吧？"

"我认为现在就放弃希望有些太早了。"达夫回答道，"顺便问一下，本博先生……"他从口袋里拿出了带有一把钥匙和三节环扣的表链，"您以前有没有见到过这个？"

"在讯问的时候见过，但是距离很远。"本博告诉他。他拿起钥匙看了看，说："您知道我对这个怎么看吗，巡官？"

"我很乐意知道。"

"嗯，这是某个美国银行保险柜的钥匙，"阿克伦人解释道，"除了皮箱以外，就只有那里有这种钥匙。那个家伙会很高兴这样继续旅行的。我们那里的银行，通常给存放者两把钥匙，所以，或许什么地方还有一把相同的。"

达夫接过钥匙，又带着新的兴趣研究了起来。"那么这个名字——底特律保险箱锁公司、坎顿、俄亥俄——应该是说，这个银行就在您居住地附近的什么地方了？"

"不，根本不是。这是一家大公司。他们在整个美国销售保险箱和锁。也许在旧金山，或者波士顿，或者纽约——任何地方。但如果我是您，我就会考虑一下这把钥匙。"

"我会的，"达夫告诉他，"当然，也许它是被放在死者的手里来作误导的。"

本博正忙着摆弄他的机子，他很快抬起头来说："不可能。"

他的妻子走了过来。"哎呀，可怜可怜我吧，埃默尔。"她说，"把那机子拿开。你快要让我发疯了。"

"怎么了？"他懊丧地回答道，"这儿没什么好看的，不是吗？我想这里只不过就是个火车站。或者这里是个城堡废墟博物馆……我觉得我无法弄清到底是哪一个。"

帕特里克·泰特和他的年轻伙伴走了过来。老人看起来正在恢复健康，步子很稳，脸色红润。不知何故，洛夫顿得意扬扬的表情似乎也反映在他的脸上。

"啊，巡官，"他说，"我想，这就该告别了。很遗憾你没能交好运。但是，你当然不会放弃的。"

"很难让我放弃，"达夫转过身来，不卑不亢地看着他的眼睛，"在苏格兰场，这不是我们的习惯。"

泰特和他对视了一会儿，然后他的眼睛就去光顾站台的前前后后了。

"啊，是的。"他低声道，"这个我明白。"

巡官转向肯纳韦。"波特小姐最终决定要和你们一起走。"他说。

肯纳韦笑道："我也听说了。肯纳韦又走运了。我们这里什么人都有——好人和坏人。"

巡官穿过站台，走到斯派塞夫人和斯图尔特·维维安站的地方。维维安的道别很冷淡，而且很不友好，而那个女人也不十分诚恳。虽然缺乏热诚，但毕竟没有站在旁边的罗纳德·基恩上校的道别那么冷淡。达夫想，他甚至不愿意握手。约翰——罗斯，跛足的家伙，也是一样。而对于这位，达夫也没有什么兴趣。

"希望有一天，咱们太平洋海岸见。"罗斯对他说。

"也许。"巡官点了点头。

"提起点儿精神来，"另一个微笑着说，"到时候，我肯定会把你'介绍'给我的那些红杉树，它们是世界上最好的树了。"

霍尼伍德出现在站台上。"并不是每个旅行团都会被苏格兰场的巡官盯着的。"他说。他努力使嗓音响亮些，但是他的眼神看上去很奇怪，而且他伸给达夫的手又湿又黏。

巡官和卢斯及帕梅拉·波特说了几句道别的话，然后是明钦夫妇。他看了看表，走到洛夫顿身边。"还有三分钟，"他说，"芬威克姐弟在哪儿？"

博士不安地朝站台四周张望。"我不知道，他们已经同意来了。"

过了一分钟。所有洛夫顿的人都已经上了火车。突然，芬威克姐弟出现在车站的另一头，正跑着。他们跑过来时，已经上气不接下气了。

"你好，"达夫说，"正担心你们不来呢。"

"哦……我们……来了。"芬威克气喘吁吁地说。他的姐姐爬上了火车，"至少是赶上了。但是如果再发生什么事情，我们就离开旅行团。"他捻着拇指说，"就像这个。"

"不会再发生什么了。"洛夫顿很坚定地向他保证道。

"我很高兴您能和我们一起走，"芬威克对达夫说。

"但是我并不和你们一起走。"巡官微笑道。

"什么？不走？"小个子盯着达夫，张着嘴，"你的意思是说，你放弃了？"靠站台这边的车门全都砰、砰地关上了。

"上车，芬威克先生，"洛夫顿喊道，几乎是把他给拽上了车，"再见，巡官！"

火车开始移动。达夫一直站在站台上，看着火车，直到看不见了。旅行团的某个人——整个旅行团将前往巴黎……到意大利……到埃及……到印度……到地球的尽头……

巡官叹了口气，转过身来。他想象着自己已经上了火车，隐身监视着那些迥然不同的、令他十分感兴趣的面孔。

如果真是那样，他就会看到沃尔特·霍尼伍德独自在一个卧铺包厢里。他的脸紧挨着车窗，看着窗外伦敦单调的建筑从身边擦过。他的嘴张着，眼直直的，额头上已经有细密的汗珠了。

包厢的门打开了，不是很响，但确实有声音。这音量正好使霍尼伍德回过神来，他脸上闪现出的惊恐神色，令人惊讶。"哦，你好。"他说。

"你好。"芬威克回了一句。他进了包厢，他姐姐一声不响地紧跟在他后面，"我们能进来吗？我们晚点了——所有的座位都被占了……"

霍尼伍德用舌头舔了舔嘴唇。"当然，进来吧。"他说。

芬威克姐弟坐了下来。并不可爱的灰色城市继续不停地从窗外闪过。

"这下好了，"芬威克说，"我们就要离开伦敦了，感谢上帝。"

"是的，我们就要离开伦敦了。"霍尼伍德重复了一遍。他拿出一块手绢，拭了拭额头，脸上的惊恐神色逐渐消失了。

第七章　苏格兰场的仰慕者

星期四的晚上，达夫巡官又一次走进海利在文街警察局的办公室。巡官看了他的老朋友一眼，然后可怜地微微一笑。

"不用问就知道你怎么样了。"海利说。

达夫脱下外衣和帽子，扔到一把椅子上，然后一屁股坐到海利桌子旁边的一把椅子上。

"我表现得这么明显吗？"他说，"哎，是啊，老伙计！什么也没有，海利，一点儿好运气都没有。我把整个布鲁姆饭店都转遍了，我现在觉得自己都有一百岁了。我跑遍了所有的商店，搞得我脚直疼。休·莫里斯·德雷克的谋杀者，真是个聪明的家伙，什么痕迹都没有留下。"

"你该好好休整一下了，"海利告诉他，"稍微放松一下，伙计，试试采用完全不同的方法接近他。"

"我正在考虑一个新的途径。"达夫点头道，"就是那把我们从死者手里找到的钥匙。"他向海利复述了一遍本博告诉他的事情，"好像应该还有一把相同的钥匙，现在应该就在那个杀手身上。我会跟着旅行团的，搜查每一个人的行李。但是他们知道我是谁，困难会很大的。即使我们派一个他们不认识的人，他的困难也会很大。我可能要去一下美国，走访旅行团里每一个人的家乡，查一查他们谁在银行有保险柜，号码是三二六〇。这也很困难。但是我下午把这事跟头儿谈了，他很支持。"

"那你很快就要起身去美国了？"海利问。

"或许吧。我们明天决定。但是，我的上帝，这是件什么样的工作啊！"

"我知道，"海利点头说，"但我觉得这么做并不明智。如果谋杀者真的有一把同样的钥匙，那他早就把钥匙扔掉了。"

达夫摇了摇头。"绝对不会的。"他反对道,"我不相信他会扔掉。如果他扔掉了钥匙,当他回到银行的时候,就必须声明自己将两把钥匙都丢了。这样做,无疑会使他被注意上,而他肯定希望自己很隐秘。我可以肯定,如果他确实有我想象的那么聪明,那么他无论如何都会保留那把钥匙,他会把钥匙藏起来的,海利。这并不难,会隐藏得很巧妙的。所以,要想从旅行团里搜查出来,希望渺茫。头儿说得对,那些美国游客都很聪明,尽管我想尽了办法。不管怎么样,箭上弦了,不得不发。"

"这可不是你的风格呀!"海利说,"振作点儿,老伙计。我以前可从来也没有见到能吓倒你的案子。没什么可担心的,你总会赢的。陈侦探是怎么说的来着?成功永远会微笑地陪伴着你。他感觉到了这一点,而根据他的说法,中国人是很敏感的。"

达夫的脸上慢慢地展开了笑容。"查理是个好样的。我希望他能和我一起办这个案子。"他停住了,"我想起来了,檀香山正好在旅行线路上。"他又思索着补充道:"可是还有很长一段时间。在洛夫顿博士他们到达檀香山之前,也许会发生很多事情。"他猛地站起来,下定了决心。

"准备好了?"海利问。

"是的,感谢你的谈话,老伙计,我突然意识到,光坐在这里没有用。'锲而不舍'是陈的方法。耐心、努力地工作和锲而不舍。我还要再去布鲁姆饭店试试。那儿可能有些什么东西我没有注意到。如果有,我要么找到,要么一直找下去,直到死。"

"现在说的话才像你自己的。"他的朋友回答道,"快去吧,祝你好运。"

达夫巡官又一次走在皮卡迪利大街上。下午很冷,细雨开始变成断断续续的雪。他走在人行道上,深一脚、浅一脚的。雪花打进他的衣领,使他感到很不舒服。他一边喘着气,一边咒骂着英国的气候。

一进半月大街,就到了布鲁姆饭店。晚间的大楼管理员正坐在桌子后面值班。他把手里的晚报放到一边,从眼镜上面看着巡官,和善地和他打着招呼。

"晚上好,先生,"他说,"我的天——外面下雪了?"

"正在下着呢,"达夫回答说,"你和我没怎么见过面。你还记得美国人在二十八号房间被杀的那个晚上吗?"

"我是不可能忘记的,先生。一件最令人不安的事情。在我来到布鲁姆的这些年里……"

"是的,是的,当然。那个晚上以后,你又想起了什么?有没有什么还没有告诉我的事情?"

"有一件事情,先生。我想,再见到你的时候,应该跟你说一下。恐怕迄今为止一直没有提到那封电报。"

"什么电报?"

"大概十点左右来的那封电报,是给休·莫里斯·德雷克先生的。"

"有一封给德雷克先生的电报?是谁收到的?"

"是我,先生。"

"那是谁把电报送到他的房间的?"

"马丁,楼层服务员。那天晚上,他正要下班,可当时没有闲着的侍者了,所以我问他是不是愿意把电报带给德雷克先生……"

"马丁现在在哪里?"

"我不知道,先生。也许他还在职员餐厅吃晚餐吧。如果您愿意的话,我可以找人带个信儿……"

但是达夫已经召唤了一个正在大厅长椅上休息的年长些的侍者。"快点儿!"他喊道,并给了老侍者一个先令,"找到马丁,那个楼层服务员,在他离开饭店之前给我找到他!看看职员餐厅里有没有。"

那个老侍者以惊人的速度消失了。达夫又对晚间管理员严厉地说:"早就应该告诉我这件事情。"

"您真的认为这很重要吗,先生?"管理员温和地问道。

"和这案件有关的任何事情都是重要的。"

"啊,先生,对这种事情,您的经验比我们多得多。我当时真的是有些乱了手脚了……"

那个侍者回来了,带着马丁。他的嘴里还在嚼着东西,从餐桌旁离开得太突然了。"是您……"他把东西咽了下去,"您在找我,先生?"

"是我。"达夫现在完全兴奋起来了,他的嗓音清脆又清晰,"二十八号房间的休·莫里斯·德雷克先生被谋杀的那个晚上,十点左右,你去他房间给他送了一封电报,是吗?"

马丁一向红润的脸变得苍白,他好像要当场晕倒。

他努力控制着自己说:"是的,先生。"

"大概,你把电报带了上去,然后敲了德雷克先生的门?然后发生了什么?"

"这……这,先生,德雷克先生来到门口,接过了信封。他谢了我,给了我小费,很慷慨。然后我就离开了。"

"就这些?"

"是的,先生,就这些了。"

达夫突然粗暴地抓住年轻人的胳膊。他要的就是这种粗暴——在他身后有苏格兰场的权力。侍者紧张地哆嗦着。

"跟我来!"达夫说。他把这个侍者一直推到了无人的、昏暗的经理办公室里。他猛地将马丁推倒在一把椅子上,便在经理的办公桌上摸索到灯的开关,然后打开了灯。他移动灯头,使灯光全部打在侍者身上。他砰地关上门,然后坐在年轻人对面的椅子上。

"你在撒谎，马丁！"他开始说道，"现在我没心思听你说这些。这个案子我磨蹭的时间已经够长了。你在撒谎！到此为止吧。要么说真话，孩子，要么就……"

"是的，先生。"侍者低声说，有一点儿呜咽，"我很抱歉，先生。我妻子一直告诉我说，我应该告诉您……所有的事情。她不断地对我唠叨：'告诉他。'但是我……我不知道该怎么做。你知道，我拿了那一百英镑。"

"什么一百英镑？"

"霍尼伍德先生给我的一百英镑，先生。"

"霍尼伍德给你钱？为什么？"

"巡官，您不会把我送进监狱吧……"

"你要是不说，我马上就把你关起来。快说！"

"我知道我做错了，先生。但是一百英镑是不小的一笔钱。当我拿到钱的时候，我一点儿都不知道谋杀的事情。"

"霍尼伍德为什么给你一百英镑？等一下，从头说！说实话，否则马上逮捕你！你拿着给德雷克先生的电报上了楼。你敲了二十八号房间的门，然后呢？"

"门开了，先生。"

"当然。谁开的门？德雷克？"

"不是，先生。"

"什么！那是谁？"

"霍尼伍德先生开的门，先生。住在二十九号房间的那位先生。"

"是霍尼伍德开了德雷克的门？他说什么了？"

"我把电报给他，并告诉他：'这是德雷克先生的。'他看了看，说：'哦，是的。'然后又递还给我说：'德雷克先生在二十九号房间，马丁。我们今天晚上换房间了。'"

听了这些，达夫开始心跳加快。一种狂喜的感觉长久地掠过全身。"是吗，"他说，"然后呢？"

"我敲了二十九号房间的门，就是霍尼伍德先生的房间。过了一会儿，德雷克先生开了门。他穿着睡衣，先生。他接过电报，谢了我，给了我小费，然后我就离开了。"

"那一百英镑呢？"

"早上七点，我上班的时候，霍尼伍德先生按铃叫我。他那时又回到了二十九号房间，先生。他让我不要说任何关于前一天晚上换房间的事情。他递给我两张五十英镑的钞票。他把我吓得喘不过气来，于是我就答应了他。在差一刻八点的时候，我发现德雷克先生在二十八号房间被谋杀了。我被吓坏了，没错。我……我脑子里什么也想不了了，先生，我被吓坏了。在大厅里，我见到了霍尼伍德先生。'你已经答应我了，'他提醒我，'我发誓，关于谋杀，我什么也没做。坚持你的誓言，马丁，你不会后悔的。'"

"所以你就守口如瓶了？"达夫指责道。

"我……对不起，先生。没有人问我关于电报的事情。如果他们问了，事情也许就不一样了。我很害怕，先生，当时觉得最好是闭住嘴。当我回到家时，我妻子说我做错了。她一直在求我说出来。"

"你以后要听你妻子的，"达夫劝告他，"你使布鲁姆饭店蒙受了耻辱。"

马丁的脸色再次变得苍白。"不要说这个了，先生。您准备怎么处理我？"

达夫站了起来。他非常怨恨这个软弱的年轻人给他所做的事情造成的延误，他发现已经很难严肃地面对这些麻烦了。这正是他一直等待、一直祈祷着得到的消息，现在终于等到了，他非常高兴，重新看到了光明。

"我没有时间处理你的事情，"他说，"你在这里告诉我的事情，不能再说出去，除非我让你说。明白我的意思吗？"

"完全明白，先生。"

"如果你要离开现在的职位，或者离开家，必须通知我你的去向。有了这些约束，就可以看上去像往常一样了。告诉你的妻子，她是对的，并且向她表示我的敬意。"

他把瘫软的出着虚汗的侍者留在了经理办公室，自己高兴地径直来到大街上。真高兴，终于下雪了，这正是伦敦所需要的。英国的气候真是好。这种天气能够让人保持警觉，让人充满精神与活力。很快就能证实，马丁讲的事情完全地改变了达夫巡官的前途。

他一边走着，一边思考那个侍者所告诉他的："德雷克先生在二十九号房间，马丁。我们今天晚上换房间了。"也就是说，德雷克肯定是在二十九号房间被谋杀的。但是到了早晨，他又被弄回了二十八号房间，他自己的床上。嗯，这正好应验了当初达夫所想到的。"有些东西让我觉得，休·莫里斯·德雷克是在别的地方被谋杀的，"他曾经这么说过。事情正是如此，达夫说对了。只要找对了方向，你并不是傻瓜。巡官精神振奋了起来。

早上又回到了他自己的床上。是谁把他弄回去的？霍尼伍德，当然。是谁谋杀了他？除了霍尼伍德还有谁？

但是，等一下。如果霍尼伍德打算谋杀，为什么要换房间呢？也许是诡计，让两个房间之间的门开着，让谋杀休·莫里斯·德雷克的人进出方便。然而他已经偷了管理员的钥匙。这样的诡计几乎没有必要。如果他本打算谋杀，会把换房间的事情告诉马丁，而使自己陷进去吗？

不，他不会的。达夫心中的疑云开始消散了。事情解决起来并不像他想的那样简单，他仍然感到迷惑。但是有一件事情是肯定的，霍尼伍德肯定已经被卷进了这个案子。马丁讲述的故事可以马上将这位纽约的百万富翁带回大陆，而且一旦他们将他带到苏格兰场，麻烦马上就将解决。

达夫又从头开始推想了一遍。并没有迹象表明，霍尼伍德在和休·莫里斯·德雷克换房间的时候就已打算谋杀他，而且此后还告诉了马丁他们换房间的事。不，这种排除要过些时候才能做出。或许那份电报……

来到附近的电报局，巡官发现那里已经要关门下班了。出示了证件之后，他拿到了一份德雷克在二月六号收到的电报的副件。这只是一封生意上的往来电报。"董事们投票决议于七月一日将动产价格上涨，希望得到你的同意。"显然，电报里要求的答案不会有了。但达夫依然为得到这封电报而庆幸。

他叫了一辆出租车到了苏格兰场，他给上司的家里打了电话。那位老先生刚刚因为输了桥牌而大发雷霆，因此刚拿起电话时还有些不耐烦。但是，随着达夫所讲的故事的展开，他开始和这位属下一样地兴奋了。

"旅行团现在在什么地方？"他问道。

"按照旅行计划，先生，他们今晚离开巴黎去尼斯。他们将在尼斯逗留三天。"

"很好。你乘明天一早从维多利亚车站发出的开往里维埃拉的快车。没有什么比快些行动更重要。那趟车星期六一早到尼斯。明天早晨你走之前，我会见你的。恭喜你，伙计，总算是有些眉目了。"

挂了电话，上司又去接着玩儿他的桥牌了。

在电话里又和海利高兴地聊了一阵后，达夫回到自己的住所，整理好了行李。早上八点，他来到上司的办公室。头儿从保险柜里拿出一包钞票递给了他，那保险柜里总有应付这种局面所需的费用。

"我想你已经订了票？"

"是的，先生。打算在去车站的路上把票取出来。"

"除非发生什么特殊情况，否则，让法国警方在尼斯扣留霍尼伍德。我马上就向总部汇报。再见，达夫先生。祝你好运！"

这些安排正是达夫所需要的。他情绪高涨地到了多佛。穿越通道是件麻烦事，但他现在根本不在乎这些。晚上，他们到了巴黎的郊外，火车开始向市中心慢慢地前行。其间，火车不时地停在某个站台上。这使达夫感到很反感。火车终于到达了里昂的格雷站，通往里维埃拉的大街正与它相对。

在他最终坐下来享受一顿丰盛的晚餐，看着巴黎渐渐在薄暮中消失时，脑子里仍然都是沃尔特·霍尼伍德先生的事。显然，他在谋杀的第二天早晨非常的惊恐。达夫一直在琢磨，他早就应该逮捕他，也免了这次漫长的旅行。但是一切都已经发生了，再想也无济于事了。很快，他将沿这条路线返回，而且带着霍尼伍德。也许他的招供就装在巡官的口袋里。霍尼伍德的性格并不坚强，并不像达夫所见过的那些表面上很能坚持的人。

第二天早晨将近十点的时候，达夫的出租车停在尼斯的埃克塞尔瑟大饭店的门口。饭店的名字是在洛夫顿给他的详细旅程计划上找到的。埃克塞尔瑟大饭店布局混乱，修建在一个地势很高的地方，以便俯瞰整个城市，以及那颜色像蓝宝石一样的海水。达夫看着那些橘子树和橄榄树，还有一些高大的柏树。即使是在里维埃拉的惬意的阳光里，它们也显得那样没精打采。出租车司机按响了汽车喇叭。过了一会儿，出来了一个侍者替巡官提行李。达夫跟着侍者从碎石路朝饭店的侧门走去。他头顶上是高大的棕榈树，路的两边种着意大利特有的紫罗兰。

走进饭店，巡官看到的第一个人就是留着胡子的洛夫顿博士。他看到的第二个人着实吓了他一跳。那是个法国人，也留着胡子，金色饰带和华丽的制服使他看上去就像豪华饭店的门童。他们两个正在谈话，离得很近，胡子都快挨上了。洛夫顿看上去很焦虑。他抬起眼，看见了达夫。

"啊，巡官，"他说，脸色立刻阴沉下来，"您可真快。我正盼望着您来呢。"

"盼着我？"达夫反问道，心里很是纳闷。

"当然。如果您愿意，警长先生，请允许我向您介绍苏格兰场的达夫巡官。先生，"他又转向达夫，"您肯定已经注意到这位先生的制服了。他是警方的地方长官。"

这位法国人赶紧走上前，握住了达夫的手。"见到您真高兴。我是苏格兰场的崇拜者。我请求您，不要简单地判断这个案子，达夫巡官。想一想，我们现在面对的事情有多愚蠢。尸体倒下的时候是朝左的吗？不是。手枪可能是在原先的地方吗？不可能。所有……所有的人都碰过它——那个管理员、两个侍者、一个职员，五个或者六个人。结果怎样？指纹根本就没有用了。您能想象到有这么愚蠢的事情……"

"请等一下，"达夫插话道，"一具尸体？一把手枪？"他转向洛夫顿，"告诉我发生了什么事情。"

"您不知道？"洛夫顿问道。

"当然不知道。"

"我还以为……事情发生得太突然了。我现在明白了，您迟早要来的。好吧，巡官，您来得正是时候。可怜的沃尔特·霍尼伍德昨天晚上在饭店里自杀了，死在地上。"

达夫沉默了一阵。沃尔特·霍尼伍德自杀了，就在苏格兰场要逮捕他的时候。良心发现，没错。杀了德雷克，然后是他自己。案子结束了。但是达夫并没有高兴，他反而觉得有一种蒙受屈辱的感觉。这也太简单了，实在太简单了。

"但是，是霍尼伍德干掉了自己吗？"警长说，"唉，达夫巡官，我们不能肯定。就像我跟您说的，手枪上的指纹被饭店的职员愚蠢地破坏了。确实，手枪就在他身边，就像是从死者的手里掉下来的。好像没有别人和这案子有关。虽然如此，但我非常希望能听听来自苏格兰场的人的意见。"

"您没有发现什么告别的便笺，或者类似的东西？"

"哎，没有。昨天晚上我们搜查了他的房间。今天我来这里重做一次搜查。如果您愿意和我们一起，我会很高兴的。"

"我一会儿就来。"达夫说,有些要他离开的意思。警长向他鞠了躬,走开了。

达夫马上转向洛夫顿。"请告诉我你知道的全部情况。"他命令道。他们一起坐在了一张沙发上。

"我只让旅行团在巴黎逗留了三天。"洛夫顿开始了他的叙述,"我是想把在伦敦耽误的时间抢回来,您明白的。我们昨天早晨到的这里。下午,霍尼伍德决定开车去蒙特卡洛。他邀请了卢斯夫人和帕梅拉小姐和他一起去。晚上六点的时候,我在大厅里和芬威克谈话。他是旅行团里最令人讨厌的人,无论是对你还是对我来说。当时我看见卢斯夫人和那个姑娘从那边的旁门走进来。我问她们玩儿得如何,她们说非常高兴。她们告诉我,霍尼伍德正在大门外面跟司机结账呢,他马上就来。她们上了楼。芬威克继续纠缠我。外面响起一声刺耳的声音,但是我当时没有在意。我以为是汽车排气管的声音,或者可能是轮胎爆了——你知道他们是怎么开车的。过了一会儿,卢斯夫人从电梯间跑了过来。她平时是一个非常安静的女人,而且很有魅力,但她此时看上去却非常的惊慌……"

"等一下,"达夫插话道,"关于这些,你跟那位警长说过吗?"

"没有。我觉得应该告诉您。"

"很好。继续说,卢斯夫人非常惊慌……"

"非常惊慌。她朝我跑过来。'霍尼伍德先生进来了吗?'她问道。我看着她。'卢斯夫人……发生什么事情了?'我喊道。'发生的事情太多了!'她回答说,'我必须马上找到霍尼伍德先生。他怎么会耽误了?'我马上想到了那刺耳的响声……像是枪声,我现在才意识到。我跑出去,卢斯夫人跟着我。天已经黑下来,我们在黑暗中找到了花园。这些节俭的法国人还没有及时地开灯。我们沿着花坛边走了一半,便发现他了。他的心脏被击中了,手枪放在地上,就在他左手边。"

"自杀?"达夫打量着博士。

"我相信是的。"

"你希望是这样?"

"当然。这样会好些……"洛夫顿话说了一半。卢斯夫人此时正站在沙发的后面。

"自杀?真可笑!"她神采奕奕地说,"早上好,达夫巡官。这里正需要你。又是谋杀。"

"谋杀?"达夫惊问道。

"绝对是。"老夫人回答说,"我马上就告诉你,为什么我这么认为。哦,你不用这么紧张,洛夫顿博士。你的旅行团的又一个成员被杀了。让我担心的是,我们这些人会不会全部被杀?环球旅行的路还远着呢。"

第八章　里维埃拉之雾

洛夫顿一直站着，然后开始在厚厚的波斯地毯上一小块儿阳光照得到的地方紧张地踱来踱去，用力地嚼着胡子尖儿。他一心烦就这样。卢斯夫人很反感他这个样子。

"我不能相信！"这位领队喊道，"难以置信！我认为旅行团里有一个杀手，绝不是两个，除非有人想坏我的生意。有人恨我，与我作对。"

"看上去更像是有人在和旅行团的某个成员作对。"老夫人冷冷地说，"你要是认为这第二起也是谋杀，那好，先听我把话说完，然后说说你的想法。"她坐到沙发上。"来吧，"她继续道，"坐在椅子上，别晃悠了。你让我想起了在汉堡动物园里看到的一头狮子。达夫巡官，愿意坐在我旁边吗？我想，你也会对我要讲的故事感兴趣的。"

达夫温顺地坐下来，洛夫顿也服从了命令。莫名其妙，这就是那种说话不用重复二遍的女人。

"霍尼伍德先生、帕梅拉小姐和我，昨天下午开车去了蒙特卡洛。"卢斯夫人道，"也许你已经知道了，巡官，霍尼伍德先生在旅行的一路上都是心神不定的样子，但是到摩纳哥做短途游览的时候，他看上去很放松——他那段时间是很迷人的，真的。我想，这才是真正的他自己吧。根本看不出他有自杀的想法——我对此深信不疑。在印度达札岭的山上车站就曾经有过一个男人——恰好我是见到他活着的最后一个人，现在我就不用多解释此事了。霍尼伍德那时心情很好，可以说是很高兴。他昨天傍晚回来的时候，心情也还不错。他留在外面给司机结账，我们进来了，回了房间。"

"我看到你们了。"洛夫顿提示她。

"是的，当然。然后，当我开门的时候，我发现锁被动过了。你们知道，在澳大利亚墨尔本的时候,也有人进过我在饭店的房间,所以我有经验了。门向里开了一个挺宽的缝,我注意到了锁上有锐器划过的痕迹,很可能是小刀的划痕。用小刀之类的东西压住了弹簧。我进了房门,打开灯,我的猜测马上就被证实了。我的屋里被搞得非常乱,被翻了个底儿朝天。我的提箱被打开了。很快我就发现,我最担心的事情发生了,交给我保存的那个便条不见了。"

"什么便条?"达夫很感兴趣地问。

"那就得回到伦敦,从休·德雷克被谋杀以后那一段说起。星期六下午,就是离开你们那个城市的前两天,有人转告我说沃尔特·霍尼伍德先生请我马上与他在布鲁姆饭店的休闲室见面。我当时很感困惑,但我还是去了。他走进房间,看上去心神不宁。'卢斯夫人,'他开门见山地说道,'我知道,您是一位很有阅历、办事稳妥的女人。虽然我没有权利这样做,但我还是想请您帮我个忙。'他从口袋里拿出一个白色的长信封,'我想请您替我保存这个信封。要小心保存,如果在旅途中我发生了什么意外,请您马上打开信封,看一下里面的内容。'"

"这就是那个被盗的便条?"达夫问道。

"咱们不要走在故事的前面,到时候自然会知道的。"老夫人回答道,"听到这个,我当然很诧异。旅行的一路上,我没和他说过几句话。'霍尼伍德先生,信封里面是什么?'他用奇怪的眼神看着我。'没什么,'他回答道,'只是一些需要完成的指令,一旦我——一旦我再也不可能站在这里……''洛夫顿先生才是理所应当保存这个信封的人。'我告诉他。'不,'他说,'这个信封绝不能托付给洛夫顿博士。'

"我呢,就坐在那里,觉得很奇怪。我问他,他自己认为在他身上会发生什么事情。他嘀咕着什么,好像很不舒服。他看上去精疲力竭,萎靡不振,我很为他难过。我们每个人都相当紧张。我想,霍尼伍德先生也许是苦于精神的崩溃,于是我告诉自己,这也许是他那病态的、混乱的情绪所产生的后果。看来他请我做的是一件微不足道的小事,于是我告诉他,我愿意保管这个信封。他马上露出了笑容。'您真是太好了,'他说,'如果我是您,会把它锁起来。我们最好不要一起离开这个房间。我在这里等着,您先走。还有,如果您不介意,我建议我们以后和其他成员在一起的时候,保持一定的距离。'

"所有这些要求也都很奇怪。但是那天下午,我和贝尔格莱维亚区的几个朋友还有个约会,当时我已经迟到了。我轻拍了一下这个可怜人的后背,告诉他别担心,然后就匆匆离开了。当我回到自己的房间时,我瞥了一眼信封。上面有一段手写体小字:'如果我死了,请打开,沃尔特·霍尼伍德。'我匆忙地把信封锁到旅行箱里,然后就出门了。"

"您本可以马上通知我的。"达夫责备她。

"是吗？但我当时不能决定。就像我说的，我当时认为这是病态心理所产生的怪念头，并不是什么重要的事情。而且，在伦敦的最后那几天，我非常忙。直到星期一早上，登上了去多佛的火车，我才真正开始考虑霍尼伍德先生和他让我保管的那个信封，第一次怀疑这是否与休·德雷克的被谋杀有关联。在多佛的时候，当我走上渡船的甲板时，我下定决心要找出答案。

"我看到霍尼伍德先生靠在右舷的围栏上，于是走过去和他搭话。他看上去很不情愿我这样做。我说话的时候，他一直扫视着甲板，眼睛里充满恐惧，好像正在被捕杀的猎物。我开始对整个事情感到很不安。'霍尼伍德先生，'我说，'我一直在琢磨您留给我的那个信封。我觉得我们现在该开诚布公地谈一谈了。告诉我，你有什么理由确信你的生命正受到威胁？'

"他非常吃惊，上下打量了我一番。'怎么了？没有，'他结结巴巴地说，'根本没有。我不比任何生活在这个不可预测的世界上的人更危险。'他的回答并不令我满意。我决定再好好考虑一下在火车上产生的想法。'如果你遇到了和休·莫里斯·德雷克同样的麻烦，'我说，'能够在信封里找到杀手的名字吗？'

"开始他好像不想回答我的问题。过了一会儿，他转过身来，满眼的忧愁，再一次让我感到同情。'亲爱的夫人，'他解释道，'您为什么觉得我是在给您带来麻烦？这信封里只有我所说的——如果我死了，需要执行的指令。''如果真是这样，'我回答道，'为什么不能交给洛夫顿博士？为什么要让我那么精心地保管？为什么你很介意被别人看见我们待在一起？'他点了点头。'问得有道理，'他承认道，'但是非常抱歉，我不能回答。但我告诉您，卢斯夫人，我并不是要使您陷入什么事情当中。求您了，再保管一段时间，什么也不要说。所有的问题都会很快解决的。现在——如果您不介意，'他还是在紧张地四处张望，'我感觉不舒服，想进去躺一会儿了。'我还没来得及说什么，他就走了。

"然后，我们就到了巴黎。我还是很担心。我很抱歉这么说，但我并不相信那个可怜的人对我说的话。我想，以我通常的洞察力，我的判断是正确的。我肯定沃尔特·霍尼伍德已经预料到自己会被谋杀了，就像休·莫里斯·德雷克一样被谋杀，被同一个人谋杀。而且，我也几乎能够肯定，他在信里写下了杀手的名字，并试图把它交给我。这会使我在德雷克谋杀案中成为共犯或同谋之类。我并不怕这样的评价。我一直保管着这信封，什么也没说。当然，我有这个权利，这一点用不着多说什么。但是在这种情况下，我不想保护任何人。我希望杀害德雷克的凶手被找出来并受到应有的惩罚。我当时心里很烦乱——我并不是经常烦乱的。我不知道该怎么办。"

"只有一件事情可以做，"达夫严肃地指出，"很遗憾，您没有这么做。您有我的地址……"

"是的，我知道。但是我不习惯叫别人帮忙。还有一件事可以做，我也很遗憾，您没有想到。您有没有听说过一种用蒸汽打开信封的老诀窍？"

"您把信封蒸开了？"达夫喊道。

"是的，但我并不想为此道歉，在爱与谋杀面前，一切都是正确的。在巴黎的那个晚上，我打开信封，取出了信封里的那张纸。"

"那纸上有什么？"达夫非常渴望地问道。

"上面正是可怜的霍尼伍德先生告诉我的内容。一个简单的便笺，内容大概是：

'亲爱的卢斯夫人：非常抱歉麻烦您。请您务必让洛夫顿博士马上通知我的夫人西比尔·康韦。她现在在意大利圣雷莫的皇家大饭店。'

"很明显，没有任何意义。"达夫叹息道。

"很明显，"卢斯夫人表示同意，"当我读到这些的时候，感觉有些迷惑。七十二年来，我从来没有迷惑过。他为什么不能把信封交给洛夫顿先生呢？而且根本就没有必要留下这封信。洛夫顿博士知道霍尼伍德先生妻子的名字和住处。我们中很多人都知道——他说过好几回了，说她在圣雷莫。但他还是在一张纸上写了这些不必要的信息交给我，让我用生命守卫这个纸条。"

达夫若有所思地凝视着天空。"无法理解。"他承认道。

"我也理解不了，"卢斯夫人说，"但是如果我认为霍尼伍德先生是被谋杀的，你是否会感到奇怪？我可以肯定，他已经看到了将有大难临头——这从他的眼睛里可以看出来。而这个杀手认为有必要在下手之前把信从我的箱子里拿走，为什么？天知道。是谁告诉他有这么个纸条？是沃尔特·霍尼伍德？这些问题对我来说太难了。但是你必须得弄清楚，达夫先生。我把所有这些麻烦都转手给你了。"

"谢谢。"达夫回答说，然后转向洛夫顿博士，"你已经知道了霍尼伍德的妻子在圣雷莫，是吗？"

"我当然知道，"洛夫顿回答道，"是霍尼伍德自己告诉我的。他请我安排在那里停留一天，在皇家大饭店，他希望能够说服他妻子参加我们的旅行团。"

达夫皱着眉头。"迷雾扩大了，"他叹了口气道，"我想您已经通知那位女士了？"

"是的，我昨天晚上给她打了电话。当她听到这消息后，我相信她昏倒了。至少我听见了动静——我听见她摔倒了，电话里也就没声音了。今天早上，她让人打来电话，说霍尼伍德夫人——或者西比尔·康韦，她自己这么叫——不能来尼斯了，她希望我把她丈夫的尸体带到圣雷莫。"

达夫考虑了一下。"我得尽早和这位女士谈一谈。好了，博士，现在我们已经听过了卢斯夫人的故事，再说说你对霍尼伍德之死的想法吧。"

"我能说什么？必须承认，看来这已经不是简单的自杀案了。我不得不告诉你，在巴黎的时候，我自己的房间也被再三地搜查过。很可能是谋杀，巡官。但是，您能不能保证这件事情只有我们三个人知道？如果法国警方发现了——哈，您是知道这里的官文的，达夫巡官。"

"你所提供的线索很有价值，博士。"达夫同意道，"我必须承认，我不希望法国警方在这个时候插手这个案子，尽管我很佩服他们获取情报的能力和他们的业绩。但是，我不会让他们插手的，这是我的工作，我要自己做。"

"其实，"洛夫顿感到很欣慰，"我也这么认为。是否把我们的怀疑也告诉其他成员呢？他们都已经有些紧张不安了。芬威克就曾经试图离开，这下他当然又要离开了。试想，如果旅行团分散了，对你的调查会有什么帮助呢？恐怕你还是比较喜欢我们在一起的，直到你结案。"

达夫冷笑了一下。"你说的很合乎逻辑而且很有说服力，博士。如果你能把旅行团集合起来，我想另外和他们谈一次，然后我再看看我在那个警察的代表那里能做些什么，我想他不会弄出什么麻烦的。"

洛夫顿走开了，达夫站在后面注视着他。他垂眼看着卢斯夫人。

"霍尼伍德认为洛夫顿绝对不是该保存信封的人。"他评价道。

她使劲点了点头。"就这一点来说，他很坚定。"她说。

帕梅拉·波特和马克·肯纳韦从饭店的旁门进来了。达夫向他们点头并招呼他们。他们马上走了过来。

"怎么，是达夫巡官！"姑娘喊了出来，充满了喜悦，"真高兴又和您见面了。"

"您好，帕梅拉小姐，"巡官说，"还有肯纳韦先生。出去散步了？"

"是的，"姑娘回答道，"我们躲开了目光锐利的伴护，沿着海滩散步。就像在天堂里一样——至少我是这么想的。但是没有什么能使我精力充沛的地方，就像马萨塞诸塞州的北部海岸一样。"

肯纳韦耸了耸肩。"恐怕我是在犯错误，"他解释道，"我斗胆为我的老家说句好话，并且我听说底特律甚至都不是一个好的汽车市场，我们这里怎么会比那里还糟呢？无论如何，我觉得尼斯是个很不错的地方。"

"很好，"姑娘笑道，"他们还不至于为此落泪。怎么了，泰特先生怎么了？"

这个著名的律师飞快地走过来，脸红得发紫，看来有"不祥"的预兆了。

"跑到什么——噢，您好，达夫先生，"他说道，"肯纳韦！你跑到什么鬼地方去了？"

年轻人对他的语气很不满，红着脸说："我和帕梅拉小姐散步去了。"声音很低。

"噢，散步去了，你散步去了？"泰特继续道，"就扔下我一个人。你想过吗？让我自己打领结，"他指着挂在他脖子上的圆点图案的领结，"看看这该诅咒的东西。我从来不会自己打。"

"我不知道我是被雇来做贴身男仆的。"肯纳韦提高了嗓门。

"你完全知道雇你要做什么。做我的陪伴。如果波特小姐需要一个陪伴，让她雇一个……"

年轻人开始变得激动起来："但这服务并不包括……"

"等一下，"帕梅拉·波特微笑着走上前，"请让我帮您把领结整理好吧。啊，您瞧，现在好多了，您去照一照镜子。"泰特变得温和些了，但他还是控制不住自己，瞪了一眼年轻人，然后走开了。

"对不起，泰特先生，"达夫说，"洛夫顿博士旅行团的全体成员都被通知到那间客厅集合开会。"

泰特转过身来。"开什么会？还是该死的愚蠢的调查，啊？你可以去浪费别人的时间，但是别浪费我的，先生，别浪费我的。你是个巡官，无能的巡官——在伦敦我就看出来了。在伦敦你找到什么了？见鬼，现在跑到这里开什么会！"他走了几步，又转身回来，很后悔的样子，"您能再说一遍吗，巡官？非常抱歉。都是因为我的血压，我的神经都要崩溃了。刚才我说的，并不是那个意思。"

"没关系，"达夫很平静地回答，"我非常理解你。请到通道那边的会客室开会。"

"我会在那里等着，"泰特谦逊地答应道，"跟我走吗，马克？"

年轻人犹豫了一下，然后耸了耸肩，跟了上去。卢斯夫人和姑娘一起陪他过去了。达夫走到饭店前台去登记。他叫了一个侍者把他的行李拿上楼。当他回来的时候，遇见了埃尔默·本博夫妇。

"正盼着你来呢，"亲切地问候一番后，本博说，"但你比我估计的来得要快。霍尼伍德的事，真是太糟了，不是吗？"

"的确太糟了，"达夫同意道，"对这件事，您有什么想法吗？"

"我也没什么想法，"本博告诉他，"但是，呃，我想我最好告诉他，内蒂。"

"你能跟他讲当然最好。"本博夫人建议道。

"不知道现在我能帮上什么忙，"本博继续道，"但是，在巴黎的时候，有一天晚上，我和内蒂一起去看一场很著名的演出。当我们回到饭店的时候，发现我们的房间被撬开了，所有的箱子都被翻过，但是什么也没少。我不知道该怎么办。苏格兰场方面也不会知道的，不是吗？"

达夫微笑着："很难。苏格兰场的那些人太笨了。本博先生，这么说你们的房间被搜查过了。告诉我，离开伦敦以后，你们还常见到霍尼伍德先生吗？"

"嗯，是的，在巴黎的时候能见到他，我们的房间与他的房间挨得很近。

我们曾经和他一起出去逛街。他熟悉巴黎，就像我熟悉阿克伦一样。告诉我，你相信他是自杀吗？"

"看上去很像是这样。"达夫回答道，"请你们在那个会客室等我，好吗？"

"当然。"本博回答，于是和夫人一起向达夫指的屋子走去，巡官也跟在他们后面走了过去。刚走过门厅，他就看见了明钦夫妇。马克斯和他友好地打了个招呼。

"哈，看来又有人牵扯进来了，"这个骗子打了个口哨，"看来他们要对这些暴徒做点儿什么了。有什么想法了吗，长官？"

"你呢？"达夫反问道。

"太深奥，不行，我可不行。"马克斯回答，"但是霍尼伍德那家伙一定不是自己把自己干掉的，你可以设身处地地想一想。我一直在关注这件事。我认为另一个家伙已经得到了他们事情败露的消息。请相信我，他知道这事。你可以从他的眼睛里看出来。他看上去就像是在祈祷，好能得知线索来源的途径。"

"明钦先生，"达夫说，"我想请您帮个忙。我们讨论这件事的时候，请您先将您的意见保密。"

"我明白，"明钦回答，"就像我告诉你的——这次我会完全照你的意思办。我的嘴巴会闭得像棺材一样紧。"

正在说话的时候，洛夫顿和斯派塞夫人、斯图尔特·维维安一起进来了。他们在找椅子的时候，罗斯无精打采地走了进来。跟在他后面的是基恩，他用狡猾的小眼睛扫了屋里每一个角落，然后才坐下。

"除了芬威克姐弟，都到齐了。"洛夫顿告诉达夫，"他们好像出去了，我也没再特别去找他们。如果我们能在那个小笨蛋露面之前把事情安排好，比什么都好。"

达夫点了点头，然后转向大家冷冷地说："我又来了。现在我想就你们今后的行程安排说几句。你们也都看到昨天晚上的事了。我受命调查沃尔特·霍尼伍德的自杀案。"

"自杀？"斯派塞夫人无力地问道。她穿着连衣裙，看上去很美，一顶漂亮的小帽子很低地压在眉毛上。

"自杀只是我说的，"达夫继续道，"关于这件不幸的事情，在座的有哪位能够向我提供些线索？"

没有人说话，达夫继续道："那好，既然这样，那我们就……"

"稍等。"维维安打断了他的话。在这间敞亮的屋子里，他额头上的伤疤显得非常明显。"只是小事一件，巡官。我没有别的意思，只不过是霍尼伍德先生和我在这里住同一个套间。在巴黎的时候我和他就已经很熟识了，我很喜欢他。我们一起去餐厅用晚餐，当我们回来时，发现我的两个包都被打开并翻过了，而霍尼伍德的东西一件都没有被碰过。这非常怪，但更怪的是，当我发现这一切后，我看了看他的脸，他的脸色死一样的苍白，身子抖得像树叶一样。我问他怎么了，他却置之不理。明摆着，他显得非常惊恐——如果这个词足够形容他的话。"

"谢谢！"达夫说，"很有意思，但这并不能推翻自杀的推测。"

"那么，你认为他是自杀了？"维维安问，还是有些怀疑。

"这就是法国警方所相信的，而我则倾向于同意他们的观点。"达夫告诉他，"霍尼伍德先生经历过精神的崩溃。他的妻子，他非常宠爱的妻子，离开了他。就是这个原因导致了这样的悲剧发生。"

"也许是的。"维维安回答道，但是话音里还是有着疑惑。

"迄今为止，你们的旅行已经很令人头疼了，"达夫继续道，"但我还是希望相信你们的麻烦已经结束了。德雷克先生的……呃……事件，很可能与霍尼伍德的死有关。可以告诉你们我在伦敦得到的某个发现，用以证明这一点。不管怎么样，最好让法国人相信是自杀，这样会使谋杀者放松警惕。我希望警方在这里的调查一结束，你们就能继续你们的旅行。我相信从这里开始就不会再有什么让人不愉快的事情发生了。你们有什么理由要中断旅行呢？"

"无论如何，只要旅行团继续，我就继续。"卢斯夫人很快地说。

"我们也是这么想的，女士。"马克斯·明钦也跟着说。

"我知道你会的。"卢斯夫人对他表示肯定。

"我看没有什么理由要停下来。"基恩上校表示。

"没有照片，我就不能回阿克伦，我向他们保证过。"本博说，"要这么回去，我就成了镇里的笑料了。环球旅行是我要求的，既然要求了，就要履行。"

"罗斯先生呢？"达夫问道。

这位伐木工微笑道："我们尽量继续我们的旅行吧。为了旅行，我花费了很长时间，我不想就这样半途而废。"

"斯派塞夫人？"

那位女士拿出一个长烟嘴，插上了一支香烟。"我不是个轻易放弃的人。谁有火柴？"

维维安马上就把火柴递了上去。很明显，他时刻为她待命。

"是谁先提出要停下来的？"泰特想知道这一点，他的脾气还是那么无常，"根本没人说要停下来，除了那个白痴芬威克。我用道歉吗？不用——他不在这儿，是吧？"

"那好，"洛夫顿博士说，"只要警察代表一发话，我们就离开这里。我一会儿通知你们乘火车的时间。我们的下一站是圣雷莫，越过国境线，在意大利境内。"

一阵嗡嗡声之后，会议结束了。达夫跟着卢斯夫人走出了房间。在他们刚才说话时坐过的沙发旁边，他叫住了她。"顺便问一下，昨天晚上，您和帕梅拉小姐一起回来,走进大厅的时候,当时洛夫顿正在和芬威克说话吗?"

"他——是的。"

"当您发现信封被盗,匆匆下楼的时候,芬威克还和博士在一起吗?"

"没有。那时洛夫顿是一个人。"

"当您进来的时候,洛夫顿问您关于霍尼伍德的事了?"

"是的,他非常急切地打听霍尼伍德先生的事。"

"注意,我不想要您的看法和评论,卢斯夫人。我想知道事实。就您所知,洛夫顿和芬威克有没有可能在您一上电梯回房间的时候就分手了?"

"是的,有可能。然后洛夫顿博士跑出去,开枪——"

"没关系。"

"我也不喜欢那个人。"老夫人申明道。

"您用'也'这个字是什么意思?"达夫问道,"我并没有喜欢或者不喜欢,卢斯夫人。我也不能那样,这是我的职责。"

"噢,我想您也是人,和其他人一样。"卢斯夫人说完,走开了。

洛夫顿走了过来。"谢谢您,巡官。"他解释道,"您如此轻松地就解决了我们以后的旅行计划问题。如果您能够成功地对付警方代表,就更好了。"

"我相信会的。顺便问一下,洛夫顿博士——昨天晚上,当您听到枪声的时候,您还在和芬威克说话吗?"

"是的,当然。我不会骗人的。"

"你认为他也听到开枪的声音了吗?"

"我想他听见了。他有一点儿受惊。"

"啊,是的。那么你和他就都有了非常好的不在犯罪现场的证明。"

洛夫顿笑得多少有些紧张。"我想是的。但非常不幸的是,芬威克先生不能在这儿证明我所说的。"

"你这是什么意思,他不在这儿?"达夫喊道。

"我在会客室里没有告诉你,"洛夫顿回答道,"有人发现了这张便条,钉在芬威克先生房间的床头柜上。你会发现这是写给我的。"他把便条递了过去。达夫念道:

亲爱的洛夫顿博士:

  我提醒过您,如果再发生什么有趣的事情,我们就得结束了。好了,现在更有趣的事情发生了,我们结束了。我已经跟管理员安排好了,午夜时我们就会乘车离开这里。您不可能阻止我们,您知道的。您有我在皮茨菲尔德的地址,我希望回到那里的时候,旅行费用的退款已经到了。总之,您最好马上结束旅行。

               诺曼·芬威克

"午夜时离开，"达夫沉思着，"我想知道他们走的是哪条路。"

"饭店的人告诉我，芬威克打听过从热那亚到纽约的船。"

"热那亚，呃？那他们是沿里维埃拉向东了。现在他们已经出国境了。"

洛夫顿点了点头。"无疑，已经进入意大利了。"

"您看上去很高兴，洛夫顿博士。"达夫说。

"我是很高兴，"博士回答道，"我为什么要隐瞒呢？在十五年的旅行中，我从来没有碰上过比芬威克更令人生厌的家伙。我很高兴他走了。"

"哪怕您的证据也随他而去？"达夫提示道。

洛夫顿笑道："为什么我需要不在犯罪现场的证据？"

第九章　圣雷莫的黄昏

洛夫顿朝服务台走去，剩下巡官一个人在那里考虑这个多少有些让人困惑的消息。旅行团中有嫌疑的两个人突然离开了他的控制范围。关于伦敦的谋杀，没有发现和芬威克姐弟有任何联系，霍尼伍德的也是如此。然而，达夫觉得，在案子没有解决之前，洛夫顿旅行团的每个成员都在嫌疑范围之内，而芬威克姐弟，更是不能排除。那个家伙看上去并不像个杀手，但是，经验告诉他，有些杀手就是这样的。这个来自皮茨菲尔德的爱炫耀的小伙子的专横举动，使他感到非常恼怒。然而他又能怎么样呢？他没有权力控制旅行团的任何一个成员的行动，除了霍尼伍德，但他已经死了。

电梯那边的一阵骚动引起了他的注意。紧跟着，那位衣着华丽的警方代表向他走过来，耀眼的制服配上里维埃拉多彩的背景，真是太棒了。

"啊，巡官，你没有上楼？"代表喊道，"我等着，可你却没有出现。"

达夫摇了摇头："已经用不着了，代表先生。我对法国警察锐利的目光太了解了。是否愿意接受我对您的祝贺？我已经调查过了，非常佩服你们的聪明才智。"

"您这样说，真是太客气了。"代表微笑着，"我从苏格兰场方面学到了不少东西。"他深吸了一口气，"是啊，我相信您所说的是真的——在这种条件下，我已经做得很好了。但这是什么样的条件啊！再好的才智也不可能发挥。那些公务员的愚钝——能把我气哭了！脚印被踩乱了，指纹又给抹了，能让我怎么办？"

"真是不幸。您也用不着再做什么了。"达夫向他保证道，"案子已经结束了，代表，我可以保证。"

法国人的表情缓和了些："这是我听到的最高兴的一件事了。一个女人——与这案子有关，是吧？"

达夫笑了。"是的，"达夫巧妙地提示道，"死者的妻子。他狂热地爱着她，可她却遗弃了他。心碎的他试图一个人旅行，但这并没有用。即使是在这个迷人的、令人愉快的城市，他也看出了没有用。因此就发生了这些。"

探长摇了摇头。"哈，女人，总是女人，多么痛苦，多么遗憾！她对此不负责吗？我们对她就无可奈何吗？"

"很难。"达夫很随便地回答道。

"怎么会是这样！"代表喊道，有些激动，"我一想起来就发抖——"他停了一下，"我想我们是跑题了。巡官，洛夫顿博士告诉了我为什么你会来。我同意你对这个案子的看法。谁能比你更了解前因后果呢？我就照着这个样子打报告好了，就让这爱情悲剧自行结束吧。"

"很好，"达夫点头道，"那么旅行团可以继续他们的行程了？"

代表犹豫了。毕竟不能如此草率地对待一起命案。"请您不要太着急了，巡官。"他说，"我现在要去看一下法官根据出示的证据做出的最后决定。我会尽快给你打电话，通知你结果。如此安排，您还满意吗，巡官？"

"嗯，这样挺好。"达夫回答道，"再一次衷心向您表示祝贺！"

"您真是太客气了，巡官。"

"别客气。您给我留下了深刻的印象。"

"我该怎么感谢您呢？我该如何表达我的荣幸呢？"

"别再这么说了，先生。"

"再次同意您的意见。再见，巡官。"

"再见，"达夫重复了一句，带着约克郡口音。代表兴奋地大步走了。

洛夫顿马上就走上前来问："好了？"

巡官耸了耸肩。"我想会好的，很高兴代表已经被说服了。但是在最终的决定做出之前，他还得把情况向上汇报。我在等他的电话。我希望能快些，当我知道我们的下一步计划时，我很想亲自与圣雷莫通话。"

"我就待在饭店里。"洛夫顿告诉他，"我也希望能尽快得到消息。今天下午四点半有一班豪华列车，我很希望能搭上这班车。"

一个小时以后，传来了代表的消息，通知他们随时可以离开了。达夫匆忙写了个很潦草的便条，让侍者交给洛夫顿，自己走到服务台前。

"请帮我接通圣雷莫的皇家大饭店，"他说，"我要和沃尔特·霍尼伍德夫人通话，或者称作西比尔·康韦小姐，她有时这样称呼自己。"

就这样，一切都好像很正常，而一场让达夫兴奋的对话，就要在侍者的眼皮底下开始了。达夫坐在旁边的一个椅子上等着。过了很久，一个侍者气喘吁吁地跑过来告诉他："圣雷莫的那位女士的电话已经接通了。"

巡官急忙跑进侍者所指的那个电话间。"喂，有人在吗？"他喊道。他用最大的音量对着电话大喊。

一个非常微弱、遥远，但是很动听的声音在他的耳边响起："是哪位要找康韦小姐？"

"是我。达夫巡官，苏格兰场的。"

"我听不清楚。哪位巡官？"

"达夫，达夫！"

"您的声音也太大了点儿，可我还是听不清楚。"

达夫满头是汗，突然他意识到他刚才是在吼叫。他把声音放低，并且使声音更加清楚。

"我是苏格兰场的达夫巡官。我正在负责调查洛夫顿旅行团的休·德雷克先生在伦敦被谋杀的案子。由于您丈夫沃尔特·霍尼伍德先生的不幸，我现在在尼斯。"

"是吗？"声音很微弱。

"夫人，我对此深表哀悼。"

"谢谢。您想对我说什么？"

"不知道您是否清楚他的死因！"

"洛夫顿博士告诉我，他是自杀的。"

"不是自杀，夫人。"达夫把声音压得非常低，"您的丈夫是被谋杀的。您在听吗？"

"我在听。"声音非常微弱。

"我想这谋杀肯定和在伦敦的德雷克先生之死有什么关系。"

对方停顿了一阵。"我可以向您保证是这样的，达夫巡官。"

"是怎么回事？"达夫喊道。

"我告诉您，这两件事是有关系的。这两个案子，从某种意义上说，是同一个凶手所为。"

"我的老天！"巡官倒吸了一口凉气，"您能解释一下吗？"

"说来话长。见到您，我会向您解释的。您将和洛夫顿旅行团一起来圣雷莫，是吗？"

"当然，我们今天下午四点半离开这里，大约两个小时以后到您住的饭店。"

"很好。等您来了，我们再继续谈这件事情。由于我的缘故，霍尼伍德先生希望对这件事保持沉默。我想，他是怕这些事情会影响我在舞台上的前途。如果真是这样，我感到非常难过。我已经下定决心，要看到正义得以伸张，不管我会付出多大代价。您明白——我知道是谁谋杀了我丈夫。"

达夫再一次变得气喘吁吁。

"您知道是谁……"

"事实上，我知道。"

"那么，以上帝的名义，夫人，千万不要再给他机会了。现在就告诉我，马上。"

"我只能告诉您，那个人正在与洛夫顿旅行团一起周游世界。"

"但是他的名字，他的名字！"

"我不知道他现在怎样称呼自己。几年以前，当我在……在一个很远的地方见到他的时候，他的名字叫吉姆·埃弗哈特。现在他正在洛夫顿的旅行团里旅行，但是用了别的名字。"

"谁告诉您这些的？"

"我丈夫写信告诉我的。"

"但是他没有写出他的名字？"

"没有。"

"他和杀死休·莫里斯·德雷克的是不是同一个人？"达夫屏住了呼吸。杀死德雷克的凶手，他必须找到。

"是的，他就是。"

"也是您丈夫告诉您的？"

"是的，都在信上。今天晚上我可以给您看。"

"但是这个人……他是谁……必须得指认出来，夫人。您说您几年前见过他。如果您再见到他，能不能认出来？"

"我当然能认出来。"

"这真是太好了。"达夫掏出手绢，擦了擦额头。

"夫人，您还在听吗？霍尼伍德夫人？"

"我还在听。"

"您所告诉我的，非常重要。"达夫的陈述总是打折扣，"我大约在今晚六点半到达您住的饭店。我不能确定具体的时间。整个洛夫顿旅行团将和我一起到达。"芬威克的离开在他脑子里一闪，但他没有再多想，"不能出任何差错了。我恳求您待在您的房间里，直到我再和您联系。我会安排您和旅行团的每个成员见面，最好是在一个您不会被看到的地方。当您指认的时候，您会和我在一起。所有事情都会安排得对您来说很简单。"

"您考虑得太周到了，我会如约的。我已经整理好了我的思绪。无论我付出多大的代价……什么代价都是不值得考虑的……我都会帮助您将杀害沃尔特的凶手绳之以法。您可以相信我。"

"我相信您，而且永远感谢您。今晚，霍尼伍德夫人。"

"今晚，我会在我的房间里等您的电话。"

当达夫离开电话亭时，吃惊地发现洛夫顿就在旁边站着。

"我得到您的消息了，"洛夫顿解释道，"我们订了四点半的火车票。这张票是您的，如果您想要的话。"

"当然，我想要。"达夫回答道，"我过会儿给您钱。"

"不用着急，"洛夫顿转身正要离开，又停下来，"啊……呃……您和霍尼伍德夫人通话了？"

"刚通完话。"

"她能向您提供什么吗？"

"什么也没有。"达夫回答。

"真遗憾。"洛夫顿随便地说，然后向电梯走去。

达夫回到自己的房间，从来没有这么高兴过。一个棘手的案子，他所接手过的最困难的案子之一，在七个小时之内就要解决了。当他坐在餐厅用午餐的时候，对洛夫顿旅行团的男性成员们做了谨慎的观察。到底是哪个？哪一个是面带微笑的恶棍？洛夫顿本人？洛夫顿是旅行团的领队。那女人说的是就在旅行团"里"，而不是"带领"。这区别很大吗？可能吧。泰特，有严重的心脏病，莫非就在他刚刚进入布鲁姆饭店的会客厅时，受到了可怕的打击，而正好在入住布鲁姆饭店时犯了心脏病？凶手肯定就在他们之间，不会另有别人的。一个人即使心脏不好，也会有足够的力量勒死像德雷克这样岁数的人，更何况泰特还能到很远的国家四处看看。肯纳韦？只不过是个孩子。本博？达夫摇了摇头。罗斯或者维维安，或者基恩？都有可能。马克斯·明钦？很难和他牵连得上，不过这种事他倒是能干得出来。芬威克？巡官心里一沉。试想如果就是芬威克，那该怎么办？他必须追击，即使到天涯海角——皮茨菲尔德、马萨塞诸塞，跑到哪儿，也得把他抓回来。

下午四点半，所有的人都上了列车的一等豪华车厢，前往圣雷莫。达夫没有向任何人吐露任何消息，所以只有他一个人知道将要发生什么。他从一个包房走到另一个包房。虽然在车站已经数过一遍了，但他还是要再次确认一下，有没有人落下。和其他几个人聊了一阵后，他到了泰特和肯纳韦所在的包房。

"喏，泰特先生，"他坐下来亲切地说，"我相信，正如您希望的那样，环球旅行团的案子最刺激的阶段已经结束了。"

泰特很不友好地看了他一眼。"不用您操心我的事。"他说。

"我怎么能忍得住呢？"达夫微笑道。他静静地坐了一会儿，盯着窗外闪过的景色：森林葱翠的山峦和精心耕种的作物、小海港的小教堂和城堡废墟。远处是蓝色的、闪闪发光的地中海。"真是个迷人的地方。"巡官试着换个话题。

"就像电影一样！"泰特吼道，抄起一份法语版的《纽约时报》。

达夫转向年轻人。"第一次出国旅行吗？"他问道。

肯纳韦摇了摇头。"不是，大学假期时出来过。那些日子真是太棒了，我不知道我的运气……"他看了一眼老头子，叹息着说，"我不担心什么，我的脑袋上什么也没有，除了头发。"

"不同凡响。"

"我会给每时每刻发生的事情都做一个说明。"男孩儿微笑道。

达夫又转向老头子，语气很果断："就像我说过的，泰特先生，"他大声道，"我怎么能够不关心您呢？我见过一次您犯心脏病的样子。您最好去复查一下，我是说——我当时以为您已经不行了，确实是这样认为的。"

"我没完蛋，"他厉声说道，"您肯定注意到这一点了。"

"我？"达夫挑了一下眉毛，"很对。我是个不合格的巡官，不是吗？还有很多疑点没有答案。比如，我还不知道您在布鲁姆饭店的客厅里看到了什么，导致了您犯如此严重的心脏病。"

"我什么也没看见，我告诉过您，什么也没看见！"

"我忘了，"巡官继续温和地说，"我以前问过您吗？休·莫里斯·德雷克被谋杀的那个晚上，您什么也没听见？没有喊声？您知道我是什么意思。"

"我怎么能听见呢？霍尼伍德的房间在我和德雷克的中间。"

"啊，是的，是这样。但是您要知道，泰特先生，"巡官的眼睛盯着老头儿的脸，"德雷克是在霍尼伍德的房间里被杀的。"

"什么意思？"肯纳韦喊道。泰特没说话，但是巡官注意到他的脸略微变得苍白了。

"您明白我的意思吗，泰特先生？德雷克是在霍尼伍德的房间里被杀的。"

老头儿把报纸扔到了一边儿。"也许你比我想象的要称职。你已经找出答案了，是吗？"

"是的。在这种情况下，您是不是要稍微修改一下您的故事？"

泰特点了点头。"我告诉你都发生了什么。"他说，"我想你是不会相信的，但是没关系。二月七日一早，在布鲁姆饭店，我被旁边房间里传来的一种类似挣扎的声音惊醒了。是霍尼伍德的房间。动静非常短暂，等我完全醒过来时，动静也停止了。我和自己争论着该怎么办。我想好好休息已经想了好几个月了，陷入与我无关的麻烦，实在是讨厌。不去考虑什么谋杀案——我这样告诉自己。肯定出什么麻烦了，我能感觉到。但是已经安静了下来，于是我决定回去睡觉，忘记听到的一切。

"上午我起床比较早，打算出去吃早点。喝完咖啡以后——我习惯了，但是，妈的，没人能够不死——我到詹姆斯大街公园散步。当我返回布鲁姆饭店时，我在克拉格斯街遇到了一个服务员，他告诉我一个美国人在楼上被谋杀了。他不清楚死者叫什么，但我马上意识到我知道是谁。霍尼伍德！那挣扎的声音！我听到了霍尼伍德被谋杀，但是没有去帮助他，没有去逮捕攻击他的人。

"当我到会客室的时候，真的非常震惊，这你是知道的。我走进门时，以为霍尼伍德已经在楼上被杀了。可他是我第一个看见的人。震惊，再加上前面所说的事，于是我的心脏病就发作了。"

"我看到了，"达夫点了点头，"但是你当时没有告诉我任何关于霍尼伍德房间里发生的事。那是在为你自己开脱吗？"

"当然不是。但是当我再次看见你时，我在生病，很虚弱。我的一个想法就是，如果可能，就远离此事。你有你的职责。我所希望的是安静。这就是我要讲的。信不信由你。"

达夫微笑道："我非常倾向于相信这些，泰特先生。当然，这还要看事态将来如何发展。"

泰特看上去态度温和了一些。"以神的名义，"他说，"你确实是个比我想象的要好得多的巡官。"

"非常感谢！"达夫回答道，"我想，我们已经到圣雷莫了。"

当饭店的大巴在黄昏中沿城市街道疾驶而过时，洛夫顿博士对他的成员们说了几句话："我们明天中午离开这里。大家都尽量少打开行李，因为我们明天早上要尽可能早地出发，赶往热那亚。"

不久，他们便在皇家大饭店的入口前整队了。达夫得到了一个一楼的房间，就挨着通向大厅的台阶。当他仔细查看周围环境的时候，注意到离他的门不远有个公用电梯。虽然没受什么刺激，但他的心跳却快得出奇。皇家大饭店相对比较小，并不是这城里显赫的大型建筑，但是显得很宽大而且舒适。巡官得知，晚餐就安排在半个小时以后。在客人们换上晚装后，大厅和走廊里便会充满非常有特色的度假胜地饭店的气氛。

达夫在前台查明西比尔·康韦小姐的房间就在四层，她是用这个名字登记的。他很高兴地发现，他的房间里有电话。于是他拨通了康韦小姐房间的电话。电话里响起了一段音乐，这音乐估计是现在最流行的。有人答话了。

"苏格兰场的达夫巡官。"他近乎耳语地说。

"真是太高兴了。让我等得好苦。我……我已经作好了准备。"

"很好，我们必须马上见面。旅行团的成员现在都在他们的房间里，一会儿都会出现在大厅，他们在那里用晚餐。现在我想和您聊聊。"

"当然，我给您带来了我丈夫从伦敦写给我的一封信。它会解释很多事情。然后……"

"然后，您和我将看着洛夫顿博士的旅行团的全体成员走进来用餐。我已经选好了我们藏身的地方——棕榈丛后面。我们谈话的地方，我想好了，就在一层，我房间的旁边，那里有个小的公用会客室。您清楚我所说的一层，就是大厅上面的那一层，我想在美国应该叫做第二层。小会客室的门可以从里面反锁。我建议我们就在那里见面。您的房间离电梯远吗？"

"只有几步。"

"太好了！您坐电梯下楼。等一下，我已经考虑了一个比较好的路线。我会去接您。四十号，是您的房间吧？"

"四十号，对，我等着。"

达夫马上出门到了走廊里。他非常高兴地看到走廊里很昏暗。他按了电梯的按钮。他曾很偶然地到过巴黎的很时尚的饭店，使他熟悉了这种自动公用电梯的性能。笼子很稳地缓缓上升——感谢上帝，这次没有失灵。他进了电梯，又按了一个按钮，这次是到四层。

他敲了敲四十号房间的门，开门的是一位高挑端庄的女人。光线从她背后射来，使她的面孔藏在阴影中，但他立刻就发现，她是如此的美丽。她有着金色的头发，与她的礼服同色；她的声音比电话中传来的要高些，兴奋中仍带有一丝迟缓。

"达夫先生……我真是太高兴了。"她有些喘不过气来，"给，这就是我丈夫的信。"

他接过信，放到口袋里。"万分感谢。"他说，"跟我来好吗？电梯等着呢。"

他引她进了狭窄的电梯笼子，按了一层的按钮。慢慢地、踌躇地，那不稳的电梯开始降落。

"我不行了，"西比尔·康韦告诉他，"我感觉很难再坚持下去，但是我必须……我必须……"

"嘘！"巡官劝她道，"请坚持一下。"电梯过了第三层，"马上就到了，你必须告诉我一切……"

他表情惊讶地止住了话头。从距离他头顶不远的地方传来一声清脆的射击声，一个小东西落下来，掉在他脚上。女人的脸使他惊骇。他用胳膊搂住她，看到她的金色丝礼服的上身处，有一个正在展开的红色污点。

"都结束了。"西比尔·康韦悄声说道。达夫说不出话来。他伸出一只手，想强行打开锁着的门闩，而这法国人的发明仍然泰然自若地向下移动着。巡官的心里充满了痛苦。

这样的境遇对达夫的打击足以结束他的侦探生涯。他看着这个女人在他身边被谋杀，并在他的怀里死去。他和她一起被关在这个小笼子里，而这门却没能及时地打开。他抬头看着上面，漆黑一片。他知道，再打开也没用了，就是出去也晚了。

到了一层，电梯停了下来。门打开了，客人们都瞪大了眼睛。他把西比尔·康韦抱到大厅的沙发上。他知道，她已经死了。他又跑回到电梯里，捡起了一个水洗皮的小包。不用打开，他知道里面是什么：在同一个沙滩拣的小鹅卵石——一百个毫无意义的小石头。

第十章　德雷克先生的耳聋

达夫离开电梯，门从他身后关上，铃立即就响了，电梯开始上升。他站在那里，看着电梯慢慢上升。在一片漆黑中，唯有电梯里有一点儿亮光。任何人站在那样的没有防卫的平台上，都可以轻而易举地成为一个射击的好目标。他刚刚意识到这一点，可已经太晚了。就像大多数外国电梯一样，人们上上下下乘坐的是一个四周都是铁栅栏的笼子，每一面都是对外开放的。人站着的地方，围绕着像栅栏的东西，那东西不比中等身高的乘客的肩膀高。那件金色的丝质睡衣，成为相当好的目标。人很容易就能跪在走廊的地上，往铁格子里面射击，就在电梯和里面的人慢慢地从眼前通过的时候。现在事情发生了，这看起来是那么的简单，但是，一个率直的、缺乏想象力的人，是绝对不会预先想到的。达夫粗鲁地嘀咕着，他不服气，但又不得不佩服他的对手。

皇家大饭店的老板气喘吁吁地跑上了楼梯。这人腰围巨大，一件说不清尺码的黑礼服外套围着他的腰。那里面肯定是堆成山的意大利面条，抑或说他本人就是。他身后跟着一个职员，也穿着礼服外套，但是很瘦，而且看上去有些习惯性地忧虑。走廊里挤满了被惊动的客人。

巡官很快把两个人带到会客室，然后锁上门。他们站在那里看着沙发和它上面那令人伤心的负载。

达夫尽可能简短地讲述了一下事情的经过。

"在电梯里被谋杀？会是什么人干的？"老板的胖脸上，一对眼睛瞪得大大的。

"谁，你问是谁？"达夫清楚地回答道，"当时我正和她一起……"

"啊，是吗？那你就待在这里，等警察来了，你要和他们说清楚。"

"我当然要和警察谈。我是达夫巡官,苏格兰场的。这个死去的女人,是发生在伦敦的一起谋杀案的重要证人。"

"这就清楚多了,"大块头点了点头,"可怜的女人。但是你一定明白,发生这样的事,对我的饭店不是什么好事情。这里正好住着个医生。"他转向他的随从,"维托——马上把他找来,虽然恐怕是有些迟了。"

他摇摇摆摆地走到门口,打开门,站在那里,面对着客人们。如果做屏风,这时他倒是很起作用。

"只是一点儿小麻烦。"他宣布道,"大家不必为此担心。您可以回到自己的房间,如果您愿意的话。"人群很不情愿地散开了。当维托匆匆地从他身边经过时,他一把按住维托的肩膀。"也通知一下城市警卫队。不,你明白,是特警部队。"他瞟了一眼达夫,"他们将会派伊尔·杜斯亲自来处理此事。"说完,他耸了耸肩。

随从一路小跑着冲下楼梯。达夫向门口走去,但是胖子挡住了他的去路。"您去哪儿,先生?"他问道。

"我要去调查。"巡官解释道,"我告诉你了,我是苏格兰场的。饭店里现在有多少客人?"

"昨晚住在这里的有一百二十人,"主人回答道,"这个季节,这是多的了。已经很满了,先生。"

"一百二十。"达夫冷冷地重复道。这工作量对城市警卫队来说,还真是不小。即使对他来说,工作量也不小,尽管他知道其实这么多人里面,只需要考虑洛夫顿旅行团的成员。

他好不容易从饭店主人的身边挤了过去,只好爬楼梯上楼了。三层的走廊非常安静,一个人也没有;在电梯间附近也没有发现任何异常。他心里琢磨着,如果这世上有哪个杀手能够不留下线索,那么无疑这位就是一个。他沮丧地继续爬上楼,敲了敲四十号房间的门。

一个脸色苍白的女仆给他开了门。他简要地说了一下所发生的事情。这个女人看起来被吓得不轻。

"她就害怕这个,先生。整个下午她都在担心。'如果我发生了什么事情,蒂娜……'她一遍又一遍地对我说这个,又嘱咐了我必须怎么做。"

"做什么?"

"我要把她的尸体送回美国,先生,和可怜的霍尼伍德先生在一起。还有,我必须发几封电报,给她在纽约的一些朋友。"

"是不是还有亲戚?"

"我从来没有听她提过她的亲戚,先生。霍尼伍德先生也没有提起过。他们好像很孤独。"

"是吗?过一会儿,你得给我一个你要发电报的人的名录。现在你最好下楼到一层的会客室去。告诉经理你是谁。他们一会儿肯定会把你的女主人送回到这里。我在这里待一会儿。"

"您是达夫巡官？"

"我是。"

"我可怜的女主人说起过您。前几个小时里，她提起您很多次。"

女仆走了。达夫穿过一个小门厅，进了一个布置得很可爱的起居室。西比尔·康韦给他的那封信正在他的口袋里燃烧，强烈要求被读一读，但是现在首先要做的，是搜查一下这些房间。意大利警察马上就会到，那他就晚了。他开始快速而有序地工作起来。来自美国朋友们的信件——不多——没有什么线索。一个抽屉接着一个抽屉——打开又关上——他紧张地继续着。最后他还是被发现了，当他正在西比尔·康韦的卧室弯着腰翻一个箱子时，有人从门口看到他了。他转过身来。一个城市警卫队的少校正站在那里，很惊讶的样子，一张黑脸上满是不高兴。

"您在搜查房间，先生？"他问道。

"我来介绍一下我自己，"达夫匆忙地说，"我是达夫巡官，苏格兰场的。英国领事会为我作证。"

"来自苏格兰场的？"看来这个警察对他有印象，"我明白了。这位女士被杀的时候，就是您在她身边，是吧？"

"是的，"达夫不自在地点了点头，"我确实与这件不愉快的事情有关。如果您愿意坐下来……"

"我宁可站着。"

"无可非议，穿着这身制服嘛！"达夫琢磨着。"随您。"他继续说道，"我要告诉您有关这个案子的一些情况。"他尽可能简短地大致描述了一下这个已经将他卷进去的案子的经过，并且解释了西比尔·康韦在这个案子中所充当的角色。因为还不能确定想让这个意大利警察知道多少才好，他没有讲得太详尽。他尤其注意没说任何关于洛夫顿环球旅行团的事。

意大利人很安静地听着，没有插话。达夫讲完后，他慢慢点了点头。"非常感谢您。我希望您在没有通知我的情况下，不要离开圣雷莫。"

"好吧，尽量。"达夫冷冷地微笑道，想着他曾无数次向其他人提过类似的要求。

"您在搜查这房间时，找到什么了吗，巡官？"

"没有，什么也没有。"他的心跳开始加快。要是这个警察为他的插手而恼怒，要求搜查他，发现了霍尼伍德的信，该怎么办？

两个人对视了好一阵。这是紧要关头，但是达夫做得很好，一脸的麻木相，毫无表情——远远地胜出了。

意大利人欠了一下身。"我一会儿会再见您的。"他说。安全过关。

多么大的解脱！达夫急忙回到他的房间，丝毫不敢耽搁。他是想看一看西比尔·康韦在死前几分钟交给他的那封信。他锁上门，拉过一把椅子坐在微弱的灯光下，然后掏出那个已经打开过的信封。左上角是伦敦布鲁姆饭店的标记，邮戳是二月十四日的。巡官的脑子里马上想到，是休·德雷克被谋杀以后八天，就在洛夫顿旅行团出发到大陆前很短的时间。

他把这个很说明问题的信封放到了一边。沃尔特·霍尼伍德的字很小，但他给夫人的信还是写了好几页。达夫迫不及待地读了起来：

最亲爱的西比尔：

你可以从信封上看出来，我已经随环球旅行团到了伦敦，就是我从纽约给你写的信里提到的那个医生推荐的旅行团。原想这对我权且作为一次休息、发泄，或者放松吧。谁知这反而变成了最糟糕的噩梦：吉姆·埃弗哈特也在旅行团里！

我发现这些是在二月七号的早晨，一个多星期以前，是通过一件最可怕的事发现的。太奇异、太可怕了……但是先等一下。

当我在纽约登船时，旅行团其他成员的名字我甚至都没听说过。我见到领队的时候，也还不太知道这些名字。出海前，我们被叫到甲板上，我和他们每一个人握了手。我没有认出埃弗哈特。我怎么可能认得出来呢？我见过他，你应该记得。只有一次，当时光线实在太差了——在你的小客厅里，只有一盏油灯。这是很多年以前的事了。是的，我和所有的人握手，包括埃弗哈特——那个发誓要杀了我的人。他也要杀了你。我根本没有怀疑，做梦也没想到……

然后，我就出海了。事实证明，这是一段艰难的航行。除了几次天黑以后到甲板上的闲逛，我一直没有离开船舱，直到早上抵达南安普敦。我们从那里继续到伦敦，我还是没有任何察觉。头几天有不少地方要参观，但我都没参加。这不是我出来的目的——伦敦只是一个古老的故事。

二月六号晚上，我正坐在布鲁姆饭店的会客室里时，进来了旅行团的另一个成员——来自底特律的一个很好的老人，名字叫休·莫里斯·德雷克。这个最最善良的人很活泼，但是很聋。我们开始聊了起来。我告诉了他关于我的病，并且告诉他，我过去几天都睡得很少，因为我卧室隔壁总是有人晚上在那里大声朗读，直到很晚。我说我都不愿意上楼去睡觉了，反正知道肯定是睡不着。

对此，那个老伙计倒是有个主意。他指出他的耳朵很聋。这样的事情会打搅我，但对他却无任何妨碍，而且他建议当晚就和我对换房间。而且我们发现，他的房间就在我房间的另一边，也就是说，换起来没什么麻烦。我承认，德雷克先生的主意真是太好了。我们上了楼。我们彼此将行李就放在原处，房间之间的门不锁，只是换一下床。我关上了房间之间的门，就休息了——在德雷克先生的床上。

　　医生给过我一包管睡觉的药，权当对付失眠的最后一招。为了保险起见，我吃了一片。异乎寻常的安静，加上药片儿的作用，我睡得就像几个月没睡过觉一样。但是我六点半就醒了，因为德雷克先生告诉我，他要早起——我们那个上午要出发到巴黎。于是，我就走到了另一个房间。

　　我走进去，四下看了看，发现他的衣服放在一把椅子上，助听器放在桌子上，所有的门和窗户都关着。我走到床边叫他。他被人用背包的带子勒死了。他死了。

　　开始我还没有反应过来——一清早，半醒着——你知道是什么样的。然后，在床上，我看见了一个小的水洗皮皮包。你还记得吗，亲爱的？就是我们给吉姆·埃弗哈特的那些皮包中的一个。一共是两个，不是吗？或者我错了？是不是两个装着小鹅卵石的小皮包？

　　这真是太可怕了。但是我知道我必须做些什么。对德雷克，我已经无能为力了。我宁愿这些发生在我身上，但现在已经晚了。无论如何，我必须渡过这一关。我要再见到你，听你的声音——我爱你，亲爱的。我爱你，从我第一次见到你。如果我是假的，那整个世界都是假的。我不会为此后悔，永远不会。

　　我想可怜的德雷克不能留在我的床上，不能在我这儿。否则如何解释这些呢？所以我将他背回到他自己的房间，放到了他的床上。还有一包石头，我不想要这些。我不知道该怎么处理这皮包。它对任何人都没有什么意义，除了吉姆·埃弗哈特和你、我。我把它抛在德雷克的身边。当我做完了这些，我几乎要笑出来了，笑那埃弗哈特，这些年来，一直带着这两个包，最后偏偏又放错了地方，报仇找错了人。真不知道他是怎么想的！当然，他还有另一个包。

　　我打开我的房间通向走廊的门，然后又溜进德雷克的房间，从他的那一边锁上了我们两个房间的门。那个助听器引起了我的注意。因为我必须用手把它拿开，所以我把指纹擦干净了。很幸运，我考虑到了这些。然后我从他的房间走到走廊，锁上了他的门，然后又回到我自己的房间。没人看见我。但是我记得一个侍者前一天晚上为德雷克送来过一份电报，他知道换房的事情。他刚一进来打扫房间，我就把他叫过来，贿赂了他，这很容易。然后我就坐下来等着早饭时与埃弗哈特的见面。

　　我看见他了。这回我认出他了。他的眼睛——一个男人的眼睛里有些东西是不会变的。当时我正坐在会客室里等着苏格兰场的巡官，抬头一看，他正站在那里。吉姆·埃弗哈特，现在用的是另一个名字，也在旅行团里一起旅行。

当苏格兰场的人提问的时候，我考虑着如何能尽力做得好些。我现在不能离开旅行团——形势对我已经很不利了。当时心里特别的乱，根本无法很好地对付那些提问。如果我半途离开，他们会马上怀疑到我的。所有的不愉快都会过去。不能离开，为此我必须继续旅行，就和那个无疑比任何时候都有决心要杀我的人一起旅行。事实上，他已经杀过我了，在一次礼貌的对话之后。

我下定决心做自己要做的。一个星期的时间，我每个晚上睡觉——或者说试图睡觉——的时候都惦记着我的门。我策划出了一个保护自己的方案。我要去找埃弗哈特，告诉他我已经在一个很保险的地方存放了一个信封，如果我发生了什么事情，信封将被打开。我要让他明白，在信封里写着他的名字——谋杀我的凶手的名字，如果谋杀成功了的话。那样，我想，他就会住手的，至少是暂时的。

我准备了一个信封，但是在里面的便条上，我并没有提及埃弗哈特的名字。即使真的发生了什么——即使他最终要了我的命——那些老故事也不可能被公开。那桩过去的丑闻，将毁了你的事业，我亲爱的。我不能让这样的事情发生。我为你而自豪。

我今天下午才把信封交给一个旅行团的成员。我相信没有人会被怀疑持有这个便条。几分钟以前，我在大厅里看到了吉姆·埃弗哈特。我走过去，坐在他旁边，然后用最简单、最轻松的方式，就像在谈论天气一样，告诉了他我所做的安排。他没有说话。他只是坐在那里看着我。我告诉他关于那个信封的事，他的名字就写在里面。当然，最后一点不是真实的。但是我想我的计划将会实现。

所以我还和旅行团一起继续旅行，一直到尼斯。我肯定在我们到达那里之前，他不会做什么。整个事件对他的影响很大——理所应当的。我们到尼斯后的第一天晚上，我打算趁着夜色坐一辆轿车溜掉，到圣雷莫找你。现在，苏格兰场已经放弃了追捕，但我怀疑他们是不是会找理由阻止我。我们要躲藏起来，直到恶兆过去。我觉得，在这样的料想不到的危险面前，就不要再考虑我们的分歧了。

不，我亲爱的，我不打算告诉你吉姆·埃弗哈特在旅行团里所用的名字。你总是很冲动，干事不假思索。我恐怕你一旦知道了，如果我发生了什么事情，你将无法保持沉默。就凭你那自负的姿态，便很容易毁掉你自己的前途。如果将一切公开，你将为此悔恨终生的。所以，如果我有什么事情发生了，以上帝的名义，马上躲开洛夫顿旅行团的路线，从圣雷莫消失——你必须首先考虑你自己的安全。坐汽车到热那亚或者搭最早的一班客轮到纽约。为了我——我恳求你。不要毁了你的余生——这样做没有好处。只要把我的尸体掩埋好就可以了。

但是我不会发生什么事情的,你只需要保持冷静,就像我所做的。当我写这些的时候,我的手相当稳。到最后,一切都会好的,我保证。我会给你拍电报告诉你行程。当我到的时候,为我作好准备。我们一起去度第二次蜜月。埃弗哈特和很久以前的那些事件将再次消失,就像很多年前一样。

永远爱你的沃尔特

巡官庄重地将信折好,放回到信封里,一种强烈的无助的感觉油然而生。他再一次接近了答案,而又再一次丧失。信中说的休·莫里斯·德雷克发生不幸的情况和线索,并不使他感到意外。在过去的几天里,他已经这样怀疑了。但是不论是否是意外事件,犯罪的人必须被俘获并得到应有的审判。整封信从头至尾,嫌疑犯——现在是谋杀犯——的名字似乎一直就在霍尼伍德的笔尖上,但是没有被提到。到底叫什么名字?泰特——肯纳韦——维维安?洛夫顿或者罗斯?明钦、本博还是基恩?也不排除芬威克。但是不可能,芬威克已经不在旅行团了。他已经很难和今晚的谋杀联系在一起了。

"无论如何,他最后一定会知道答案的。"达夫琢磨着。会知道的,即使是在发生了电梯里的那个永远无法改变的耻辱之后。他的嘴唇闭得很紧,显得很有自信。他把信放到公文包里并锁好,然后走下楼去。

这时候,大厅里只有洛夫顿博士一个人。他马上向达夫走过来,而巡官也发现了他。他的胡须衬得脸色更显苍白,并瞪着眼睛。

"我的上帝,这又是怎么了?"

"霍尼伍德的妻子,"达夫平静地回答道,"在电梯里,在我的身边被谋杀了,就在她要向我指出杀害德雷克和霍尼伍德的凶手的时候。她要指认他,从你的旅行团里。"

"在我的旅行团里?"洛夫顿重复道,"是的,我现在已经相信这一点了。我始终告诉我自己——这不可能是真的。"他绝望地耸了耸肩,"还有什么理由继续下去呢?该结束了。"

达夫紧紧揽住洛夫顿的肩膀。这时,人们开始陆续从饭厅走出来,巡官领着洛夫顿向大厅较远的一个角落走去。

"你要继续。"他坚决主张,"我的意思是,你不应该是让我感到失望的人,我希望不是。听我说,这次并不是你的成员之一被谋杀。对这次事件,你对你的成员们最好少说,或者不说什么。我将让你们都免受例行审查。你的人或许会被提问,但是会和这里的其他客人一样在房间里被提问。这些意大利警察不可能哪里都去。而且这些家伙笨得不能再笨。一两天之内,你们就可以上路了——继续旅行,就像什么也没有发生过。听到我说的了吗?"

"听到了,但是已经发生了太多的事情。"

"只有我们这几个人知道发生了什么。你继续,那么在你的团里的那个杀手就会认为自己安全了,他已经做了自己要做的事。重新上路,剩下的事情交给我——交给苏格兰场。你明白了吗?"

洛夫顿点了点头。"我明白了。我会继续,如果你这么说。但是最后这件事似乎太厉害了。我当时都发抖了。"

"你当然会发抖,"达夫回答道,转身离开了他。当巡官在餐厅里用晚餐的时候,他心事重重。第一次,洛夫顿说出要结束旅行。在这个时候——当杀手达到目的的时候。

当巡官正在喝一道很不错的汤的时候,帕梅拉·波特走了进来。她在他的桌子旁边停了下来。

"顺便说一句,"她说道,"我有一个消息告诉您。肯纳韦先生和我刚到这里就去散步了。当时泰特先生正在小睡。就在我们离开饭店时,一辆轿车正在那里等着。我下意识地在那里停了一下,想看看他到底是等什么人的。"

"哦,"达夫微笑道,"那它是在等谁呢?"

"看来您对我说的感兴趣了,"她点头道,"但是没有比这更糟糕的了,您说不是吗?那轿车正在等我们的一些老朋友。他们正匆匆地从饭店里出来,就是这家饭店,提着他们所有的行李。我是指,芬威克姐弟。"

达夫浓密的眉毛耸了起来。"芬威克姐弟?"

"没有别人。当他们看到我和肯纳韦先生的时候,似乎很惊讶,说他们以为我们的行期应该是在明天。我解释说,行期改动了。"

"当时是几点?"巡官问道。

"七点过几分。我知道时间,因为我和肯纳韦先生是七点整在大厅里碰面的。"

"七点过几分。"达夫琢磨着重复道。

姑娘走开了,到比较远的一张桌子旁去找卢斯夫人。达夫坐下来继续喝汤。他琢磨着,当有人向电梯里射击的时候,正好是六点四十五分。

第十一章　热那亚快车

在吃主菜时，真是很可惜，因为分神，他无法真正地品尝厨师今晚的拿手好菜。是否有必要去找那个意大利警察，建议把那姐弟两个逮捕并带回到圣雷莫？这很容易实现。但是，然后怎么办呢？对诺曼·芬威克，确确实实没有什么证据。如果现在就对芬威克做什么，就会将洛夫顿旅行团也卷进来，这当然是达夫不希望看到的。不能这样，他决定不对意大利警方提及任何关于芬威克姐弟多少有些突然的离开之事。

再次看到城市警卫队的少校时，达夫很高兴自己已经决定不再使关于芬威克的麻烦变得更复杂。在康韦小姐的套房中，意大利人在整个会见中都显得相当心平气和。他在更进一步调查这个案子，这个可怜的人开始意识到他所面对的到底是个什么样的案子，而且现在他表现出了拉丁人的极端的容易兴奋。一个没有线索的谋杀，没有指纹或者脚印，没有可以调查的武器，没有证人可以为这个来自苏格兰场的达夫作证。很显然，他有嫌疑。当枪声响起的时候，饭店里一共有一百二十位客人和三十九个雇员。那些心烦意乱的警察的愤怒情绪，一点儿也不奇怪，他们在问着无用的问题，并且逐渐地产生了对戒严的不安情绪。这个案子，使少校进入了一种易怒的状态，而他认为，他的对手只不过是个易冲动的毛孩子。

当晚十点，在饭店的阳台上，达夫走到帕梅拉·波特和肯纳韦坐的柳条椅子旁边。"真是聊天的好地方。"巡官说，并在他们旁边坐下来。

"可不是嘛！"肯纳韦说，"看看这大大的月亮，还有这从地上飘上来的柑橘花的香气。我们刚才还在琢磨这些是否也算在房价里了，或者算在账单的额外部分。洛夫顿的合约，你知道的，并不负责类似矿泉水、葡萄酒或者洗衣店这样的个人开支。月光和柑橘花通常是被算做个人开支的。"

"很抱歉打断你们浪漫的沉思。"达夫微笑道,"波特小姐告诉我,你们两个晚饭前出去散步了。"

"我们是想增强一下食欲,"肯纳韦解释说,"当你刚刚完成这样的一次旅行时,生命中似乎只需要一顿饱餐。"

"当你告诉泰特先生你要出去时,他有没有反对?"

"他没有。事实上,他好像很高兴。他说他不想在八点之前进餐,因为他很累了,想在吃饭之前躺下休息一会儿。我们的房间很小,可能他认为如果我在会妨碍他。"

"你们的房间在几层?"

"在三层。"

"离电梯很近吗?"

"正对着电梯。"

"哦!在今天晚上六点四十五分的时候,我想你还没有离开饭店。那个时候,你是否听到枪声了?"

"我听到了。"

"那时你在哪里?"

"我已经下到大厅了,正在等波特小姐。我们说好七点碰面,但是泰特先生好像是急于要把我赶出来。"

"当时大厅里还有谁?还有旅行团的其他成员吗?"

"没有,只有我自己和几个侍者。我听到枪声了,但是我没有立刻反应过来是枪声。您知道,枪声来自电梯通道。对于电梯的到来,我并不感到惊奇,我正在期盼着它像一朵红云般地落下来。"

"那就是说,当有人开枪的时候,泰特先生是自己在房间里了?"

"肯定是的。一个人,大概已经睡着了。"

"也许。"达夫点了点头。

就在这时,泰特出现在阳台上。他笔直地站在那里,个子高高的。他的晚装在里维埃拉的月光下显得很漂亮。达夫以前一直认为他已经上了年纪,但是现在突然发现,泰特看上去并不那么老、那么病态、那么忧虑。

"我琢磨着能在这里找到你。"这位律师对肯纳韦说。

"请坐,泰特先生。"达夫建议道,"我们正在欣赏景色。"

"我是被景色养肥的。"泰特厉声说,"希望赶紧回到纽约,回到我的生活中去,这样游荡简直就是在地狱里。"达夫很惊奇:泰特是不是也想离开旅行团?"过来,马克,我们上楼去。"律师继续说,"我想睡觉了。今天晚上不必为我读得很长。"

"还是神秘的故事?"巡官问道。

"从来不变。"泰特回答,"就是在书里不读,生活中的谋杀也够多的了。我们现在正在读一本俄国的书,这是马克的主意。他认为自己很聪明,但我还是能控制他。我要么听他读，要么睡觉。当然，我最好是睡觉，这可以让他有更多的时间用在女人身上。"他转过身，朝他进来时走的那扇明亮的法国式窗户走去。"准备好了吗，马克？"他扭头问道。

肯纳韦不情愿地站起身来。"当号角声响起，我来了。"他说道，"对不起，波特小姐。马克·肯纳韦要停止活动了。如果这些柑橘花要另外收费，那么从现在开始，您就要自己来支付这些费用了。"

"很正派的小伙子，是吧？"当年轻人离开阳台后，达夫问道。

"非常不错，"姑娘回答说，"好几次了，今晚是其中一次。"

"您说好几次了是什么意思？"巡官问道。

"哦，他有他的自主时间。另外，他看到我多长时间，话就能说多长时间。难道我根本就是来跟这个来自未开化的中西部的人聊天儿的吗？他来自波士顿，你知道。但是那里，您不可能理解的。"

"恐怕不能。"达夫回答道，"告诉我——现在旅行团的成员如何议论这最后一次谋杀？"

"我想，他们相当镇静。我经常听说，人很容易适应变化。我想我们不得不在这里逗留一段时间了。"

"很难说。"达夫告诉她，"在意大利，一桩谋杀案调查起来，你知道的，总是像处理复杂事件一样。这里的警方分三个部分：城市警卫队、特警部队和市政军队。最后这部分只与较轻的犯罪打交道，但是另两部分经常被指令同时调查一宗谋杀案，其结果就是他们之间经常发生小争吵。迄今为止，只有城市警卫队接手了这个案子，而我希望特警部队待在一边儿。如果他们能够这样，我觉得就不会有太大的麻烦了。我相信我能让那个惊愕的少校相信，这是我的案子，而他根本不必烦恼，真的。"

姑娘突然斜身凑过来。"能不能向我透露一些？"她很严肃地说，"是不是每次的杀手都是同一个人？我爷爷，可怜的霍尼伍德先生，现在是霍尼伍德夫人，是被同一个人杀的？"

达夫慢慢地点了点头。"确实如此，帕梅拉小姐，同一个人。"

"谁？"她的声音很低，很紧张。

巡官微笑道："到时候我们会知道的。我要引用一位老朋友——一个中国人，当你们到檀香山的时候，我会让你们见面的——的话：现在这个时刻，我们正在面对一堵石头墙。我们转来转去，寻找着新的途径。"姑娘没有说话。沉默了一会儿，达夫接着说："我今天晚上来拜访你是因为我有些事要告诉你，帕梅拉小姐。至少有部分秘密已经有答案了。我的包里有一封信，它能够完全解释你的外祖父是如何陷入这个案子的。"

姑娘跳了起来。"你有？我必须要看一看。"

"当然，"达夫慢慢地站起来，"如果你跟我来，我会给你的。把它拿到你自己的房间去读。我希望明天能拿回这封信。"

二话没说，她跟着他走到了灯火通明的大厅。他们朝电梯走去。达夫一看到这个小笼子就讨厌。"我就住在一层。"达夫满怀希望地建议道。

"那我们就别跟这东西费劲了。"姑娘说，"我们步行吧。"

她在他的门厅里等着，他把信交给了她。达夫在脑子里狂乱地搜索着那些安慰的词，但是一个也没想起来——用词并不是他的长项。所有他能说出来的词只是："明天我们几点见？"

"八点，"姑娘回答说，"在大厅里。"她急不可耐地抓过厚厚的信封，就匆匆地跑了。

达夫又来到楼下，他还要和那位正在为难的城市警卫队的少校谈一谈。他很巧妙地在这位官员的意念里植入了"继续调查毫无用处"的观念。这个特别的杀手，看起来尚无法指证，但是幸亏这是一系列案件中的一环，既然第一次是发生在伦敦，那么整个案件就应该全部交给苏格兰场。他表示，苏格兰场已经准备好帮助意大利警方解决所遇到的麻烦和这些费力不讨好的工作。

这位少校也表示，意大利警方已经打算解脱出来。当他们的谈话结束时，这个当地人看上去非常高兴。

第二天正是里维埃拉所特有的那种天气——蓝蓝的天，闪闪发光的海面，阳光就像造币厂里的金砖。八点整，达夫和帕梅拉·波特如约在大厅里见了面。清晨的美丽似乎在姑娘的身上消失了。她那紫罗兰色的眼睛周围的暗影表明她刚刚掉过眼泪。她把信交还给了达夫。

"我希望能使你感觉好点儿，"他告诉她，"但是我不知道该怎么做。我的确缺少办法——我非常难过。"

"一点儿也不，"她回答的声音很低，"你做得很对。可怜的外祖父——无论如何，死得没有理由。他死了，由于对另一个人的仁慈。"

"没有比这更好的碑文了。"巡官轻轻地说。

帕梅拉·波特看着他，眼睛里闪着泪光。"但是，这事对我来说并没有结束。"她哭了出来，"我要抓住那个人，那个杀了他的人。他不被找出来，我是不会放弃的。"

"我也不会。"达夫回答道，他同时想到了电梯，"不，向上帝发誓，我也不会。我一定要找到吉姆·埃弗哈特，即使这是我今生的最后一个案子。你有什么主意……"

她摇了摇头。"我几乎整个晚上都醒着，考虑着。到底是我们团里的哪个男人？他们似乎都不可能做这种事，即使是马克斯·明钦。谁——是谁？维维安先生——他似乎只对斯派塞夫人感兴趣。基恩上校——总是鬼鬼祟祟的样子，我不喜欢他，但是这不能说明什么。泰特先生——有时他非常难与人达成一致意见，但是这个可怜的人病着。罗斯先生——没有什么事情能把他和这件事情联系起来。说起本博先生，我相信他所做的事情，没有什么不能用摄影机拍下来,然后拿回阿克伦去给那些男孩子们看的。然后就剩下了洛夫顿博士。还有就是芬威克那个傻瓜。想一想那该有多可笑,如果他会……"

"这个案子里,没有什么可笑的。"达夫插话道,"另外,你还忘了旅行团的成员之一。"

"真的?"她显得很吃惊,"忘了谁?或者说是谁被忘了?我知道你对语法有多挑剔。"

"我说的是马克·肯纳韦。"

她微笑道:"哦,别惹我笑了。"

"我自己从来不会注意不到任何人。"他说,"那么,既然我要让你参与进来,把你当做我的合伙人……"

"您是什么意思?"

"我的意思是说,我要暂时离开旅行团一段时间。我想不会再有什么……呃……意外事件,如果我继续和旅行团一起走,也很难得到什么实质性的东西了。就像我昨天晚上告诉你的,我现在正面对一堵石头墙,我必须转变思路,另找途径了。或早或晚,我肯定会再找你们的。在这一段时间里,我想让你做我的代表。请你注意研究旅行团里的每一个男人,并在你们到达的各个港口给我写封信,只要告诉我当时的情况怎么样就行。遇到任何看起来可以提供线索的事情,都一定要让我知道。你明白——很好的漫谈式的信。你很善于此道,我肯定。如果发生什么重要的事情,请给我拍电报到新苏格兰场,伦敦,就可以找到我。你愿意做这件事吗?"

"当然,"姑娘点了点头,"我已经在给二十多个小伙子写信了,越多越高兴。"

"我很高兴能够被加到名录上。"达夫回答道,"非常感谢你。"

卢斯夫人走了过来。"哦,你在这里呀,帕梅拉。"她说,"我很高兴看到你有个这么安全的伴儿。哦,别这么看着我,巡官。平心而论,我相信你和任何男人一样危险。但是我这么说,大概会使您感到很高兴。"

达夫大笑起来。"灿烂的早晨,不是吗?"他问道。

"是吗?"她回答道,"我本人来自南加利福尼亚,我可没有这样的印象。"

"我想你睡得很好,亲爱的。"姑娘很高兴地说。

"我一向睡得很好,倘若我能够频繁地换卧室。即使是有个杀手也不会妨碍我。我记得有一次在德里的麦登斯饭店——当然,他那时只是个在车上打杂的孩子——我是指那个受害人。但是我必须把它在我的记忆里保存好。昨晚的事件有什么进展,巡官?"

"什么也没有,就像通常一样。"达夫淡淡地答道。

"我并不感到惊讶。您也不是超人,而我们中间的这个有着杀人冲动的朋友开始看起来像一个人了。他很聪明,当然。一件很让人鼓舞的事情——

他开始对旅行团以外的人动手了。我们这些人可能毕竟不足以供他享用。你想吃早餐了吗，帕梅拉？"

"我饿了。"姑娘说完，跟着卢斯夫人进了餐厅。

中午的时候，意大利当局显然不再企图扣留饭店里的任何旅客。旅游行业不是位于波南特海岸的里维埃拉城的主要产业，也没有必要为满足一个警察的一时兴致而被搞得如此混乱。行李包裹堆满了饭店门口，为数不少的旅客结账离开了。洛夫顿旅行团里传开了要出发的消息：乘下午两点的快车到热那亚。所有的成员都渴望着快些离开。洛夫顿本人也已经从昨晚之前的绝望中恢复过来，马上开始忙着跑上跑下传达通知。

至于那位城市警卫队的少校，他的情绪显然高涨起来。和同伴们进行了一番探讨之后，他发了一个电报给罗马。现在已经决定了，把所有的事情移交给苏格兰场，这样他所剩下的事情除了穿好制服，并在女士们面前晃悠以外，就没有什么了。这两件工作，他都很胜任，这一点他很清楚。

就像上次在伦敦一样，又是早晨，达夫巡官发现自己正在和一群人逐一道别，而这些人中间就有他要捕获的猎物。他看着他们离开去做一次很长的旅行——那不勒斯、亚历山大港、孟买，还有遥远的东方。但是这一次他屈服于命运可能带来的一切变化。在很愉快的气氛中，他和他们一起到了位于新城外面的西部海湾车站。

他们在月台上集合等车。本博还是挎着摄影机，萨迪·明钦戴着一大堆最近在珠宝街购买的首饰。"也许见到海关的人，马克斯就不用捐款了。"她大声地预言道。

突然，斯派塞夫人喊了起来："我的天哪！我以前从没注意到！"

"怎么了？"洛夫顿关心地问。

"我们一共是十三个人。"她回答说，看起来就像是受了打击。

马克斯·明钦在她背上轻拍了一下。"这不能说明什么，夫人。"他保证道。

洛夫顿博士疲倦地微笑着。"现在旅行团里只有十二个人，"他告诉她，"其实，我不能算在其中，你知道的。"

"哦，不，你要算，"女人固执地说，"你就是第十三个。"

"荒唐，艾琳。"斯图尔特·维维安说，"你并不迷信吧？"

"为什么不？每个人都迷信的。"

"只有无知的人才迷信。"他说，"噢……对不起……"

他的道歉似乎晚了一点儿。那个女人瞪了他一眼。就连那些与此事无直接关系的人都看出来了。

"我也迷信，"卢斯夫人老练地插话道，"虽然如此，我并不避讳'十三'，这个数字经常给我带来好运气。但是闹了黑猫，可就不一样了。十年前在上海的沸井路，一只黑猫从我的人力车前面横穿过去。半个小时以后，一辆汽车就撞上我们了。我幸好被拉了出来，但是我一直诅咒那只该死的猫。'十三'，就像我所说的，斯派塞夫人……"但是那女人已经傲慢地走开了。

快车轰隆隆地进站了。他们像平时一样混乱地拥挤着，但是很快就在头等车厢找到了座位。达夫帮助卢斯夫人和帕梅拉·波特找到了座位。他又一次和姑娘说起信的事情。

"放心吧。"姑娘微笑道，"有自来水笔，我肯定会喋喋不休的。"

巡官又回到了月台上。车门砰的一声被关上了，洛夫顿旅行团的成员们一个一个地从他的视野范围内消失了。他注意到了本博，他的摄影机用一条黑色皮带挂在他的肩膀上，正在进入他妻子从里面招手示意的那间卧铺包厢；他注意到了罗斯挂着他的马六甲拐杖，在侍者的帮助下上了火车；他从基恩上校那里得到了最后一个精明的微笑。他看到的最后一张脸是帕特里克·泰特的拉得长长的、充满忧虑的脸。这个比实际年龄要显得老很多的人，在里维埃拉耀眼的阳光下，脸色苍白得就像死人。

"好了，只能这样了。"达夫耸了耸肩，然后返回饭店并询问去伦敦的火车。

第二天早晨，他已经坐在苏格兰场总头目的办公室里。他脸色通红，正在不停地出汗，因为刚刚叙述完发生在电梯里的颇令他烦恼的谋杀案。他的长官很和蔼地看着他。

"不要对此过于耿耿于怀了，我们每个人都会遇到这样的事情的。"

"我对这事就是耿耿于怀，先生。"达夫说道，"我会继续寻找吉姆·埃弗哈特，直到我找到他为止。也许会花上几个月的时间，但最后我一定要抓住他。"

"当然，"总头儿点了点头，"我知道你的感受。现在苏格兰场所有的设备都可以由你调动。但是别忘了这一点：关于杀害霍尼伍德和他妻子一案的证据对我们没有任何价值。伦敦绝不会过问这些案子，不会过问。只有谋杀休·莫里斯·德雷克一案与我们有关。我们必须抓住埃弗哈特，然后把他带到这里审问。我们的证据必须是确凿无疑的。"

"我明白，先生。这就是我没有继续在尼斯和圣雷莫逗留的原因。"

"你有没有制订出进一步的行动路线？"

"还没有。我想我应该和您商量一下。"

"很严谨。"头儿点了点头，表示完全赞成，"能不能把关于这案子的所有记录都给我留下？我想利用今天把它全部看一遍。如果你能下午五点来，我们那时就可以决定应该怎么继续调查了。再说一遍，不要再对电梯里的事情烦恼了。就把这个作为最强的动机去抓你要的人。"

"谢谢您，先生。"

达夫离开的时候，感觉已经比刚进这个房间的时候好多了。他的上司很会做心理工作。

他和海利一起吃午饭。海利比那个上司更有同情心。下午五点，他回到了上司的办公室。

"你好，"上司说道，"请坐。我已经看过你的记录，显然是个难题。但是有一件事引起了我的注意。你肯定也注意到了。"

"是什么？"

"泰特那个人，达夫先生。"

"啊，是的——泰特。"

"相当怪的人，伙计，相当奇怪。他的故事也许确确实实是真实的，但是在我读记录的过程中，还是有所怀疑。他认为霍尼伍德被谋杀了。当他走进会客室，看到霍尼伍德还活着时，震惊得快要死了。为什么他对此事这样关心？霍尼伍德和他，实际上是陌生人。为什么这件事对他会有如此的震动，除非……"长官停了下来。

"我完全明白您的意思，先生，"达夫说，"除非他认为霍尼伍德已经死了，因为他认为他自己前一天晚上已经勒死了这个人。除非——换句话说，泰特就是吉姆·埃弗哈特。"

"很对。"长官点头道，"这确实值得考虑。现在，谈谈下一步的调查。我相信这案子跟那个旅行团是有关的，达夫先生。可现在，你的调查该结束了。"达夫的脸沉了下来，"别误会我，伙计。我只是感到你已经被他们了解得太多了，很难再从那里得到什么线索了。我已经查看了洛夫顿给你的行程计划。从埃及以后，我注意到了，有四次乘船旅行——在太平洋航线上，从赛义德港到孟买；乘英属印度海运公司的船，从加尔各答到仰光和新加坡；然后再乘另一艘太平洋航线的船，从新加坡经过西贡到香港。从香港，他们乘美国船到旧金山。现在，我要让这个旅行团安静下来。我们的猎物会认为我们已经放弃了这个案子，他就会放松警惕。我计划在几天之后，派遣一个出色的小伙子带着指令到加尔各答，从那里开始去接触旅行团，可以有很多方式。我还没有最后决定，但是我想派韦尔比队长去。"

"韦尔比是最聪明的一个，先生。"达夫回答道。

"是的。他很容易装扮成乘务员，或者是其他什么类似的身份。振奋起来吧，小伙子。如果韦尔比找到了什么明确的线索，你就马上和他接上头，收网。中间这段时间里，你还要到美国去完成一些事情。调查霍尼伍德的历史——就是那个水洗皮包——搜查三二六〇号保险箱。所有这些都交给你了。但是你不必马上就动身。我希望你能对在美国的调查做一个时间计划，以便你能够在西海岸结束调查后，赶上洛夫顿旅行团在旧金山登陆的时间。"

达夫又露出了笑容。"非常好的计划，先生。但是我能不能提一个建议？"

"当然，是什么建议？"

"我希望在檀香山和旅行团碰面，先生。"

"为什么要在檀香山呢？"

"这样我就可以赶上最后的从檀香山到旧金山的一段行程。此外……"

"什么？"

"我在檀香山有一个非常好的朋友，我特别喜欢的一个老伙计。我相信我曾经对你说起过他——檀香山警察局的陈侦探。"

上司点头道："啊，是的。陈查理——布鲁斯案件。你认为陈侦探愿意见你吗，达夫？"

达夫有些困惑。"我肯定他会愿意的，先生。您为什么会这么问？"

上司微笑道："因为我早就希望能够有幸和陈先生合作。不用担心，小伙子，檀香山当然可以安排。"

第十二章
乔林吉大道的珠宝商

对于达夫来说，接下来的是长达数星期的不安等待。即使他努力使自己忙于一些日常琐事，却也总是心不在焉。韦尔比乘坐太平洋航船前往加尔各答了。达夫曾在他出发前的几个晚上给他补习功课：大声朗读自己的笔记，同他一起推测、分析在洛夫顿旅行团里可能发生的种种情况。萨金特·韦尔比，达夫一想到此人便不由得生出某种莫名的复杂情绪。他是一个聪明绝顶的男孩。不！应该说他正如大多数刑事调查部成员一样，来自内地农场，却又在伦敦这个大熔炉中被打造出来。他是一个生于并长于大笨钟的钟鸣声中的伦敦市区男孩。五大洲、七大洋在他的脑海中还只是一块空白的航海图。他甚至从未听说过这些。他的地理知识还存在着很大的缺欠，而他对未来却怀着一种冷静的漠视和无限的自信。他不厌其烦地一遍又一遍地巡视着那些装满小石子的小口袋，它们好像令他着迷似的。他说它们揭示了最为关键的线索。他有点儿异乎寻常地激动。

好了，现在他已经走了。达夫送他到蒂尔伯里码头。他注视着这个年轻侦探的那张令人愉快的脸，直到它从自己的视线中消失。他重又走在夜色中的沃克斯霍尔大桥上，听着耳畔那落潮的水声，感受着海边那夹杂着咸味的空气。这位巡官仍想着韦尔比。在达夫的脑海中，韦尔比此时刚出海数里，开始他那不同寻常的冒险行动。韦尔比是否可以解开那些谜团呢？而这本该是由达夫来担负的特殊任务。不过此时，达夫也尽量让自己放宽心。他祝韦尔比好运，同时玩儿得开心。

大约是两周以后的某一天，从洛夫顿旅行团那儿传来了第一份报告。邮戳是亚丁的。巡官打开它，读了起来：

亲爱的达夫巡官：

非常抱歉。我本想从赛义德港发出第一份报告，但这些天排得是那样满，夜色又是那样美妙——哦，我们只是在随波游荡。我猜想，若你也与我们一起在这里的话，恐怕早就会不耐烦了。我们这个旅行团中有一名杀手——是否可以这么说呢？我们逛了所有的市场，还看到了狮身人面巨像。我的确记着问她那个我们迫切想知道答案的问题来着，然而她却缄口不语。

我也见识了赛义德港。它正如传说中的那般臭名昭著、充满邪恶。不过卢斯夫人似乎不愿让我察觉到这一点。她说她会告诉我全面情况，而她也正是这么做的。要知道，她一如往日那样充满怀旧气息。当她对你讲话时，你需要一张世界地图。不过她确实是一位"老可爱"。

我们已经驶过了苏伊士运河。那简直是一条泥水河，一些孤零零的身影散坐在码头的站台上。我真想下船和他们谈谈有关传说中的莫里斯骑士的事。河两岸的沙滩上星星点点地显现着被河水冲刷得一干二净的鱼骨。入夜后，那来自沙漠深处的清爽气流掠过整个船舱。我们现在已快出红海了。我现在的感觉是感谢上苍，它是如此地照顾我们。我的语言充满了热情！一条条飞鱼随着一股股让人感到愉悦的气流不断撞到甲板上。我们每晚目送着太阳像一个巨大的火球渐渐落在天水之间。我们似乎听到了它燃烧着落下水面时的嘶嘶声。至少我是听见的，可马克·肯纳韦却说它根本不可能触到水面，而我那种听觉曾被他说成是异想天开地想听到在鸟巢里煎鸡蛋的声音。

我忠实于我的使命，力求与这个旅行团里的每一个男人交往。到目前为止得到的唯一结果是：我让自己成了一个让女人们恨之入骨的人物，甚至使萨迪·明钦产生了我正想偷走她的马克斯的想法。也许我对马克斯有点儿太过火了，不过他是个相当有趣的人。我还为埃尔默·本博的镜头摆了那么多姿势，我真盼着他太太什么时候一把抢过他的摄影机才好。此外，我想想，哦，我确信我已在很大程度上智取了斯图尔特·维维安。

你还记得斯图尔特和他的女友在圣雷莫站的那次小小的争吵吗？那有关迷信的讨论？从那以后，他们持续了好多天互不搭理——事实是，她不愿意开口。没过多久，他便放弃了努力，而我就在这当口儿走进了他的生活。我们对他所知不多，所以我便立刻开始了工作。当高贵的艾琳察觉到我咄咄逼人的攻势时，便立时暴跳如雷、火冒三丈地把他召回去了。我拿不准他想不想就那样被叫回去，他总是那样局促不安。他是个很自负的男人。我装做对他过去的一切都极感兴趣。他现年四十三岁。

　　所有这一切把我引到了——不必问是怎么引到的——基恩上校面前。那天晚上我本想在十二点过后就回到我自己的船舱——在那之前我一直在甲板上坐着，记不得是和谁坐在一起了，但我想那是一位先生。您瞧，我可是尽力按您的指示去做的哟。然后，我走进通往船舱的一个狭窄的小通道——这是一条真正的航船上才会有的通道——向我的卧舱走去。正在这时候，我一眼瞥见基恩上校正靠在维维安先生的门外向内打探着什么。他嘟哝着慌乱地跑掉了。您可能会想到，这是他在故伎重演。他可真算得上我所见过的行为最为诡秘的人了，只是我觉得他把自己的行为意图表现得太过外露了，您觉得呢？

　　此外，我也听到了洛夫顿博士与罗斯先生谈论的有关塔科马以及为何随着太平洋海岸线的被发现，很多人迁往中西部地带生活的话题。这些博学深奥的谈话听得我耳朵直疼。这里还有一位泰特先生——我的一个败笔。不知怎么搞的，我的魅力出击对于他简直就像是撞在水泥地上！你怎么解释这件事呢？也许他只是对于我过分占用了马克·肯纳韦先生的时间这件事儿感到愤慨而已。我是否说了什么？这可有点儿拿不准。你看，他是那么年轻英俊，而我又是如此美貌超群！不过正如我所说，我的确给这里所有的人都留下了这样的印象。不过，我得承认，我还没抓住一条线索呢。我总不能把那个基恩上校也当成线索吧，你说是不是？

　　我们快到亚丁了。卢斯夫人要带我去那家她最喜欢的餐厅吃午饭。没准儿她会对那位领班直呼其名，而且对其他所有的侍者呼来唤去呢。她向我形容起亚丁时，说它就像被人放到火炉上却忘了拿走的一个冒着焦烟的咖啡壶。据她讲，当我们抵达亚丁时，我将会头一次感受到东方的气息。我相信我早已嗅到了一两股这样的气息。虽说我对此并不太感兴趣，但卢斯夫人却断定到时候我自然会喜欢上它的。当你坐在帕萨德那的一个庭院中猛然记起它时，你会感到它就像一位可爱的看门人锁上前门那样自然合理了。也许吧，毫无疑问，当我再写信给你时，我将谈得更多些。

　　萨迪·明钦现在正好在我身边站住了，她在对亚丁的珠宝店发出惊叹。马克斯先生最好事先在旧金山为她安排好一辆装甲车，他自己确实拥有一辆大型防弹轿车——或许他在那儿也会有一辆的。

很抱歉，我没能做更多的侦探工作。但愿好运从现在开始，我将在印度洋上度过很长一段时间。

您真诚的
帕梅拉·波特

当晚，在伦敦的文街车站，达夫与海利讨论了这封信。其实他们都已经意识到，并没有什么值得讨论的。达夫变得有些不耐烦了。

"我有生以来头一次，"他咕哝着，"竟然依靠一个女孩子与我一起破案。但愿这也是最后一次。"

"不管怎么说，那可是一位极富魅力的女孩儿呀！"海利笑着说。

"那又怎么样？可她的魅力还不足以使那伙人中突然蹦出一个来对她说：'哦，顺便提一句，我杀了你的外祖父。'而那才是我想要的。别谈什么魅力了，谈谈吉姆·埃弗哈特这个人吧。"

"韦尔比将在何时加入这个旅行团？"

"还得很长一段时间。"达夫叹气道，"他们都在那儿随意漂流，可除了一个女孩儿外便没有人盯着他们了。这真是咱们头儿的伟大建议啊！"

"最终一切都会好起来的，"海利说道，"有什么情况要告诉我。"

"那就叫你的那些情况到我这儿来告诉告诉我吧，"达夫说道，"我需要它们。"

在再次收到来信之前的这段时间里，他一直盼望着知道更多的情况。他每天晚上都在研究洛夫顿给他的旅行路线。他在脑海中跟随着那个小小的旅行团穿过印度洋到达孟买，然后又经过漫长的路程，到阿布山、德里、亚格拉、勒克瑙、贝拿勒斯、加尔各答。当他们抵达加尔各答时，他又得到了一些消息——来自那个女孩儿的一份神秘的电报。

如果你们的人中有谁在这附近地区，请让他即刻与我取得联系。地点在加尔各答的东方大饭店，最迟在今晚，此后我们将乘坐英印航船"马拉亚号"前往仰光、槟榔屿、新加坡。

由于预感预期目标即将靠近，达夫不由自主地一阵心跳。达夫给韦尔比发了一封电报，通过加尔各答的一个英国代理机构转交给他，然后便再次无声无息。沉闷的日子一天天地过去，连消息的影子也没有。该死的女孩儿！她难道不明白他也同样对这件事怀有浓厚的兴趣并且急于知道事态的发展吗？

他终于得到了消息，一封盖有仰光邮戳的信。他迫不及待地撕开了信封。

亲爱的达夫巡官：

我真是您认识的最无用的人，对吗？我的电报一定使您兴奋异常，而其后的解释说明却姗姗来迟。但是邮件，巡官，您真该把账算在邮件上。我无法在电报中很详尽地将这封信的内容告诉您。间谍们，您知道的，在这个神秘的东方，每棵罗望子树后都躲着一个间谍！

让我想想——当时我在哪儿？我想我们那时刚刚驶进亚丁港。到了那儿以后，我们继续航行，整条航线就是横渡印度洋驶向孟买。船上的气氛开始变得有些紧张起来。你想，这个旅行团出发时就像一个美妙的快乐大家庭。虽说刚开始时由于发生了不得已的事件稍有延误，但是大家的友情和彼此间的关爱及尊重在意大利和埃及时达到了顶峰。大家相互间是信任的。然而渐渐地，就像天气热过之后便要逐步降温一样，人们相互间的热情也开始冷却了。到如今已发展到不预先审视一下房间里有无其他旅行团成员是不会走进屋去的。感谢上帝，确实是这样。

好了，我们横渡了印度洋。我们到了孟买，与那条亲爱的旧船告别后，便步履蹒跚地走进塔杰·马哈尔饭店。您猜谁正在大厅里呢？那个来自马萨塞诸塞州皮茨菲尔德的芬威克先生和他那沉静的姐姐。在他们于尼斯不辞而别地离开我们后，我们仍能继续我们的环球旅行，有什么理由不继续完成它呢？看来，他们在那不勒斯加入了一个环游团——您知道吗，有一条极好的大船一直毫无变化地在我们右翼航行，至少他们是这么告诉我们的。而当我们最终在港口处看到了这条船时，我才相信了果有其事。那个年轻点儿的诺曼傲慢异常，他问我们这群人里是否还有更多的凶犯，又向我们发表了一大通针对我们这次旅行的傲慢的演说。我们为能够见到一张相对新一点儿的面孔感到高兴——即使是芬威克先生这样的人——所以我们大家只是默默地听着。

我们在孟买停留了数日，然后便启程穿山越岭地直指遥远的加尔各答。我在塔杰·马哈尔得到了很好的照顾，因为我得了重感冒。终于，我们抵达了目的地，可我却为印度略感悲伤，我宁愿没有这样的地方存在。在加尔各答发生了一件事，这样我终于回到了有关我那封电报的冗长而且迟到了的故事上。

那是我们在加尔各答的最后一个清晨，洛夫顿博士把我们带到位于乔林吉大道上的一家珠宝店。我想他可能会从销售额中获取佣金，因为他是那么热情地想带我们到那里去。伊姆里·伊斯梅尔，我想这就是那店主的名字。我走进去一看，便很高兴来到这儿了。说真的，那恐怕是您这辈子从未见过的最豪华的珠宝——蓝宝石、红宝石、钻石……当然，您肯定对这些不感兴趣。萨迪·明钦在这里显得兴奋异常，手忙脚乱地挑选着珠宝，而马克斯先生的脸色却明显地在她的狂买下变得苍白。

旅行团中大多数成员都只是漫不经心地扫视一下周围便走出了。可我碰巧看见了一条钻石项链。我的购买欲终于占了上风。一位长着一对耷拉着眼皮的眼睛的满脸沧桑的店员用一种最为邪恶的眼神注视着我的表情，并且快速地向我靠近。当我正在柜台边犹豫不决时，斯图尔特·维维安先生走过来并建议我再等一等。他说他懂一点儿钻石的知识，这些都是些好石头，却值不了我的海盗朋友所要求的那个价钱。经过一场艰辛的争论，价格开始下降得令人惊讶不已，直到最后维维安先生说此物买得很划算为止。正在这时候，艾琳·斯派塞刮风般地来到他面前。很显然，她已找了他半天了，她把他拽了出去。

正当那店员把那个虚假的价签从项链上取下的时候，发生了一件令人惊奇的事情。另一位店员从他背后走来，当接待我的那位店员靠着柜台让出地方使他过去时，那人用一种外地方言对他说了些什么。在那一连串奇特的发音中，两个英语单词就像野马脱缰般地漏了出来。他说"吉姆·埃弗哈特"时，发音清晰明白得就像一位播音员。

我的心脏一时间停止了跳动。另一个男人暂时愣在那里，看上去他好像只是有一种茫然的好奇，就那样瞅着门口。没有人站在那里。我开始忙于那些旅行支票。当我把它们递过去时，我假装随意地问那位耷拉着眼皮的店员："你也认识吉姆·埃弗哈特这个人吗？"我在这儿犯了一个大错误。我本应在他拿到那些支票之前就问他的，可眼下木已成舟了。他冷静地假装不懂英语，就那样把我送出了店门。

我在马伊丹闲逛，不知道该做些什么。我想也许应该给你寄张明信片，写上："真希望你能在这里。"我也确实希望你在。然后我就想起了拍电报这个好主意。

整整一天了，我也没能听到什么消息。那天下午，我和肯纳韦先生到伊登公园闲逛，然后骑马到戴蒙德港去赶英印公司的船。我们晚到了会儿，其他人都已经上船了。我们赶紧跑上舷梯，当时他们正要收起舷梯。一个人猛地从舷梯上冲下去，除了那耷拉着眼皮的朋友外，他还能是谁？他显然是到船上给某人送行的。送谁？吉姆·埃弗哈特？或者他只是在做最后一分钟的努力，以争取更多的生意？

那天深夜，我在"马拉亚号"的甲板上散步。一个侍者把我叫住，告诉我，在下一层甲板上，有人想见我。开始我很吃惊，后来我想起了我的电报，就跟着那个侍者下了舷梯，到了下面一层的甲板上。在救生船的阴影处，我见到了这个最最古怪的年轻人。开始，我对他有些怀疑，但他确实是好人。他就是您的朋友，刑事调查部的韦尔比先生。我很喜欢他，他很可爱，带着高雅的伦敦口音。

我把在珠宝店发生的事情告诉了他，他很感兴趣。我告诉他，在几个小时以前，我看见那个店员下了船。他点了点头。他说他那时候就在上面的甲板上和一个乘务员朋友聊天，那个来自伊姆里·伊斯梅尔的家伙已经引起了他的注意。他跟踪了他，并看到他进了哪个船舱。"而且，"韦尔比先生补充道，"波特小姐，那个船舱里住的是两位洛夫顿旅行团的成员。"

我当然想知道是哪两个人。我知道了吗？我不说你也会知道结果。韦尔比先生只是对我所提供的情况表示感谢。"您使我的工作轻松了很多。"他说。然后他问我，斯图尔特·维维安对钻石大概能懂多少。我告诉他，我说不好，但是他正是那种声称事事都在行的男人们中的一个。韦尔比先生又点了点头，说他必须得走了。他告诉我，他希望在离开香港以后，能搞到一个美国船上的服务员的身份，那样他就能够隐瞒身份了。但是我不能和他说话，除非他先开口。我向他保证，作为女人，在这种情况下，我是很可靠的。然后我们就分手了。从那以后，我再也没有见到过他。

好了，就这些了，巡官。这就是四月在仰光的一个炎热的晚上所发生的事情。在那里，我们的船停了两天多。说到东方的气息，我现在可是领教了。街道上充满了恶臭的气味，蔬菜在阳光下腐烂，死鱼、干椰子壳、驱赶蚊子的药水……而且那么多的人在同一个时间都拥向同一个地方。我已经开始适应这种环境。我将带着我这不可征服的鼻子，继续前往中国和日本。

大概到了新加坡，我会再给您写信的——这要看以后会发生什么事了。请您不要介意我这长长的信，我告诉过您，我一拿起自来水笔，就会喋喋不休。况且这时候，我确实有很多要写的东西。

您的温暖的——我指的是气候
帕梅拉·波特

看完这封信一个小时之后，达夫和上司碰面了。这位头儿也已经看过信了，而且对这封信的兴趣程度一点儿也不亚于达夫。

"韦尔比看来是打算独自去玩儿这个游戏了。"他说。从他的语气中就能听出他不赞成韦尔比的做法。

"他也可能还没有任何明确的事情要报告，先生，"达夫道，"但是，如果这个姑娘已经使他的调查范围缩小到了两个人中的一个，那么很快就会有新消息的。当然，也可能什么也不会发生。也许是她对在珠宝店听到的情况有误解。"

头儿沉思了一阵，说道："为什么韦尔比要问她维维安对钻石了解多少？"

"说不好，先生，"达夫回答道，"韦尔比这人太深不可测了。毫无疑问，他有着自己的一套什么理论。我们可以发电报给加尔各答警方，要求他们向那个店员询问关于吉姆·埃弗哈特的情况。"

但他的上司摇了摇头。"不，我希望把这件事情留给韦尔比。你那样做，会搅乱他的游戏的。只要那个店员给埃弗哈特发一封警告电报，埃弗哈特就会马上从旅行团消失的。另外，我可以肯定，从波特小姐那耷拉眼皮的朋友那里，是得不到什么的。听起来，他根本就不像是非常渴望和苏格兰场配合的那种人。"

达夫从口袋里拿出一个小日程表。"我估计洛夫顿旅行团今天应该在香港了，先生。他们将在那里逗留一个星期。如果我把您所希望的调查坚持下去，然后到檀香山去……"他停下来，等着。

"我知道，你是想重新开始。"长官微笑道，"那么，你什么时候再开始？"

"就在今晚，如果有船的话，先生。"达夫回答道。

"最早的一班船得明天了。"长官表示赞同。

次日，达夫从南安普敦出发了。他心中充满了喜悦，行动的一刻终于到了。这次，是海利来为他送行，告别时自然说了很多鼓励和希望的话。当晚，巡官搭上了大西洋航线上最快的船。螺旋桨平稳转动的声音，在他听来就是音乐了。他站在右舷围栏边，注视着船头在黑暗中以令人惊异的速度冲破海浪。他心中充满了希望。每一分钟，他都在更加接近谜底，而这谜团，曾经很蛮横地迫使他不得不进行一次环球旅行。

为了调查霍尼伍德家族的历史，他曾经辛勤地追踪到纽约，但很难找到他们的资料。他们大概是在五十年前到达那个混乱的城市的，而霍尼伍德夫人所给出的所有的朋友，都说不清楚他们是什么时候到这里的。看起来，在纽约，不能够按通常的习惯来调查问题。

关于三二六〇号保险箱的问题，他实在是感到无助。在纽约警方的帮助下，他知道了泰特在银行的保险箱号码，另外还有洛夫顿的。但这根本就没用。一位长官指出了一个很有帮助的情况：很多英国人都可能在异地银行拥有秘密保险箱号码。了解到这些后，达夫开始意识到，对这保险箱号码的调查就像是追逐野鹅一般。

然而，他仍然要坚持不懈，直到最后。他去了波士顿，查访了马克·肯纳韦一家。他发现那是一个完美的家庭。即使是他，一个外人，也能够意识到，在波士顿这意味着什么。接下来，他到了皮茨菲尔德。在那里，很多上层人物都为芬威克一直没回来而表示遗憾。调查结果表明，芬威克家族是非常受人尊敬的。在阿克伦，虽然空气不干净，但调查结果还是一样"清白"。本博的合作者带达夫出去吃饭，并让他给老埃尔默带口信，让老埃尔默快回来。是生意出了问题。有谣传说，他们在面临窘境。

在芝加哥，他发现马克斯·明钦的朋友们的嘴都非常紧。对巡官的话，他们洗耳恭听，但无可奉告。达夫了解到，这里的人根本就不希望这个土匪回来。他又转道塔科马，了解到，约翰·罗斯在当地的木材行业中是个非常重要的人物。接着到了旧金山，他调查了斯图尔特·维维安。当地的很多政要都认识他，他的口碑极佳。他给艾琳·斯派塞丈夫的办公室打了电话，得知他通常在好莱坞，并且一时半会儿回不来。

五月的一个夜晚，达夫坐在费尔蒙特饭店的房间里，总结着他的这次长途旅行。一无所获。他对洛夫顿旅行团的每个男性成员的背景都做了调查，结果除了马克斯·明钦以外，所有人都无可指责。就是马克斯，看起来似乎也根本就不会卷入这样的事件中。包括旅行团中的每个男人了吗？当然，他确实没能在纽约找到基恩的踪迹，虽然上校断言他就住在那里，但在任何记录中都找不到这个名字。然而，达夫对这一点早有思想准备。从一开始，由于某些他也不能非常肯定的原因，他就一直在怀疑基恩。

除了这个人以外，现在他对其他人的家庭环境已经十分熟悉了，而且，他现在比以往任何时候都更清楚，哪个人有能力去搞谋杀。如果霍尼伍德在信中说的是对的，那么这些人中就肯定有一个是杀手。"吉姆·埃弗哈特也在旅行团里。吉姆·埃弗哈特，那个发誓要杀了我的人，也要杀了你！"

达夫站起身来，走到窗前。站在这样高的位置，可以看到唐人街的灯光和港口里渡船上的灯光，甚至能看见海湾对面的高层建筑。他又回忆起了自己曾经拜访过这个迷人的城市，回忆起了陈查理。

这时，来了一个侍者，交给他一份电报，是苏格兰场的上司发来的。

    发信人科比。韦尔比有望提前获得成功，赶快前往檀香山。祝好运。

只有几个字，但是达夫非常地为之振奋。韦尔比至少已经取得了进展。这个伦敦的年轻人能够最终解决这个问题吗？达夫虽然是个不爱幻想的人，但他依然能够想象出一个令人满意的情景：与韦尔比在檀香山码头会面时，韦尔比带着让最苛刻的陪审团也能满意的证据，准确无误地指出其中的某个人，只是现在还不能确定是谁。"就是这个卑鄙的人，达夫。就是他像魔鬼一样地犯罪。"当然，这结果并不能完全令达夫满意，本应该是他自己收集到所有这些证据的。可那又能怎样呢？苏格兰场那边毕竟是一个集体。总有一天，他也能够为韦尔比做些什么。

次日凌晨一点,达夫从毛伊岛乘船出发,赶往檀香山。他已经打听出来,这艘船将比美国航线的船提前将近二十个小时到达檀香山港。因为从横滨开往美国的船要在阿洛哈塔停泊一段时间,所以他将与老相识陈查理简短地见上一面,跟他讲讲手边的这个新案子,然后就是洛夫顿旅行团的到来和最后的行动。他希望是迅速的行动。他决定不给陈查理发电报说自己要来。为什么不给他一个惊喜呢?

整整两天,达夫一直在船上闲逛。周围是那样的安宁。这样休闲可是问心无愧的。当关键的时刻到来的时候,他便可以作好充分的准备了。第二天晚上,一个服务员走过来,交给他一份电报。打开信封的时候,他看了一眼落款,是他的上司发来的。

> 洛夫顿旅行团的船出发后不久,韦尔比的尸体就在横滨的码头上被发现。一定要找到埃弗哈特,不管是活的还是死的。

达夫狠狠地将电报捏成了一团儿。他在黑夜中坐着,久久地凝视着船舷外的远方。浮现在他眼前的是在伦敦最后一次见到韦尔比时的情景:小伙子带着微笑,沉着而又充满信心。这个伦敦的年轻人,在横滨的码头被谋杀了。

"不管是活的还是死的!"达夫咬着牙说,"如果是我,就要死的。"

第十三章　敲响查理的门

几天以后的一个早晨，在檀香山贝塞尔街尽头的哈利卡瓦·黑尔大楼二层的治安法庭上，三个人正在接受审判——一个葡萄牙人、一个朝鲜人和一个菲律宾人。他们被指控在大街上赌博。在证人席上坐着的，是一个平静而沉着的中国人。我们知道，东方人对肥胖有着非常的好感：在中国，如果某个满清官吏增加了体重，那他必将更有威望；在日本，摔跤选手和人们心目中的英雄，都有着庞大的身躯。而这位在证人席上的东方人的体重，足以让他感到自豪了。

"好，陈侦探，"法官说道，"让我们听听你的故事吧。"

证人坐在那里，一动不动，就像一尊石佛把细小的黑眼睛稍稍睁大了一点儿。陈侦探说了起来。

"我正沿着帕瓦巷往城里走，"他说，"跟我在一起的是我的同事卡西莫侦探。我们发现，在我们前面的蒂莫鱼店门口，已经聚集了很多人。于是我们加快了脚步。我们靠近以后，人群就逐渐地散开了。于是，我们就看到了这三个人，就是在被告席上的这三个人。他们正跪在地上玩儿骰子。同样是对这些骰子进行解释，从他们嘴里说出来，却有了三种说法。"

"等等，等等，查理！"公诉人说道，他的头发是红色的，而且能说会道，"您刚才说什么，陈侦探？您刚才的措辞，对于一个美国法庭来说，未免有些太过花哨了。您的意思是说，这三个人当时正在掷骰子，是吗？"

"我想肯定是这样的。"查理回答道。

"您非常熟悉这种游戏吗？一看就知道了？"

"就像孩子认识自己妈妈的脸一样。"

"那么，您认为绝对就是这三个人吗？确实是他们在掷骰子吗？"

"不会错。"查理点头道，"就是他们，这三个倒霉蛋。"

辩护律师马上站了起来，那是一个精明的日本人。"反对！"他喊道，"法官阁下，关于'倒霉蛋'这个词，我有一点儿疑问。据证人所说，好像我的当事人是成心要犯罪的。陈先生，如果您愿意，请您尽量不要使用这样的辞令。"

陈点了一下头。"我承认，我很懊悔。"他回答道，"请原谅我刚才所说的。"辩护律师几乎是在喊叫着指责他，而查理却依然保持着温和的态度，"请让我继续我的证言。接下来，这三个人抬头看了一眼，看见了我和可敬的卡西莫，他们同时变了脸色。他们马上跳了起来，沿着一条胡同逃跑。我自己撑了上去。在胡同里，我追上了他们。"

辩护律师狠狠地看了他一眼。他指着他的那三个很瘦的当事人问道："您的意思是要告诉法庭，凭您的体重能跑得过他们？"

陈笑了笑。"凭着我的良心，我也能跑出最快的速度。"他温和地回答道。

"与此同时，卡西莫在做什么？"律师问道。

"卡西莫自然知道他的职责，而且他做得很好。他留在后面捡起了他们丢弃的骰子。这就是他所做的。"陈非常赞许地点了点头。

"好的，好的，"已有些秃头的法官打断了他们，他对这些感到非常厌烦，"那么，骰子在哪儿？"

"阁下，"查理回答道，"现在这些骰子一定就在这法庭里，就在卡西莫先生的口袋里，除非是我搞错了。"

卡西莫确实就在法庭里。他是个小个子的日本人，显得有些不安。查理一看他的脸色，心里一沉。卡西莫匆匆忙忙地走到证人席里，对查理耳语了几句。陈抬头看了看他。

"我确实是搞错了，法官先生。"他说道，"卡西莫先生把骰子弄丢了。"

整个屋子里爆发出一阵大笑。法官懒懒地在桌子上敲了敲锤子。查理一动不动地坐在那里，显得非常镇定，心里却非常痛苦。就像所有的东方人一样，他不喜欢别人嘲笑他的错误，而现在，却有这么多人在当面嘲笑他。但他现在这种情形，确实是非常可笑。

辩护律师笑着说道："法官阁下，我要求法庭宣布被告无罪。根本就没有证据。就是著名的陈侦探，当他恢复镇静以后，也会告诉您，没有证据。"

"陈侦探，"查理冷冷地看了一眼那个眼角有些上斜的小个子律师，"宁愿讲一讲日本人的效率。"

"我想也是，"法官插进话来，"法庭的时间又被浪费了。被告无罪！传下一个案子！"

陈离开了证人席，尽可能保持着自己的尊严，然后顺着过道走了下去。在屋子后部，他看到卡西莫低着头坐在长椅上。他轻轻地揪着他的耳朵，把他带到了走廊里。

"不止一次了，"他说道，"你又让我栽跟头。我怎么就对你有那么大的耐心？我自己都吃惊。"

"太对不起了。"卡西莫小声说道。

"对不起，对不起，"查理重复着，"这些话在你嘴里就像小河流水一样。好的本意就能弥补这么大的错误吗？露水能把水井灌满吗？骰子丢到哪里去了？"

卡西莫感到非常后悔。他解释说，今天早上，在他来法庭的路上，他曾经在旅馆大街的克里莫塔理发馆剪了头发。他当时把外衣挂在衣架上了。

"在这之前，你一定把骰子给理发馆里所有的人都看了，是不是？"陈说道。

其实并不是所有的人，他只让克里莫塔看了，他是个很值得尊敬的人。当他坐下来开始理发的时候，店里有各种各样的人进进出出。理完发以后，他又把衣服穿上，然后急忙赶到法庭。他在上楼梯的时候，才非常难过地发现骰子丢了。

查理遗憾地注视着他。"你现在工作起来就像是最笨的笨蛋，"他说道，"但是我想你以后会改好的。让你做侦探，连神像都会笑出声来的。"

"我很难过。"卡西莫又一次道歉。

"别在我眼前难过，"陈叹息着说，"你一难过，我就眼前发花，浑身乏力。"他耸了耸宽宽的肩膀，然后转身下楼去了。

警察局在一层，就在法庭的下面。在后部有一间查理的私人办公室，这里能够让他感到骄傲和喜悦。这间屋子是一年多以前，他为希拉·芬的案子得出了一个成功的推论之后，他的上司移交给他的。他走进屋子，关上门，然后站在那里，透过敞开着的窗户向大楼后面的窄巷望去。

他仍然在为刚才楼上发生的事情而伤心，但那只是这一年中所遭遇的挫折中的一个小小的高潮。"东方人都知道，"他曾经在给达夫的信中这样写道，"只要打鱼，就得晒网。"那个英国人当时在文街警察局里大声朗读了这封信。但是，当他遇到这样的情况的时候，这没完没了的晒网，也开始使他大为苦恼。

在过去的几个月里，他一直被一种就连中国人都猜不透的东西困扰着。就连他现在这样凝视着安静的小巷的时候，都能感到这种困扰。他经手的最后一个大案子，已经过去一年多了，可一直到现在，他什么业绩也没有。在昏暗的小路上去追那些讨厌的赌徒，到充满臭味儿的厨房里搜查，甚至到国王大街去跟踪汽车——这些就是堂堂陈查理的事业？檀香山，他爱着这里，但是，这里又给他带来了什么好处？檀香山并没有严肃地对他——今天早上还在嘲笑他。

他沉着脸，在桌子后面坐了下来。桌子被打扫得很干净，干净得好像桌子的主人已经退休了一样。他轻轻动了动椅子，椅子发出嘎吱嘎吱的声响。年岁一天比一天大了，他的孩子们也正在长大。比如罗斯，一个非常有才气的姑娘，在大学里成绩骄人……

有人敲查理的门。他皱了皱眉头。也许是卡西莫又来道歉了？或者是上司，来问问楼上到底发生了什么事情？

"请进！"陈喊道。

门被打开了。在门口站着的，是他的好朋友，苏格兰场的达夫巡官。

第十四章
蓬奇鲍山上的晚餐

就像遵循着某种规则，中国人从来不表达自己的惊异，而作为一个优秀的侦探，他早已在办案生涯中学会了如何控制自己的情绪。陈查理在办案时，即使从一个包里拿到了同样的两样东西，也会表现得颇为平静。然而现在他的眼睛睁得异常地大，他的嘴也张了足有一分钟。不得不承认，他的身子向后退了一下，至少是轻微地向后退了一下。

紧接着，他敏捷地跳起来，疾步朝门口走去。"我尊贵的朋友，"他大声说，"我开始怀疑自己的眼睛了。"

达夫微笑着伸出手："陈侦探！"

查理一把握住他的手："达夫巡官！"

英国人把公文包往桌子上一扔："我到底是来了，查理。怎么样？我有没有让你吃惊？"

"我差点儿喘不过气来！"查理笑得露出了牙。他给客人让了把椅子，然后自己坐回到桌子后面的椅子上。"很长时间以来，我一直盼望得到这份荣幸，我真怕自己是产生了幻觉呢。首先要问你的是，你一踏上檀香山的土地，有什么样的感觉呢？"

达夫考虑了一下，说："嗯，看上去是个很整洁的城市。"

陈心里在偷着乐。"你的热情真是太感人了。"他评论道，"但我知道，你来是有实事要干，而不是来说话的。你这样的大忙人，绝不会有时间去像旅游者那样，注意到这些无意义的事情。我敢打赌，你来这里是为了案子。"

达夫点了点头："当然。"

"希望你这次不会走背运，但是我希望你能在这里待上一段时间。"

"待不了几个小时，"达夫回答道，"我来这里是为了明天到港口等'阿瑟总统号'船。船明天晚上就又起航去旧金山了，我希望能上船。"

陈摆了摆手。"这么短的时间，我的朋友，这我倒没想到。但我也知道什么是职责。不用问，在这艘船上有你的嫌疑人！"

"七个或者八个，"达夫答道，"查理，我的嫌疑人曾经在船上、火车上、火车站、饭店，我觉得像是托马斯·库克，或者至少像他们中的一个。我现在的处境很困难——如果你能帮上忙，我可以给你讲讲这个案子。"

查理轻叹了一声。"哪怕故事得讲上一个星期，"他回答道，"我也有足够的时间去听。"

"你这边没有什么大案子，你给我的信里是这么说的，对吧？"

"是啊，那个在树下坐了二十年的印度哲学家跟我比起来，也得算个烦人的好事之徒了。"陈承认道。

达夫笑了。"非常遗憾。但是，也许你可以在帮我办这个案子的过程中动动脑子，或许能够提点儿建议。"

查理耸了耸肩。"让蚊子给狮子出主意？"他问道，"但我确实很想知道，是什么有这么大的吸引力，让你跑到这个催眠的乐园来。"

"当然是一起谋杀，"达夫回答道，"一起发生在布鲁姆饭店里的谋杀，在伦敦，二月七号的早晨。其他地方都很符合规律，只有一点让我想不通。"他开始讲述案子的经过。

陈听着，平静得超乎寻常。如果不经意，你会以为他对故事不感兴趣。他坐在那里，就像个塑像……那双黑色的小眼睛始终就没有离开过达夫的脸。就是当这位英国巡官不停地翻公文包，拿出信和笔记本念的时候，查理的视线也是一动不动。

"现在轮到了韦尔比了！"达夫最后说，"可怜的小韦尔比，被击毙在横滨港的一个黑暗的角落里。为什么？毫无疑问，因为他锁住了吉姆·埃弗哈特。因为他……认出了我要追捕的那个人，那个像杀手一样残酷无情的人。天哪！我要抓到他！查理，我一定要抓到他！我从来没有像现在这样地想要抓到一个人！"

"这是一种很自然的想法，"陈表示同意，"虽说我是局外人，但是我能理解。你是否愿意屈尊让我请你随便吃点儿午饭？"

达夫有些发抖，因为在最关键的时刻突然被打断了话题。"为什么是你请我？"他建议道，"还是我在青年饭店请你吧。"

"别争了，"陈坚持道，"你跋山涉水八千多英里跑到这里来，就是为了请我吃顿午饭？这太让我惊讶了。我们还是去青年饭店，不过要由我来付账。"

"查理，关于我的笔记，还有那些信笺——我看到了，你有个保险柜。"

查理点了点头。"对，我的屋里有个局里的保险柜。我们可以把你那些重要的材料锁在那儿。"

他们沿贝塞尔街走到中心大道——国王大街，然后又向青年饭店方向走去。烈日当头，出租车司机们抱着方向盘一阵一阵地打瞌睡，一家商店门口的收音机里播放着《我的南海玫瑰》。达夫觉得该更进一步地评价一下这里了。

"夏威夷是个明亮的城市，不是吗？"他说，"你知道，我是说这里的阳光够足的。"

查理摇了摇头。"我的老朋友，"他回答道，"不要费这份儿脑子了，一会儿我到夏威夷旅游局给你弄些介绍材料。那上面有的是词儿，你现在根本不可能想得出来那些词儿。在这之前，享受一下吧。饭店到了，弄不好又是那些难以下咽的东西。"

坐在青年饭店的餐厅里，达夫回到了他最关心的话题上。"你觉得我的这个案子怎么样，查理？你有没有在这些人身上感觉到什么？你告诉过我，中国人是最敏感的。"

陈笑道："是的，而且这个在檀香山的陌生中国人的灵感将大大地轰动伦敦，我可以肯定。如果我说的没错的话，伦敦那地方，比世上其他任何地方都需要明确的罪证。"

达夫严肃起来。"你说的对，就是这种想法经常困扰着我。我可能发现了某个嫌疑人正合我的思路，那就是吉姆·埃弗哈特。我或许可以肯定我是正确的，但也许仍然缺少足够的证据。在苏格兰场他们问了我们很多，查理。一般来讲，每个嫌疑犯都是从无罪直到被证明有罪，而苏格兰场的做法正相反。二月七日的布鲁姆饭店事件已经拖了很长时间，而且越拖越久。"

"我不忌妒你的成绩。"陈告诉他，"无论如何，你最终会赢得更大的成功。这汤还可口吗？还行？那就好。夏威夷有很多令人难以下咽的汤。"他眯起眼睛，补充道："你显然是在找一个两面人。"

"你说的两面人是什么意思？"

"一个曾经在我们这些岛上生活的大作家写过一本叫《贾凯尔医生与海德先生》的书。吉姆·埃弗哈特先生很久以前肯定与霍尼伍德夫妇之间有过不寻常的接触，但毫无疑问，他们如今已经是陌生人了。多少年来，埃弗哈特过着更名改姓、循规蹈矩的生活。他将原来的自己彻底埋葬了，但只有那段经历他无法忘怀，使他一直记着先前的冤情，充满希望地恪守着往日的誓言。是什么引发了它？是什么把痛苦又带回到他的生活中，让他再一次不顾一切、野蛮地扼死对手，并且能够准确无误地连续射击？啊，要是我们能领会这些奇怪的人类心理的迂回曲折该多好！原汁炖鸡块来了。"

"看上去不错。"达夫评价道。

"看上去，"查理补充道，"表象的东西往往是不真实的。明天晚上你就要和洛夫顿环球旅行团出海了，记住这一点，这对你非常重要。我想，吉姆·埃弗哈特看上去不错。他看上去品格高尚，毫无疑问，戴着新生活的假面具，实在是太完美了。但是别忘了，我的朋友，许多时候，嘴里的蜂蜜就是心里的毒药。"

"当然。"达夫赞同道。他有些着急，对这样的见面很感失望。这一个小时令人焦虑的一般说教没有任何意义，查理自己肯定也明白这一点。这个中国人好像对这些问题并不关心。查理他确实就是如此，还是查理的天资因为长时间得不到发挥已经消逝了？达夫打了个哈欠。这一点儿也不奇怪，在这片阳光灿烂的土地上，生活太从容、太轻松了，而作为一个侦探，是需要保持活力的。他太需要那种像暴风雪前的飓风般的犀利作风了。南方人总是一副倦态，动作总是那样缓慢。

"如果真的如此，我是指犯罪的证据，"英国人继续说道，把话题缩小到了更加明确的范围，"在这个案子里，我们就有几个嫌疑犯了。马克斯·明钦，当然，已经被排除，那么，按照我的思路，就是基恩上校了。但是也不能排除洛夫顿博士，一个冷淡的、属于聪明类型的人。我们还有泰特，一个很有教养的人，有才气，能力出奇的强。他自己就是刑事领域的，为杜绝犯罪付出了毕生精力。还有维维安、罗斯和本博。所有这些人，在他们自己的小圈子里，都是无懈可击的。我们还有芬威克，这是个我们不能忽视的人，他与这个社会非常敌对，给我留下了很深的印象。"

"你对芬威克感兴趣？"查理问。

"你呢？"达夫马上反问道。

"我不能不注意他徘徊的情况，就像头顶上的鹰。"陈回答道，"他离开了旅行团以后，你就认为对他的调查已经结束了。可是他还在那里，在圣雷莫。他还待在孟买的塔杰·马哈尔饭店里。"

达夫站了起来。查理喋喋不休地说出这些名字时的样子，暗示着这个案子对他的吸引力要远远大于他那双困倦的眼睛所表现出来的好奇。达夫想，他又误会了这位檀香山警察。就像几年以前在旧金山时一样，他又一次不得不匆忙地改变了他对这个中国人的评价。

"那你怎么看横滨？"他说，"对加尔各答的珠宝店有什么看法？在这些地方，没有人见到过芬威克。"

"你可以肯定吗？"陈问道。

"说实话，我不能肯定，"达夫说道，"我必须看得更深远些。如果你对这个人特别感兴趣，查理……"

陈露齿而笑。"我并没有说我对他感兴趣。也许是他的名字引起了我的注意——只是一会儿。没有什么可以让我感兴趣的。除了……当然，巧克力冰淇淋还是不错的。我冒昧地建议要一点儿，作为这顿午餐的甜点吧，这饭实在是不怎么样。"

"十分不错的午餐。"达夫说得很肯定。

午餐结束后，查理把他的英国朋友带到局里，很得意地把达夫介绍给他的局长——一个真正的实权人物，在当地是相当有影响力的；并介绍给卡西莫，可卡西莫一点儿也没有表现出激动。

"卡西莫一直想成为你这样的侦探，"陈向达夫解释道，"但他一直没有大显身手的机会。今天早上他证明了一点：如果做盲人的镜子，他还是很有用的。"他拍了一下这个日本小伙子的肩膀，"但是，他一直坚持，这很说明问题。"

下午晚些时候，查理开着一辆令他颇为自豪的、闪闪发亮的、崭新的廉价小汽车，带着达夫观光了一下檀香山。英国人一边看，一边尽量殷勤地表达他的赞赏，尽量做得像个好客的人，但他的心里却非常不自在。他忘不了他的问题还没能解决，就是在谈到其他与之无关的事情的时候，他也会突然想起他的这些烦心事。查理请达夫在皇家夏威夷饭店吃晚饭的时候，达夫脑子里还在想着这些麻烦事。他渴望着次日到来，渴望着开始行动。

第二天上午十点，他和查理站在码头上，望着"阿瑟总统号"进港。当船进入泊位的时候，达夫被这景色深深地吸引住了。但他马上意识到，在这种情况下，不应被任何东西吸引。船进港以后，他一定会再次看到他们每一个人。他坚持让查理和他一起来见一见洛夫顿环球旅行团的成员，因为在他的脑海深处有一种模糊的想法：也许这个中国人会突然有什么灵感，提出一个真正对他有帮助的、他急需的建议。前一天晚上，他整夜都在回忆查理当初在旧金山对另一个杀手的追查，他的信心也变得坚定起来。

巨大的客轮驶入码头，舷梯被放了下来。船上先是一阵混乱，然后是各种肤色的人开始慢慢走下舷梯。在旁观者看来，在乘船来到檀香山的人群中，好像总有一些人非常与众不同。这都是些什么人？推销员们恪守着推销精神的教条，到了异国他乡，还在向行着东方式鞠躬礼的粗俗的澳大利亚人，向走起路来悠哉游哉、就好像他们脚下的土地总是或多或少地打着英国标签的英国人，向面色苍白的传教士，向无精打采的殖民地居民和来往不断的游客进行推销。达夫渴望地注视着查理，而查理却站在一旁，就好像达夫给他讲述的是个很寻常的故事。

洛夫顿终于出现在舷梯顶上，然后开始慢慢走下舷梯。跟在他后面的是旅行团的十二位成员。达夫知道，他要找的人就在这些人中间，就是此人杀害了韦尔比。一团愤怒之火突然在这位巡官心中燃起。当洛夫顿医生走下舷梯时，达夫张开双手迎上前去。洛夫顿瞟了他一眼，脸上不但没有高兴的意思，倒有三分的厌烦，甚至是厌恶。陈近距离地观察着洛夫顿，难道只是洛夫顿不愿提起那件已经被抛到脑后的事？

"啊！"达夫喊道，"我们又见面了！"

"达夫巡官。"洛夫顿说，笑得很勉强。但是，现在达夫正忙着和本博夫妇握手，然后是肯纳韦、罗斯以及其他人，最后是看上去已经非常疲劳的泰特。

"你们的旅行就要结束了，是吗？"英国人问道。大家七嘴八舌地说着，看来他们对再次踏上美国的土地并没有感到什么不悦。本博在码头上蹦蹦跳跳，脖子上挂的机子也高高地甩起来。

"女士们，先生们，请允许我向大家介绍我的一位老朋友，檀香山警察局的陈侦探。"达夫说，"我非常有幸在这里见到他，他是太平洋上最出色的侦探。我们曾经一起办过一个案子。"

维维安说："达夫先生，您要在这里待一段时间吗？"

"非常不幸，不是的。"达夫告诉他，"我今晚就上你们的船，希望你们都不会介意。"

"非常高兴。"维维安低声道，他额头上的伤疤在耀眼的阳光下突然变得绯红。

"有车在等我们，"洛夫顿宣布道，"我们先去怀基基海滩游泳，然后到皇家夏威夷饭店吃午饭。"他催促道。

达夫的目光落在远远站在一旁的帕梅拉·波特身上。她穿着一身白色衣服，看上去非常可爱。她的目光里充满着疑问。当他靠近她时，她不断地轻轻摇着头。

"我又见到你了，"他握住她的手，"你现在比任何时候都迷人。旅行对你肯定有好处。"然后又低声道："继续跟着团走，我今天晚些时候会再见你。"

"我们在青年饭店定了房间，"她回答，"就在……"

"一会儿再和你说。"达夫低声说，并转身与卢斯夫人握手。

"你好，我们都想你了。"老夫人说，"看，我还活着，几乎周游了世界，居然还没有被谋杀。"

"您还没有回到家。"他提醒道。

洛夫顿邀请达夫和查理与他们共进午餐。达夫他们拒绝了洛夫顿的并不真心的邀请。"到了船上，你会经常见到我的。"他笑着说。一行人上了已经在等候的汽车，向怀基基方向驶去。达夫和查理步行回到了国王大街。

"瞧，那就是我们的旅行团，"英国人说道，"你注意到谁是杀手了吗？"

陈耸了耸肩。"隐藏在内心的东西很难读懂，只是这样匆匆一瞥是远远不够的。你能用扇子驱散大雾吗？有个问题我注意到了：他们见到你的时候，没有表现得很高兴，除了那个漂亮的年轻小姐。那位洛夫顿……"

"他看起来很不高兴，是不是？"达夫接过来说，"但是，你也看出来了，我使他想起了那不悦的一段经历。另外，在我结案之前，还可能会给他带来不好的影响。他是担心他的生意。"

"现在这个社会，没有比这更让人头疼的麻烦了，"陈点了点头，"不信去问那些商会的人。"

他们又一起吃了午饭，这回是达夫做东。用餐之后，查理被召回了局里。大约两点钟左右，达夫独自坐在青年饭店的大厅里时，卢斯夫人和帕梅拉走了进来。看来，团里的其他人都去帕里了，老夫人觉得没意思，而帕梅拉却是非常想和达夫聊聊。她们走到服务台那儿要了钥匙，一天中余下的时间她们会在起居室、卧室、浴室里度过。

达夫等到估计她们已经换好了衣服时，才上了楼。

姑娘独自一人留在了客厅里。"你终于来了，"她非常高兴地迎上前去，"我以为再也不能与你单独见面了。请坐！"

"给我讲讲你的故事。"达夫说，"你们是什么时候又见到韦尔比的？"

"你最后一次收到我的信是哪封？"她问道。

"从仰光寄出的。"

"后来我从新加坡写过一封，在上海也写过一封。"

"对不起，信还没有转到我这里，可能还没有追上我。"

"好吧，希望它们能追上你。信里倒没有什么新闻，但是把经历讲述得很详细，错过了，你会出很多岔子。"

"等信到了，我会一个字一个字地仔细看的。不过，你说没有新闻？"

"没再发生什么，我直到从香港上船的时候，才再见到韦尔比先生。他是我们这个舱的服务员，还有其他几个服务员。他告诉我，他在一艘英属印度的船上学会怎么做的，而且他很能干。我想，他是开始查我们这个舱了，但是一直到了横滨，也没有任何事情发生。"

"在那儿出事了？"达夫问。

"是的，出事了。我们在岸上待了一天，但我实在享受不了那里的阳光。虽然船要深夜才能起航，我还是回到船上吃饭了。卢斯夫人也回来了，我们……"

"对不起，打断一下，你有没有注意到晚饭的时候团里的其他人是否也在船上？"

"是的，泰特先生也在，他一到陆地上旅行就感觉难受得不得了……噢……对了，还有肯纳韦先生。如果还有其他人也上船了，那我没有看见。"

"非常好，请接着讲吧。"

"我离开餐厅的时候，看见了韦尔比先生。他叫上我，我们一起上了顶层甲板。我们站在船舷边儿上，看着阳光下的横滨。我看他很激动。"

"'好了，小姐。'他说，'都结束了。'我凝视着他说：'你想说什么？''我的意思是我已经找到了我要找的人。'他告诉我说，'我找到了那把钥匙——三二六〇号保险箱的钥匙，没别的意思。'

"'在哪儿？'我喊道。当然，我的意思是问'是谁'。但他只是说：'在找到的地方，我把它留在那儿了。我要等到了美国再抓他，然后把他交给达夫巡官。想在日本扣留他，已经晚了。我想，另一个计划可能会好些。我知道，达夫先生想亲自抓住这只手，而且，我想他已经到旧金山了。我现在就上岸，给他发个电报，让他及时赶到檀香山，千万别错过了。这是我唯一能抓住他的机会了。'"

姑娘停了下来，达夫静静地坐着。韦尔比太看重这次机会了，为此他付出得太多。他找到了答案，一切会真相大白，但是他太大意了，以致为自己的过错付出了代价。

"他的灵魂会上天堂的。"这位英国巡官的声音变得很凄凉，"你想让他告诉你这把钥匙到底是谁的？"

"是的，我努力了。"姑娘答道，"我求他，恳求他，可韦尔比先生实在是听不进去。他说，要是我知道了，会很危险的。另外，我也看出来了，他对女人怀有那种老观念：对于保守秘密的事情，女人从来都是不可靠的。他是个好小伙子，我喜欢他，所以就没有喋喋不休地问。我想，到时候我会知道的。于是，他上岸去发电报了。第二天早上，我们起航的时候，发现他没有回来。"

"他确实没有回到船上，"达夫静静地说，"他再也没有回来。"

姑娘马上意识到了什么，盯着他问："你知道他出什么事了？"

"你们的船走后不久，有人发现韦尔比死在了码头上。"

"谋杀？"

"当然。"

达夫很吃惊地看到这个姑娘的天真立刻消失了，她哭了起来。"我……我没法帮忙。"她道歉道，"这么一个好小伙子，而且……噢，这太可恨了。那个野兽！我们还能找出他吗？我们必须抓住他！"

"我们肯定会的。"达夫变得严肃起来。他站起身，走到了窗前。檀香山正在耀眼的阳光下打瞌睡。在街对面的小公园里的一棵棕榈树下，一个男孩儿展肢而卧，一把夏威夷吉他被扔在一边儿。达夫想，这就是生活，不用在乎身边的世界，无所事事，直到明天。也许日复一日……听见身后有开门的声音，他回过身，看到卢斯夫人从卧室那边走了进来。

"我打了个盹儿。"她注意到姑娘在哭，"这是怎么了？"

帕梅拉·波特告诉了她。老夫人的脸色突然变得十分苍白，一下子坐了下来。

"天哪，"她哭诉道，"我在世界各地遇到过上百万的服务员，但是我特别喜欢他。哎，我以后再也不会做这样的长途旅行了，也许只去趟中国，或者南下澳大利亚，也就如此了。我开始感觉到自己老了，七十二年来，我第一次感觉到自己老了。"

"怎么会呢？"达夫说，"您看上去不会超过五十岁。"

老夫人眼睛一亮："真的？好吧，我看这种旅行应该尽早结束了。不过，在结束之前，我要到帕萨德那好好休息一下，我还从来没有到过南美洲呢。你知道，我说什么也不能错过的。"

"有个邀请，请你们二位。"达夫说，"听起来非常有吸引力。你们在码头上见到的那个中国人，他是个好人，而且是个绅士。他邀请我今晚到他家吃晚饭，并且让我带你们一起去。他请客。"

她们同意一同前往。六点三十分，达夫已在大厅里等她们了。伴着清爽的晚风，他们的车上了蓬奇鲍山。前面的山笼罩在黑色的云中，而身后的小镇在落日的余晖下呈现出金黄色和玫瑰色。

查理已经等候在了门廊前。他那宽宽的脸上充满了喜悦。

查理一边评说着自家的房子如何普通、家具如何不值一提，一边把客人引到了客厅。他又把他那些画说得如何如何的不怎么样。当然，这只是他招待客人的传统中国方式。客厅被布置得非常迷人：铺着一块古老的、很少有的厚地毯；镶着金边儿的深红色中国灯笼从天花板上垂下来；柚木雕刻的桌子上摆放着汕头碗、瓷酒瓶和矮树盆景。墙上是一幅丝制的画，画上是一只鸟站在苹果树的树枝上。帕梅拉·波特看看查理，对这个中国人产生了兴趣。客厅里的这些室内装饰品深深地吸引了她。

陈夫人出现了。她穿着一身黑色的丝绸裙装，讲英语时非常小心。几个大点儿的孩子也像要经受检阅一样地隆重登场了。

"我看咱们就别点名了，"陈解释道，"要一下子记住他们的名字，实在是个严峻的考验。"说到正在大陆上大学的长女罗斯时，他的声音变得很柔和，眼睛里充满了悲伤。他多么希望罗斯就在身边，罗斯像他家里的鲜花。

一个上了年纪的女用人来到门口，用又高又尖的嗓音说了些什么。客人们来到了餐厅。查理告诉客人们，他准备了一桌夏威夷饭菜，而不是中国菜。现在气氛已经不像开始时那样僵了，陈夫人露出了微笑。卢斯夫人说了些轻松的话题以后，每个人都放松了许多。

"陈先生，我是很喜欢中国人的。"老夫人说。

查理点了点头："当然。"

"我已经和我们旅行团这些人在一起将近四个月了，我再说一遍——我喜欢中国人。"

"在环球旅行的时候，你可以在任何地方看见中国人。"陈说。

"当然。不是吗，帕梅拉？"

"任何地方。"姑娘点了点头。

"中国人是东方的贵族，"卢斯夫人继续说道，"在那里的每个国家——马来西亚、泰国——他们作为商人、银行家，都是享有物质与权利的人。他们非常聪明、有能力，并且诚实，在那些亚洲国家的懒惰的地痞们中间发展着。他们是很重要的人物，陈先生。当然，这些您很清楚。"

查理笑道："我不是都清楚。我在欣赏您说话的声音，像美妙的音乐。我们在美国并没有得到重视，而只被看做是开洗衣店的，或者是文学作品、有声电影里的坏蛋角色。你们有着一个强大的国家，富有而且骄傲，肯定是这样。但是，对世界的其他地方——请原谅我这么说——不闻不问，一无所知。"

卢斯夫人点了点头。"您说得非常对，有时那些乡巴佬居然会进入议院。您最近去过中国吗，陈先生？"

"已经很多年没回去了，"陈告诉她，"最后一次还是在我年轻的时候，那时那里是一片安宁的土地。"

"再也不是了。"帕梅拉说。

陈严肃地点了点头。"是啊，中国现在好像得病了。有这么个说法：同情病人的人，会死在病人的前面。在中国，这已经发生了，而且还会发生。"窗外刮起一阵风，然后是急促的雨点打在屋顶上。看来，要下一场大雨了。

晚餐继续着，雨也一直在下。当他们回到客厅时，雨还在下，充满着热带的激情。达夫在不停地看表。

"今晚将给我留下一生中最美好的记忆。"达夫说，"我不想失礼，但是你知道，'阿瑟总统号'十点起航，现在已经八点半了。我有些紧张，总怕耽误了上船，你会理解我吧！是不是最好我现在打电话叫辆车——"

"不用了，"陈说，"我有辆车，肯定能坐得下四个人，就是四个像我这样的也没问题——如果有的话。我很清楚你肩上的担子，我马上就送你们下山。"

客人们对晚餐赞许了一番，就准备离开了。"这是我此次旅行最高兴的时候了。"帕梅拉·波特说，查理和他的夫人都露出了喜悦的微笑。几分钟以后，一辆崭新的轿车向山下驶去。灯光在雨中变得模糊，很难看到远处。

他们在青年饭店门前停下，达夫和两位女士去拿行李。当他们出来准备去码头的时候，达夫突然想起了什么。

"我的天，查理，"达夫把手放在头上，"我这是怎么了？全都给忘了——我的那些笔记和信还都锁在你的保险柜里呢。"

"我没忘，"查理回答道，"我现在送你到那儿，你下车，然后我送女士们去码头。我再回来的时候，你已经拿到那些宝贝了——我们头儿或者什么人会给你打开保险柜的。到时候我们还能聊一会儿，你也能踏踏实实地抽支烟。"

"那太好了！"达夫同意道。

在码头上，查理和两位女士有礼貌地道别，然后急忙返回局里，心情十分沉重。达夫的到来，给单调的日子带来了几分快乐，但是这个英国人待的时间太短了。查理琢磨着，明天又要恢复往日的单调了。大雨还在下着，他穿过门厅，推开了自己办公室的门。三十六小时之内，他第二次遭遇了料想不到的事情。

达夫倒在椅子旁边的地板上，胳膊无助地伸在头顶上。陈大喊了一声，跑上前去。巡官的脸苍白得就像死人的脸，查理马上摸了一下他的脉搏，可以感觉到轻微的跳动。他跳起来，给皇后医院打了电话。

"救护车!"他喊道,"马上到警察局,快!以上帝的名义!"

他在那里站了一会儿,无助地看着达夫。窗户像往常一样开着。窗外,雨还在下。窗户!啊,对了,从黑暗中射来的冷枪!陈回到办公桌前,达夫的公文包打开着放在桌上。看上去并没有被翻动过:一些纸还在包里,有几张掉了出来,散落在地上,很显然,是被风刮的。

查理打了个电话,把局长叫了过来。局长进门的时候,达夫轻轻地动了一下。陈在他身边跪下来,英国人睁开眼睛,看了一眼他的老朋友。

"继续,查理。"他轻声道,然后又昏了过去。

查理站起身来,看了看表,然后开始收拾桌上的纸。

第十五章　从檀香山东行

局长俯身看了看达夫。然后，他表情十分严肃地直起身，惊讶地看着陈。"查理，这是怎么一回事？"他很想搞明白。

这个中国人指了指打开的窗户。"枪击，"他简短地解释道，"子弹从这里进来，从后面打过来。可怜的达夫巡官，为了寻找今天进港的旅行团中的凶手，他来到我们这个平静的城市，而今天晚上，凶手就企图埋葬他的计划。"

"在所有可恶的鲁莽行动之中，"局长突然气愤之极地大声说，"居然还有一个人在檀香山警察局被害——"

陈点了点头："甚至比这还糟，竟然就在这间使我为之自豪的办公室里开了枪。这个杀手不被抓住，我就会永远成为世人的笑柄。"

"哦，不要这么想。"局长说，陈把达夫的文件放回了文件包，"查理，你要干什么去？"

"我应该干什么？我能这样失面子而不给予相应的回击吗？今晚我跟'阿瑟总统号'船一起出发。"

"你不能这么干——"

"谁能阻止我？如果你是出于好心，请告诉我谁是这个城市里最能干的外科医生？"

"嗯，我想是兰医生——"

陈马上拿起电话号码本，开始拨号。当他说话时，听到了救护车在哈利卡瓦·黑尔门口停下来的铿锵声。接着，白衣护理员拿着担架走进了门厅。在查理请外科医生出诊时，局长指挥着人们把不幸的达夫抬走了。兰医生住在杨饭店，他保证他差不多与救护车同时到达昆斯医院。查理放下电话，然后又拿起电话重新拨号。

"你好!"他说,"亨利,是你吗?你今晚回家算早的,上帝真好。你仔细听好,我是你父亲,我一小时后就坐船去本土。什么?好好地,别惊讶。事情已经决定了。我有个很重要的案子要办。你恢复一下情绪,用你爱听的话说,就是马上把以下东西准备好。

"请迅速给我整理行装:牙刷、衣物、刮胡刀。你自己再想想,我应该带什么就给我带来。你忠心的母亲会帮助你的。开你的车到'阿瑟总统号'停的码头来,带上我的行李,再叫上你母亲。船十点钟开,你必须赶快准备好才能赶上船。非常感谢!"

他打完电话,抬头看见局长正面对着他。"查理,你最好再仔细考虑一下。"他提议道。

陈耸了耸肩说:"我已经仔细考虑过了。"

"你想怎样?再请一段时间的假?我得和委员会成员一起处理这事,这需要一些时间。"

"那就按我辞职处理吧。"陈简单地回答道。

"不,不行。"局长反驳道,"不管怎样,我会处理的。但是,查理,你听着:这是个危险的工作——这个人是个杀手。"

"谁还会比我更了解这一点?这重要吗?我的荣誉受到了威胁。你想想,事情发生在我的办公室里。"

"这是属于你正常职责范围内的事,我不是说你不应该去冒险,我是不想失去你。而且,这事就我看来应该是苏格兰场的案子——"

陈固执地摇了摇头。"别再说了。现在就是我的事了。你不乐意失去我?什么时候失去我?在小巷追击逃跑的赌徒时?还是在国王大街受罚时?"

"我理解,事情发展得相当缓慢。"

"对,曾经是这样的,但不是今晚。事情现在发展得很快。开船时,我会在那船上,而且在到达本土前,我会抓住我要的人。如果没有,我就和侦探这称谓永远告别,带着深深的懊悔永远告退。"他走向保险箱,说道:"我发现这里有二百美元现金,我现在拿走这些。到了旧金山之后,你再通过海底电报给我更多的钱。罪犯在檀香山警察局楼内搞小动作,这钱不管是作为抓罪犯所必要的花销,还是作为我借的钱,都没有关系。现在我要去医院了,我要和你说再见了。"

"不用,"局长答道,"当你上船时,我会到码头上的。"

陈紧紧地夹着达夫珍贵的公文包,疾步走上了大街。此时,雨已经停了。云层之间,星星在闪耀。查理来到杨饭店的大厅,与他遇上的第一个穿着轮船官员制服的人打了招呼。他很幸运,这个人正是哈里·林奇——"阿瑟总统号"的事务长。陈介绍了自己之后,又劝林奇先生坐进了他的汽车。在去昆斯医院的路上,他简要讲述了所发生的事情,事务长非常感兴趣。

"一个老熟人告诉我,苏格兰场的一个巡官到了这里。"他说,"我们当然很了解韦尔比，他的突然失踪，使我们很震惊。从横滨来的消息只是简单地说他被杀了，而现在达夫巡官又受了伤。当然，我们会很高兴有个警官在船上，那儿似乎有很多工作等着你呢，陈先生。"

查理耸了耸肩。"我的才能是很微小的。"他反驳道。

"是吗？"林奇先生说，"我听到的可不是这样。"

他没再说什么。陈对他产生了好感。在好长时间没有参与什么行动之后，能知道别人仍记得他，是件美事。

"我来解决你的船票。"林奇接着说，"我们这次航行乘客不太多，我还能给你弄间独自占用的好船舱。"

他们到了医院，查理走了进去。万分焦虑的感情使他透不过气来。人们指给他兰医生——一个全身雪白的幽灵般的身影，只露出眼睛。

"我找到子弹的位置了，"外科医生声明，"我马上做了手术。幸好子弹碰到肋骨后转向了。这是个难度很大的手术，但此人看上去状态相当好，他应该能脱离危险。"

"他必须被救活。"查理坚决地说。他告诉了医生达夫是谁，以及他为什么来到檀香山。在这个不熟悉的环境里，他有些胆怯。他小心谨慎地提出："我是否能看他最后一眼？"

"到手术室来吧。"外科医生邀请他，"这病人已经说了一会儿话了，不过只是一些精神错乱的话。不管怎样，也许你能从中得到些什么！"

在楼上一个散发着相当可怕、难闻气味的屋子里，查理俯身看着盖着被单的朋友。达夫有没有瞥见开枪的那个人呢？如果他看见了，说出他的名字，这案子就结了。

"巡官，"中国人柔声说道，"我是查理。嘻，太倒霉了！我真难受。告诉我，你看见攻击者的脸了吗？"

达夫微微动了动，说话声音沙哑。"洛夫顿，"他咕哝着，"洛夫顿——留着小胡子的男人——"

查理屏住了呼吸。是洛夫顿在那个窗口出现过吗？

"还有泰特，"达夫咕哝着，"还有芬威克。芬威克现在在哪里呢？维维安——基恩——"

查理悲伤地转过了身。可怜的达夫只是在反复地说着一串嫌疑犯的名字。

"陈先生，现在最好离开吧。"外科医生说。

"我就走，"查理答道，"但我必须告诉你最后一件事。明天或任何时候，当他醒来时，他将是最不安稳的病人。他会强烈要求离开病床，继续跟踪追击罪犯。如果这样，请用我的话安慰他，告诉他陈查理已乘坐'阿瑟总统号'船去旧金山了，并会在船到达美国本土海岸之前就抓住罪犯。告诉他，这个承诺是一个从来对朋友都不食言的人说的。"

外科医生严肃地点了点头。"陈先生，我会告诉他的，谢谢你的建议。现在，我将全力抢救他，这是我对你的承诺。"

当查理和事务长开车驶向"阿瑟总统号"船停泊的码头时，已是九点四十五分了。当查理下车时，他看见不远的地方站着他的儿子亨利和他的夫人。她那矮胖的身躯仍穿着参加聚会时的漂亮的黑色丝绸裙装。他走过去，带他们走上船的舷梯，来到事务长的朋友当中。当他们走过舷梯底端时，坐在一个小桌旁的官员好奇地看着他们。

在甲板上，陈夫人站着，胆怯地抬头看着她那令人费解的丈夫，问道："你现在去哪里？"

他温柔地拍了拍她的背，说："事情突然发生了，就像爆竹突然在无辜的过路人的脸前爆炸一样。"他给她讲了在他办公室里发生的事和关于他必须马上离开这里去挽回失去的面子和重新赢得失去的威望的道理。

温顺、矮小的女人理解他，并告诉他说："为你准备了很多干净衣服。"她考虑了一会儿，又补充道："我想，你去的地方可能很危险。"

查理笑了笑，以使她放心。"上帝已经安排好命运，人怎能不照办？"他提醒她，"人怎么能躲避、逃避他的命运？不要着急。毫无疑问，一切都会顺利的。我期待着不久会看见我们的罗斯。"

在昏暗的灯光下，他看见她圆圆的脸上有突然涌出的泪水在闪耀。"多少爱啊，"她说，"我给了她无限的爱，她却走得如此远。"她伤感地扭动着手，"我不明白，她为什么要走那么远？"

"当让你自豪的日子到来时，你会理解的。"查理许诺道。

乘客们分散地顺着舷梯上了船，在甲板上徘徊了一会儿之后，分别向自己的船舱走去。很明显，这次航行不会有什么令人兴奋的事。陈的局长出现了。

"哦，查理，你在这儿！"他说，"我又为你挖掘出六十美元。"他递过来一沓钞票。

"你的好意使我感激难言。"查理回答道。

"我将通过海底电报给你更多，好让你回家。当然，是在你抓到那人之后。"局长继续说，"我相信你一定能抓住他。"

"我现在有时间全面考虑了，我觉得自己不太有把握。"陈应答道，"这似乎是我所接过的任务中难度最大的。我从和达夫巡官的谈话中得知，只有一件事能使他高兴：我必须找出三个多月前在伦敦布鲁姆饭店犯了杀人罪的所有人员。在案件发生时，我一直在八千英里之外。而现在，线索正在消失，痕迹已被覆盖，一些也许会证实应逮捕某人的重要细节，无疑已被所有有关的人忘却了，而我必须解决问题。就现在来看，我热情地选择了我自己做超负荷的工作，却没有具备必需的设备。也许很快我就会爬回家，被打败，并失去所有的荣誉。"

"是的，但也可能不是。"局长又回到原话题说，"这看起来确实是个难度很大的工作。这是真的，但——"

他的话被一个气喘吁吁的小个子打断了。一个小伙子在夜幕中出现，面对着查理。这是卡西莫。

"查理，你好！"日本人叫道。

"啊——你真好，来和我说再见？"陈说。

"不要说这个，"卡西莫打断了他，"查理，我有个重要的消息。"

"真的？"陈客气地问，"有关什么内容，卡西莫？"

"枪声响起，你的朋友受伤之后不一会儿，我正走过小巷的出口处。"日本人喘着粗气说，"我看到一个男人从小巷里出来，来到有灯光的大街。他是个高个儿，裹着件大衣，礼帽压住了眼睛。"

"那你没看见他的脸？"陈提醒道。

"什么是重要的？"卡西莫回答，"他的脸不是必须知道的。我看见了一些更重要的事。这个人很瘸，像这样——"他像演员表演那样生动地模仿着一个瘸子在甲板上走，"他拿着一根手杖，浅颜色的，也许是马六甲手杖。"

"非常感谢！"查理点了点头，用那种同自己最小的孩子说话的语气对他说，"卡西莫，你很机警，学得很快。"

"也许有一天我也会是个好侦探。"日本人充满希望地说。

"谁说得准呢？"陈答道。一个深沉的声音提醒那些要上岸的人，该上岸了。查理转向他的妻子。这时，卡西莫突然对着局长说出了一串话，表明他应作为陈的助手被派往旧金山。

"我是很好的侦探。"日本人坚持着，"查理也这么说。"

"查理，你认为如何？"局长露齿而笑，"你能用他吗？"

陈犹豫了一会儿，然后走过去拍了拍小伙子的肩膀。

"卡西莫，考虑一下，"他说，"你没正确地估计形势。你和我能同时从檀香山消失吗？这会给坏蛋们什么样的机会啊！罪恶的浪潮也许会席卷整个岛屿，使其被淹没。现在快走吧！当我不在时，做个好孩子。永远记住：我们从错误中学习。你首先应该知道这一点：你将是我们中间最能干的一员。"

卡西莫点了点头，与他握了握手，从甲板上消失了。查理转向他的儿子。"请马上把我的车开到蓬奇鲍山的车库。"他说，"我不在时，你要服从你妈妈的命令，保护全家。"

"一定！"亨利同意道，"还有，爸爸，在你回来前，我能一直用你的车吗？你给我的那辆旧车坏了。"

陈点了点头："我早知道你会有这个请求。是的，你可以用我的车，但请格外小心使用，不要让它干它力所不能及的事，如效仿那些疯狂的年轻人飙车。再见，亨利！"他对他的妻子也低声说了几句，又用西方的方式亲吻了她，带她走到了舷梯处。

"查理，祝你走运！"局长与他握了握手。

寂静的夜里，链条在丁当地响。舷梯被撤下去了，不可改变地隔开了陈与码头上的亲人们。他看见他们站在那里看着他，这情景感动了他，正是他们的这种态度使他充满了信心，相信他自己，相信他最后能成功，这是没能与他们共享的信心。他派自己去执行的是一件多么危险的任务啊！他紧紧地夹住了达夫的公文包。

轮船渐渐地起航了，进入了潮水之中。今晚的起航没有乐队奏"阿唠哈"，没有欢快的、色彩艳丽的飘带在船与岸之间飘动，没有在一般岛屿航行中都有的生动的情景。和它联系在一起的，只有要办的公事。它带着古老的、有关船的传说出海了。

当朦胧的码头上的一小群人从他的视线中最终消失之后，他仍没有离开栏杆。发动机的震颤更明显了，船已在平稳地行驶。陈看着能勾画出怀基基海滩的灯光。有多少个夜晚，他坐在门廊处，凝视着城外这海滩的方向，呆呆地期待着能看见那里发生的事情。好了，最后事情真的发生了——当他从海上乘船看着怀基基海滩的灯光时，事情真的已经发生了。

他回过身，看着体积庞大的船，思考着它背后隐藏的黑暗与神秘。他现在在一个新的世界，一个小世界。在这个世界里，与他在一起的是一个这样的人：这个人在伦敦误杀了人；在尼斯和圣雷莫怀着邪恶的目的又杀了人；而在横滨码头，无疑是出于无奈，再一次杀了人。一个残忍的人。今晚他又想赶走达夫对他坚持不懈的追踪。这个吉姆·埃弗哈特绝不是一个十分拘谨的人。现在，就在这个有限的空间内，陈要和他一起待六天。在这用钢和木头制成的华丽物体上，失去自由的人互相比试着智慧，以战胜对方。谁会取胜呢？

查理开始走动了。此时，有人无声地来到了他的身后。他听到耳边的吁吁声，转过身来。

"卡西莫。"他紧紧地握住了他的手。

"你好，查理。"日本人露齿而笑。

"卡西莫，这是怎么回事？"

"我藏了起来！"卡西莫解释道，"我跟你一起，帮你干大事。"

陈看着打在船上和怀基基滩岸边的碎浪花，问道："你会游泳吗，卡西莫？"

"一点儿也不会。"小伙子高兴地回答。

陈叹息道："那好吧。谁能以微笑接受上帝给予的任何东西，谁就能在艰辛生活的学堂中学到最重要的课程。卡西莫，请原谅，我正在寻求这种微笑。"

第十六章　马六甲手杖

不一会儿，陈天生就有的好性格占了上风，他微笑着接受了卡西莫的请求。

"卡西莫，一瞬间我被吓坏了，你要宽恕我。你会责备我吗？我还记得我们上次一起冒险，是骰子的事件。你有相当的胆识。我欢迎你加入这个案子——这是个最难的案子，在你来之前我也没遇到过这种案子。"

"衷心感谢你。"日本人回答道。

事务长在附近的门口出现了，他快速地从甲板上走了过来。

"哦，陈先生，"他说，"我一直在找你。刚才我和船长谈了，他让我给你最好的船舱：一间带有浴室的船舱。当然，是最低的价格。我让人收拾好了一个铺位。你现在要不要带着你的包跟我走？"他盯了一眼卡西莫，"他是谁？"

陈犹豫了一下。"哦，林奇先生，请屈尊认识一下檀香山警察局的卡西莫警官。一个——"他停顿了一下，"我们中最能干的人之一。直到最后一分钟才决定带他来做助手。你是否能找到一个地方让他过夜？"

林奇在考虑。"我想，他也要作为一个乘客了！"

查理的脑子里突然冒出了个好主意。"卡西莫和现在的每个人一样，有一技之长。他是个高超的搜寻者，如果你能给他安排个服务员的职位，他也许会轻而易举便干得非常出色，这样他就可以无需报姓名地呆在船上了。干这事我可不行。"

"我们的一个服务员今晚在檀香山因违禁贩酒而被逮捕了。"林奇答道，"联邦政府的人到底是怎么回事？我的意思是说，我们有机会做一些安排。我们可以让卡西莫先生当服务员——一个坐在通道上，为响铃的船舱进行服务的服务员。当然，这不是一个显贵的工作——"

"但这是个相当好的机会，"陈向他保证，"卡西莫是不会在意的。他的工作主要是和我在一起，不分离。卡西莫，告诉这位先生，你觉得怎么样。"

"服务员能得到小费吗？"日本人急切地问。

查理挥了挥手。"看哪，他急着要开始工作了。"

"好了，今晚你最好让他和你一起住。"林奇说，"除了你的服务员，不会有别人知道。我会告诉这个服务员，什么都不要说。"他转向卡西莫："明早八点钟向领班报到。我不在乎你搜寻，但你不许被人发现。要明白，我们不能打搅无辜的人们。"

"当然不能。"陈诚心地表示赞同。但是他不敢确定，因为他马上想到，打搅无辜的人们是卡西莫的另一个特长。

当事务长把他们领到他们的船舱门口时，他说："陈先生，船长明早想见你。"之后他就走了。

查理和卡西莫走进了特等舱。服务员还在那儿，陈指示他铺好另一张床。等候时，陈侦探环视着周围：一间很宽敞的屋子，一个能很舒适地进行思考的地方。在以后的六天里，他有很多事需要思考。

"我一会儿就回来。"他对他的助手说。

他走到甲板顶端，给他的局长发了一份电报。上面写道：

　　如果发现卡西莫丢了，我才是要着急的人。他在船上，和我在
一起。

回到他的船舱时，他发现只有日本人自己在那里。"我刚向局长报告了你在这儿。"他说，"做服务员的工作是个很明智的办法，否则就有付船费的问题了，恐怕谁都会拒付的。"

"现在最好上床睡觉。"卡西莫提议道。

查理给了他一套自己的睡衣裤，对这个结局暗自高兴。"你的样子像是个泄了气的皮球，没着没落的。"他说。

卡西莫咧着嘴笑了。"在哪儿都能睡。"他说着爬上床，想证明这一点。

查理打开自己的床头灯，关掉了其他的灯，拿着达夫的公文包上了床。他解开皮包带，拿出一大捆文件。达夫的笔记按顺序编了页码。陈检查了一遍，发现什么都没丢，才放下心来。霍尼伍德给他妻子写的信和其他通信以及与这案件有关的文件都在一起，被完好无损地保留着。或许吉姆·埃弗哈特在枪击达夫之后没敢进办公室，或许他觉得这些文件中没有让他担心的东西。

"卡西莫，我相信我没打扰你，"陈评论道，"所有偷渡的人都不应该太不易相处。现在我的职责是了解这个案件的始末，一直看到我能完全把它记

下来。"

"不可能一点儿都不打扰我。"日本人打着哈欠说。

"啊，对一切都感兴趣，而又不用负责，"查理叹息道，"你生活得很愉快。我在看的时候，会特别注意旅行团里的那个瘸子。当可怜的达夫先生在我的办公室里被害时，他在小巷口干什么呢？你告诉我这消息，使我破案有了突破口，我非常感谢。"

他开始阅读。在想象中，他开始了长途旅行。伦敦，这个在他一生中只知道名字，对其他一无所知的城市，变成了一个他熟悉的城市。他看见一辆绿色小车从苏格兰场开出；他走进布鲁姆饭店的神圣大门；他在二十八号房间的床边，俯身看着床上休·莫里斯·德雷克的尸体；他突然来到旅馆散发着霉臭味的大厅，亲眼目睹了泰特在门口突发心脏病，注意到霍尼伍德那张充满迷惑的脸。然后，他又到了巴黎和尼斯：霍尼伍德在花园里死去；在圣雷莫，那个电梯中的可怕时刻。他仔细地阅读了霍尼伍德给他妻子的书信，信中他讲了很多，就是没讲最重要的问题。这份长卷宗中的每一个细节都深刻地印在他的脑海里。

的确，他曾和达夫共同看过这一切，但那时事件似乎离他很遥远，与他没什么关系。今晚这一切可和他有关了，他处于达夫的地位，这案子就是他的案子，没有细节会逃过他的眼睛，没有情节会被忽略。最后，他精读了那天下午达夫与帕梅拉·波特谈话的记录。在记录中，她讲述了韦尔比发现了钥匙的事。这是令达夫感到自豪的事，所以他的笔记一直写到了这儿。

陈阅读完了。"卡西莫，"他若有所思地说，"罗斯这人令人好奇。他是个什么样的人？总是在幕后，一瘸一拐。以前从没有对他不利的线索，直到现在。对，卡西莫，罗斯先生的问题是我们首先要考虑的。"

他停顿了一下。从对面床上发出的响亮的鼾声是对他的唯一的回答。查理看了看手表，已经过了午夜。他翻回去，又从头开始读了起来。

当他最终熄了灯时，已是清晨两点多钟了。即便在此时，他也没打算睡觉。他躺在那里，计划着未来。

七点半时，他粗鲁地把熟睡中的小个子助手拖了起来。卡西莫糊里糊涂地慢慢清醒过来，才意识到自己在哪里。当他上厕所时，查理告诉了他一点儿案情，特别强调了要这个日本人去干的事儿。他要在旅客们的物品中寻找一把带有三二六〇号码的钥匙。他可能找到它，也可能找不到——也许此时钥匙已沉到太平洋的海底去了。日本人点了点头，显得有些茫然和不理解。八点过两分，他已准备好与领班见了面。

"卡西莫，记住：太匆忙会带来毁灭性的结果。"查理最后忠告说，"别着急，在干事之前，要知道准备去干什么。从现在起，你就是服务员了，如果我们在船上遇见，你要表现得像从来没见过我一样。我们之间所有的谈话只能是在这个船舱里，绝对秘密地进行。再见，祝你好运。"

"再见。"卡西莫答道,然后走了出去。查理在舷窗外站了一会儿,凝视着阳光下的大海,呼吸着清新的空气。在船上的第一个早晨是令人愉快、振奋的:美妙的宁静,远离陆地警报声的安全感,良好的自我感觉,陈充满了信心。这是个灿烂的日子,而且未来似乎充满了希望。

当他刮脸时,一个服务员敲响了他的门,递给了他一份从局长那里发来的电报。上面写道:

外科医生报告说,手术顺利,达夫正在恢复。真诚地慰问卡西莫。

查理笑了。有关达夫的消息真是太好了。带着欢快的情绪,他走出船舱,来到甲板上处理他的问题。他见到的第一个人是帕梅拉·波特,她正在马克·肯纳韦的陪伴下散步。这女孩儿停下来,凝视着他。

"陈先生,"她喊道,"你在这里做什么?"

查理弯腰鞠了一躬:"我正在享受这美妙的早晨。谢谢你!看来你也在做同样的事。"

"但我一点儿也不知道你在这儿,和我们在一起。"

"我自己也是昨晚很晚才知道的。你看到的我,是达夫巡官相当无用的代替者。"

她吃了一惊:"他——你不是说他,也——"

"不要惊慌,他只是受了伤。"他快速地将发生的事讲了一遍。

女孩儿摇了摇头。"此事好像没有尽头了。"她说。

"什么事发生了,就必须有结果。"陈告诉她,"这个案子里的恶人足够聪明,一直在幕后扮演他的角色,但即使是最聪明的人也会有疏漏之处。我确信,昨天在甲板上我见过这个年轻人了。他的名字——"

"哦,对不起,"女孩儿说,"我见到你太吃惊了。陈巡官,这是肯纳韦先生。我刚刚和他谈起昨晚他错过了一个多么好的晚会。他心绪烦乱,你知道,他是属于波士顿的'那种'家庭,不习惯被忽视。"

"胡说。"肯纳韦说。

"他一定会很受欢迎的。"查理说。他又转向年轻人说道:"我本人对波士顿非常感兴趣,改天我一定谈谈它。现在我就不再打扰你们散步了。既然昨天我已被介绍给了你们旅行团的全体成员,说了我的全名和职务,我现在就没有必要再掩饰我的身份了,所以我打算马上见你们所有的人,谈谈有关昨晚的事。"

"老一套。"肯纳韦说,"自旅行开始以来,我们已经多次聚集在一起接受警察的查询了。好了,你现在可以从不同的角度调查此事了,一定会有结果的。我祝你走运,陈侦探。"

"非常感谢你，我会尽力的。的确，我是通过后门进入这案子的。我一想起这句古语，就受到鼓舞。这古语是：从后门进入房间的乌龟，最终来到了桌首。"

"啊，对——在汤里。"肯纳韦提醒他。

陈笑了。"古代谚语不能太按字义解释。对不起，我用了这个菜肴举例。几小时之后，我会从你们旅行团中取样的。"

他走向餐厅，给自己找了个好座位。吃过丰盛的早餐之后，他起身离去了。他看见在门旁边的一张椅子上坐着洛夫顿博士，于是停了下来。

"嘿，博士，"他说，"也许你能帮我找回我的面子？"

洛夫顿抬头看了一眼。几乎没有人能不带着友好的微笑看着查理，而博士却没有笑。实际上，他的表情是愁眉不展。

"是的，"他说，"我记得你。你是个警察？"

"我是个侦探，属于檀香山警局。"查理解释着，"能允许我坐下吗？"

"我想可以。"洛夫顿咆哮着说，"如果我的情绪不太热诚，不要责怪我。我有点儿讨厌侦探。你的朋友达夫今天早上在哪里？"

查理挑了一下眼眉："你还没有听说达夫巡官出事了？"

"当然没有，"洛夫顿厉声说，"我有十二个人要照顾，我向你保证他们已让我很忙了，我不能再让每个尾随的警察打扰我。达夫出了什么事？接着说，快说！别告诉我他也被杀了！"

"不完全是。"陈有礼貌地回答道。他讲了全部过程，用小黑眼睛盯住洛夫顿的脸。那张长着胡子的脸上没有惊讶和同情，这使他十分惊讶。

"好了，就这次旅行而言，这就是达夫的结局。"博士在陈讲完之后说，"现在要怎么办？"

"现在由我来代替可怜的达夫。"

洛夫顿盯着他。"你？"他粗暴地喊道。

"为什么不能？"陈不动声色地问。

"算了，我想没有原因。你要原谅我，由于最近这几个月发生的事，我的精神极度混乱。感谢上帝，我们到旧金山就结束了。我在考虑一个问题，是否还要再出来干。我一直在考虑我的退休问题，而现在是最好的时间。"

"你是否退休是你个人的问题。"陈告诉他，"什么才不是个人问题？弄清罪犯的姓名。他会给你荣誉，因为他也在这里。这就是我要来这儿进行调查的原因，是奉上级命令做的事。如果你十点在休息室将你的人集中，我将发起一个运动。"

洛夫顿瞪着他。"多长时间？哦，上帝，多长时间？"他说。

"我会尽可能地简短。"

"你明白我的意思。我是说还要有多长时间我必须为了这些调查不断地聚集我的人？如果你问我，我会说他们什么也没做，过去没有，将来也不会有。"

查理用审查的目光看着他。"如果有什么事的确发生了，你会十分遗憾吧？"他冒昧地说。

洛夫顿也盯着他说："为什么我要欺骗你？我不希望这问题最终引起公众的愤怒，那将意味着我的旅行的结束，而且是一个不愉快的结束。不，我想要的是终止整个事件。你看，我已经努力对你十分坦率了。"

"相当爽快，谢谢。"查理鞠了一躬。

"我一定会把人们聚集起来。但如果你想从我这儿得到更多的帮助，那你就是找错地方了。"

"找错地方总是非常浪费时间的。"陈想让他放心。

"我很高兴你意识到这点。"洛夫顿回答，接着站起身，走向门口。陈温顺地紧跟着他。

当查理去见船长时，他受到了更诚挚的接待。这个老海员听着这个要追查的故事，越来越愤慨。

"我能说的就是希望你能抓住罪犯。"他最后说，"我会尽可能地给你一切帮助。但是请记住，陈先生，一旦出现错误，那可是个严重的问题。如果你让我把某人监禁起来，而结果证明你弄错了，我就会被投进可怕的监狱。这船恐怕也会永不得安宁了——会面临没完没了的起诉。因此，我们必须非常明确我们在干什么。"

"能管理像这样的船的人，应该总能明确他在干什么，"陈婉转地说，"我保证留心每件事。"

"我知道你会的，"船长笑着说，"我在太平洋上跑的近十年中，还没有听不到有关你的事的时候。我对你绝对信任，但在这种情况下，我不能不顾及我的处境。如果一定要逮捕，让我们尽量在旧金山码头上行动，这样能避免很多麻烦。"

"你描绘了很美的画面，"陈说，"我希望能有这样的结局。"

"我也是，"船长点了点头，"是真心实意的。"

查理走回了甲板。他看见卡西莫飞快地走过，穿着耀眼的新制服，这服装只适合在某些场合穿。帕梅拉·波特正坐在甲板的椅子上向他招手，他走了过去。

"你的朋友卢斯夫人还没有来？"他问。

"没有。她在航海时睡得晚，并且要在她的船舱里吃早点。你想马上和她谈话？"

"我想和你们俩谈话，但你有这么好的态度，一个人也就足够了。昨天晚上我送你们上甲板时大约九点钟。告诉我，从那时到你睡觉前，你都遇见了游客中的什么人？"

"我看见了他们中的一些人。特等舱里相当热，所以我们出来了，坐在离舷梯上端不远的甲板的躺椅上。不一会儿,明钦一家也上来了。萨迪走过来给我们看她今天的战利品,一把尤克里里琴是给她在军校的儿子的,还有其他的东西。然后马克·肯纳韦来了,但他没在我们这儿停留。他认为泰特先生在等他讲无穷无尽的催眠故事。接着是本博一家。埃尔默一直在装胶卷。我想就是这些了。肯纳韦几分钟之后又回来了,他说泰特先生似乎没在船上。他显然感到很奇怪。"

"这些就是全部了。有没有人有马六甲手杖?"

"哦——你是说罗斯先生。对,我想他是第一个人,他一瘸一拐地来到甲板——"

"对不起,大约在什么时候?"

"一定是在九点十五分左右。他走过我们坐着的地方——我想他瘸得比平常厉害。卢斯夫人和他说话,但是奇怪得很,他没有回答。他只是急匆匆地下了甲板。"

"能否告诉我,他的马六甲手杖是这旅行团中唯一的一根吗?"

女孩儿笑了。"我亲爱的陈先生,我们在新加坡待了四天,如果你不买马六甲手杖,他们就不让你离开。我们旅游团的每个人都至少有一根。"

查理皱了皱眉。"真的?那你怎么能绝对确信是罗斯先生在你面前走过?"

"好了——这人是瘸子。"

"这是世上最容易模仿的事。再尽力想想,难道没有其他方法让你能辨认出他吗?"

女孩儿坐在那里沉思了一会儿。"怎么样?"她最后说,"我自己也有些侦探的本事了。在新加坡买的所有的手杖都有金属头——我注意到了这一点,而罗斯先生的手杖是厚橡胶头,因此当他走过甲板时没有响声。"

"而昨夜在你前面走过的那个人的手杖——"

"没有响声,所以那人一定是罗斯先生。我挺棒吧!刚好有机会可以显示一下我有多棒,我给你做了一个示范。现在罗斯先生来了。听!"

罗斯在远处出现了,并摇晃着向他们走来。他经过时向他们点头、微笑,然后消失在拐角处。陈和女孩儿互相看着,因为他们听到了敲在甲板上的金属的"嗒、嗒、嗒"声,就像单调的歌伴随着这个瘸腿的男人。

"哟,这是怎么啦?"女孩儿喊道。

"罗斯先生的手杖不再是橡胶头了?"查理说。

她点了点头:"这意味着什么呢?"

"是一个谜。"陈回答道,"如果我没搞错的话,这是这条船上众多的谜中的第一个。我有什么可担心的呢?解谜就是我的工作。"

第十七章
东方大饭店标签

十点差一点儿，洛夫顿出现在陈坐的椅子前，他还是相当无礼的样子。

"好了，侦探，"他通知陈，"我已经让人们在吸烟室集中了。我选这个地方是因为此时那里总是空的。也许有一点儿气味——我相信你不会让他们在那里长待的。我提议你马上来。我发现让旅行团全体成员原地不动地待任何一段时间都不是件易事。"

陈站了起来。"帕梅拉小姐，你也来吧。"他提议道。当他们一起走时，他又问博士："我是否能理解为旅行团所有的成员都到场了？"

"是的，除了卢斯夫人以外，"洛夫顿告诉他，"她乐意晚睡。但如果你认为需要，我就去叫她起来。"

"不必了，"陈回答，"我知道卢斯夫人昨晚在哪里。实际上，她在我的屋子里吃饭。"

"这不是真的吧！"博士叫起来，带着不讨人喜欢的惊讶表情。

"随你怎么想。"查理笑着说。

他们走进了空气混浊的吸烟室。屋子里古老的东西散发着陈旧的、令人不愉快的气味。屋里的众人带着明显的好奇神情看着陈。他面对着大家站了一会儿。一个简短的发言似乎要开始了。

"请允许我祝尊敬的各位早上好！"他开始讲了，"我要说，我看到你们是如此惊讶，正如你们看到我感到惊讶一样。我不愿意把我的存在强加于你们，但是命运不给我另一个选择。正如你们知道的，达夫巡官在檀香山——也叫太平洋的伊甸园——等你们，本打算与你们做伴向东旅游。昨晚，在伊甸园，历史重演：蛇出现了，击倒了高尚的达夫。他今天早上已经好多了，谢谢你们。也许相当快，他又会见到你们。在这期间，一个蠢人被推上了达夫的位置，来代替达夫。对于这个职位，这个人没有思想准备，因为他没有智慧和声誉。请注意——这就是我。"

他微笑着坐下了。"所有的灾祸都是说话造成的，"他继续说，"我虽然了解这一点，但还是要强迫我自己从现在起尽最大努力用好的语言，争取得出好的结果。我首先要做的事是从你们每个人那里了解情况。我想应该是从昨天晚上八点到船起航的十点之间，你们所在的确切地方。请原谅我给你们这样残酷的提示：你们之间任何人不说实话，以后一定会后悔的。我已经说了，我是迟钝的，并且很愚蠢。这是事实，但上帝经常格外照顾这样的人。作为补偿，他们给了我无数的好运，有时是令人吃惊的好运。请注意，我在任何时候都没有做过洗礼。"

帕特里克·泰特急躁地说："我亲爱的先生，这里不是檀香山，我对你是否能有权向我们每个人进行讯问表示怀疑——"

"请原谅我打断你，尽管你说的是对的。"查理插话道，"事情的合法做法无疑的是：找个杰出的律师进行愤怒的攻击。我从卷宗的记录上判断，以前在有的情况下是这样做的。现在我们着手调查。每一个人都会为达夫受到攻击而感到震惊和悲伤，并急切地想看到攻击者被捕，那我们现在进行调查有什么不对呢？如果说这样做不对，那么是否在你们中有人想隐瞒什么呢？"

"等等！"泰特大叫，"我不能让你耍伎俩使我处于这种境地。我没有什么要隐瞒的。我只想提醒你，必须按照合法的程序。"

"通常，那只是罪犯最好的朋友，"陈不动声色地点着头，"你和我——我们都知道这一点。泰特先生，难道不是吗？"那位律师坐回到椅子上。"我们还是不要离题太远吧。"查理继续说，"你们都是主持正义的朋友，我确信不疑。你们对于一成不变的法律程序不感兴趣。让我们在这个基础上开始进行调查吧。洛夫顿博士，既然你是这个聚会的组织者，我就从你开始吧。你是怎样度过我提到的那两个小时的呢？"

"从八点到大约十点，"洛夫顿面带愠色地说，"我在诺马德旅游公司的檀香山办公室，这个公司为我安排旅游。我有很多报表要看，还有要打印的一些东西。"

"哦，对了。当然，有没有其他人和你一起在那个办公室里？"

"连个人影都没有。经理要去参加乡村俱乐部组织的舞会，他让我独自待在那里。由于门上有弹簧锁，我只需在走出去之后把门关上就行了。我回到船上时大约是九点半。"

"我想诺马德旅游公司是在福特街上吧！从小巷口出来只有几步就能走到警察局的后门。"

"它是在福特街上，但我不知道你所说的警察局。"

"你自然不知道。你有没有在小巷周围遇见过旅行团的成员呢？"

"我不知道你在谈论哪个小巷。我从去办公室直到回船,一个我们的人也没看见。我建议你最好继续说,时间很紧迫。"

"谁感到紧迫了?"陈和蔼地问,"就我来说,我有六天时间可以浪费。泰特先生,你是坚持维护合法权利,还是屈尊告诉谦卑的警官你是怎样度过昨天晚上的时间的?"

"哦,我没有异议,"泰特转回身,努力作出和蔼的表情,"我为什么会有异议呢?昨天晚上,大约八点钟,我们在休息室里打桥牌。除了我之外,还有斯派塞夫人、维维安先生。肯纳韦先生也玩儿了一会儿。这是一种四人游戏,就像我们周游世界时,其他很多类似的四人游戏一样。"

"啊,是啊——旅游是十分好的受教育机会。"陈点了点头,"你们一直玩儿到船起航?"

"没有。大约八点半,我们正在打极好的一局牌,维维安先生却挑起了厉害的争吵——"

"对不起,"维维安插话说,"如果说是我中断了游戏,那么我是有充分理由的。你们听到过我上千次地告诉我的搭档,如果我从二叫起,我期望她也能叫牌,即使——"

"这样说来——你告诉过我上千次,对吧?"斯派塞夫人被激怒了,"不如说上百万次。我已耐心地向你解释过了,如果我手中的牌平平,我就不叫——即使是怀特黑德先生坐在我旁边用枪逼着我,我也不叫。你的问题是,知识贫乏是危险的——"

"对不起,我要打断你们。"查理说,"事情变得技术性太强了。我很愚蠢,已经无法掌握了。让我们放下桥牌的事,接着说下去吧。"

"大约在八点半钟,我们在争吵中停止了玩儿牌,"泰特继续说,"肯纳韦先生和我出来走到了甲板上。那时雨下得很大。马克说他想去拿上雨衣,然后去城里。大约十分钟后,我看见他走了。我告诉他,我愿意呆在船上。"

"那你是否呆在船上了呢?"查理问。

"我没有。肯纳韦先生走了之后,我记起我昨天早晨看见,在国王大街的报亭外挂着一本《时代周刊》。我打算返回去买它。我已经很长时间没有看它了,因而十分想得到它。雨似乎有点儿要停了,所以我拿了外衣、帽子和手杖——"

"你的马六甲手杖?"

"对!我想,我当时确实拿着马六甲手杖。差十分九点,我向城里走去。我买了周刊,便回到了船上。我走路很慢。当我回到甲板上时,已是九点二十分了。"

陈从他背心左边的口袋里拿出怀表,很快地问道:"泰特先生,你的表现在几点钟了?"

泰特的右手伸向背心口袋,然后放下手,显得很紧张。他伸出左手腕,仔细地看了看表。他说："现在十点二十五分。"

"正确。"查理笑了，"我的表也是这个时间，我总是正确的。"

泰特的粗眉向上挑了挑。"总是？"他带着一点儿讥讽重复着。

"在这种情况下——是的。"中国人点了点头。他和这位律师互相凝视了一会儿，然后陈把视线移开了。"当你环游世界时，时间在不断地变化，"他温和地说，"我只是希望确认你的表能跟上这一变化。维维安先生，在牌局散了之后，你的行踪是怎样的呢？"

"我也去海滩了，"维维安回答说，"我想凉快一下。"

"带着帽子、外衣和马六甲手杖，没错吧？"查理说。

"我们都有马六甲手杖。"马球手厉声说，"在参观新加坡时，他们几乎是强制性地要你买。我沿城转了一会儿，在船要开的前几分钟回到了船上。"

"斯派塞夫人？"查理的目光转向她的方向。

她看上去很疲倦，也很烦躁。

"我离开桥牌桌后就去睡觉了，"她说，"这是一个令人难受的经历。当你正好和男士做搭档时，桥牌应该是很好玩儿的。"

"肯纳韦先生，你的行踪已经由泰特先生详细地讲过了。"

肯纳韦点了点头。"是的，我拿着我的小手杖去了海滩。不管怎样，我没有待太长时间。我想，泰特先生也许要我读什么给他听，所以我九点刚过就回到船上了。但是使我惊讶的是，泰特先生并没有在船上，他大约九点二十分才出现。正如他告诉你的，他还夹着份《时代周刊》。我们一起回了船舱。我给他念报，直到他睡着。"

查理环视了一下周围。"这位先生！"

"马克斯·明钦，芝加哥人。没有什么可隐瞒的，懂吗？"

查理鞠了个躬："那么，你会很高兴地详细讲述你的行为了？"

"是的——但请等一会儿——明白吗？"明钦宠爱地抚摸着一支昂贵的、吸了一半的雪茄，没有拿掉雪茄上闪亮的金色镶边，"我和萨迪——我妻子——在城里，在雨中。可是我觉得这种举动不那么光明正大，所以我就拉着我的夫人去了路边的摊贩那里。我们一年前在芝加哥就看见过这些。萨迪渴望马上回到商店去，所以我们尽快离开了那儿。之后，我们在各处买东西。我们不是不愿意多买，而是我们无法拿太多的东西。于是，萨迪同意离开，我们蹒跚着回到了船上。我并不是没带左轮手枪，我也不是没拿马六甲手杖。我在新加坡就告诉萨迪——当我用手杖时，就意味着狗不再有用了。"

查理笑了。"本博先生！"他提议。

"我的故事和明钦夫妇的一样。"这位先生说，"我们逛了商店，尽管在看过东方集市之后商店已经没什么好逛的了。我们在杨饭店的大厅里坐了一会儿，看着外面的雨。我说我希望回到阿克伦，内蒂和我的看法一致。这是我们旅行以来第一次在这个问题上看法一致。此时我们是在美好的、熟悉的美国的土地上，尽管它相当泥泞。我想我们大约是在九点十五分，大步潇洒地走上了船。我快累死了，因为我在檀香山买了一个放映机，可没有考虑到这东西的重量。"

"帕梅拉小姐，"陈说，"我已经知道你在夜晚是怎么过的了。我想，还有两个人要被询问。这位先生——我想是基恩上校吧。"

基恩向后靠着，止住哈欠，双手在头后交叉紧握。"我看了一会儿桥牌。"他回答，"要知道，我不是一个乱出主意的旁观者。"他瞥了维维安一眼，"我从来不干涉与我无关的事。"

想起有关上校曾待在很多房门外的记载，查理觉得他的话缺少诚意，于是催促他："在桥牌之后呢？"

"当争吵爆发时，"基恩继续说，"我就去呼吸新鲜空气了。尽管我已经拿了我自己的小马六甲手杖并向岸上走去，但雨让我停了下来。千万不要不在乎雨，特别是热带雨。于是我回到我的船舱，找了本书，然后返回了这间吸烟室。"

"啊，"陈说，"你现在可有本书了。"

"你这是干什么？讥笑我？"上校说，"我坐在这儿看了一会儿，大约到了开船的时间时，就去睡了。"

"当你在这儿时，有其他人在这屋里吗？"

"没有。所有的人都上岸了，包括服务员们也都去了。"

查理转向了被他特意留在最后问的男人。罗斯坐在不太远的地方，低头看着自己那受伤的脚。他那没有了橡胶头的手杖放在他旁边的地上。

"罗斯先生，我相信你会最后填完这花名册，"陈说道，"我听说你昨晚去了海滩。"

罗斯惊讶地抬起了头。"为什么？没有，"他回答，"我没去。"

"真的，有人看见你在九点十五分时上的船。"

"怎么可能呢？"罗斯竖起了眉毛。

"有可靠的、有身份的人作证。"

"但是，我抱歉地说，这事情一定有误。"

"你能证明你没有离开过这条船吗？"

"我自然能。这事我应该最清楚，你必须承认这一点。"他非常和蔼地说，"我在船上吃的饭，饭后在休息室里坐了一会儿。我这一天相当累，走了很多路，这使我很疲倦。我的脚很疼，所以我八点钟就休息了。当维维安——他和我同舱——进来时，我已经睡熟了。那时是十点钟，他是今天早上告诉我的。他很小心，没有把我吵醒，他总是考虑得很周到。"

陈思考着，审视着他。"如我刚才所说，罗斯先生，两个无可非议的诚实的人却在九点十五分看见你上船，你在甲板上从他们俩面前走过。"

"侦探，我能问一下他们怎么认出是我的吗？"

"当然是因为你拿的手杖。"

"马六甲手杖,"罗斯点了点头,"你知道这意味着什么。"

"还有更多,罗斯先生。你走起路来往往更艰难,由于那次每个人都为你悲哀的不幸事故。"

罗斯看了侦探一会儿。"侦探,"他最后说,"我在这儿一直观察你。你是个聪明的人。"

"你太夸张了。"查理对他说。

"不,我没有。"罗斯笑着说,"我认为你是聪明的。我相信,我现在要做的唯一的事就是告诉你一个昨天快到傍晚时发生的怪事。"他捡起了他的手杖,"这不是在新加坡买的,而是几个月前我刚出事后在塔科马买的。我买了它之后就到处找,直到我找到一个橡胶头——我想也可以叫它'一只鞋'——正好安在拐杖的顶端。这能使行走方便些,不至于刮着硬木地板。大约在昨天下午五点左右,我回到船上,在我的船舱里打了一个盹儿。当我起来去吃晚饭时,我发现有什么地方不对劲儿。开始我不知道是怎么回事,但马上我就意识到了:在我走时,我的拐杖嗒嗒嗒地打在甲板上。我惊异地低头一看,发现橡胶头没有了,有人把它拿走了。"他停顿了一下,"我记得当时肯纳韦先生正好走过,我告诉了他所发生的事。"

"对,"肯纳韦表示同意,"我们对这事感到很奇怪。我猜想有人在开玩笑。"

"这不是开玩笑,"罗斯严肃地说,"我现在相信是有人计划在晚上假冒我。有人很聪明地想到了我的拐杖碰到地面时不出声音。"

没有人说话。卢斯夫人出现在远处的门口,并很快地走到了陈旁边。侦探马上站了起来。

"我听到了什么?"她哭着说,"可怜的达夫巡官!"

"伤得不太厉害,"查理向她保证,"正在恢复。"

"感谢上帝,"她回答说,"目标人物正在兴风作浪,武装力量在减弱。算了,太多的枪击对谁都没有什么好处。陈先生,我想你是代替达夫的位置和我们在一起的吧?"

"我是个没用的替代者。"他鞠了一躬。

"纯属胡说!你骗不过我。我曾和中国人生活在一起,我最了解中国人。最终我们全会走到一起的,我确信这一点。"她挑衅地瞥了周围的人群一眼,"是否该问我问题了?"

"你到得正是时候。"查理说,"我恳请您提供证据。昨晚,当我带你到甲板上后,你和帕梅拉坐在离舷梯不远的甲板上。你看见旅行团的一些成员上了船。在他们之中,有没有罗斯先生?"

老夫人站在那里凝视了罗斯一会儿,然后摇了摇头。"我不知道。"她说。

陈很惊讶。"你不知道你是否看见了罗斯先生?"

"是的，我不知道。"

"但是，我亲爱的，"帕梅拉·波特说，"你当然应该记住。我们坐在栏杆附近，罗斯先生走上甲板，经过我们——"

卢斯夫人再次摇了摇头。"是有个人拄着拐杖，一瘸一拐地经过我们面前。我跟他说话，但他没有回答。罗斯先生是个客气的人。另外——"

"什么？"查理急切地问。

"另外，罗斯先生用左手拿拐杖，而昨晚的男人是用右手拿拐杖，我当时就注意到了这一点，因此我说我不知道他是否是罗斯先生。我当时感觉，那不是罗斯先生。"

接下来是一片寂静。最后，罗斯抬头看着查理。"侦探，我怎么跟你说的来着？"他说，"我昨晚没有离开船。我有预感，这件事能及时得到证实，但我没想到会这么快。"

"你受伤的是右腿吗？"查理问。

"是的。任何人，只要他没受过这伤，都会以为我自然会用右手拿拐杖。但是，正是我的医生告诉我，用左手更好。我可以平衡得更好，还可以走得更快。"

"警官，这是对的。"马克斯·明钦插话说，"几年前，我的老朋友飞跑过来时伤了左腿肚子。我后来发现，他用另一边的手拿着拐杖。这事能更有力地支持你！明白我的意思吗？"

罗斯笑了。"谢谢你，明钦先生。"他看了一眼陈，"这些聪明的家伙总会有某处疏漏，对不对？"他又说，"这儿就有个有头脑的人想要我的橡胶鞋，这样在那一点上就无法识别他的手杖。不过，他由于匆忙，忘记注意我用哪只手拿拐杖了。好了，我能说的是，我很高兴他这样做。"他用眼睛疑惑地环视着周围的人。

查理站了起来。"暂时休会，"他说，"我为你们所有人的积极合作表示衷心的感谢。"

他们一个接一个地出去了。只剩下泰特和侦探时，泰特冷笑着缓步走向陈。

"你没从这次聚会中得到什么东西。"他说。

"你认为没有？"陈问道。

"是的。但你尽力了，至少在某一点上，显示出了不寻常的才干。我指的是关于表的事。"

"啊，对——表。"查理点了点头。

"一个人一辈子都习惯把表放在背心口袋里，后来却突然改成戴手表了。于是，当有人突然问他时间时，他就会很自然地把手放到老地方。"

"所以我注意到了。"侦探回答道。

"我想是这样的。太遗憾了！你竟然浪费时间调查一个无辜的人。"

"还会有更多的调查。"陈确切地说。

"我希望这样。我要告诉你,我在参加这次旅游之前刚买的手表。"

"在参加这次旅游之前。"他把"之前"两个字读得很轻。

"完全正确。我可以让肯纳韦先生证明这一点。任何时候都行。"

"就现在来看,我相信你的话。"查理回答道。

"谢谢你。当你要进行其他调查时,我相信我会到场的。"

"别担心。你一定会在场的。"

"好。我喜欢看你工作。"当泰特心情愉快地大步走出屋子时,陈站在那里看着他。

当查理走向他的船舱,准备吃午饭时,他想到,这只是一次初步的调查。今天早晨没有什么大进展,却是一个好开端。至少他对将要相处的人们的性格和能力有了相当明确的了解——在任何地方都不会比在船上更容易了解人。

一个服务员拿着电报来了,陈打开并读道:

> 查理,作为一个朋友,我恳求你放下整个案件。我恢复得很好,很快就能继续追踪了。形势相当严峻,使我不能让你去做这事。相信我,当我提议你继续干时,我正处在神经错乱的状态。
>
> 达夫

查理笑了笑,在图书室的桌边坐了下来。经过充分的思考,他发了一个回电:

> 昨晚你没有神经错乱,但我十分痛心地看到了你现在的状况。你怎么能认为我会不竭尽全力去追踪这个有趣的案子呢?保持平静,尽快地恢复健康。在此期间,我乐意代替你。希望你很快恢复理智。我永远是你忠实可靠的朋友。
>
> 陈查理

午饭后,查理在他的船舱里花了几个小时沉思默想。这就是他心中的案子,他要用六天的时间来仔细掂量它,而他要找的人一定就在附近。

那天晚上的晚饭后,侦探走过休息室时,正遇上帕梅拉和马克·肯纳韦在一个角落里喝咖啡。在女孩儿的邀请下,他加入了他们的行列。

"哎呀,陈先生,"她说,"你宝贵的六天已经过去一天了。"

"是啊,你在哪儿?"肯纳韦问道。

"离檀香山两百五十英里远的地方,正舒服地向前行进。"陈笑着。

"今早你没了解到什么吧?"年轻人说。

"我了解到了,我的朋友,杀人犯还在寻找机会牵连无辜,正如他过去做的一样。那时，在伦敦，他偷了洛夫顿博士的背包带。"

"你的意思是说，罗斯也是这样？"女孩儿问道。

查理点了点头。"告诉我——你现在同意卢斯夫人说的话吗？"

"我同意。"她回答，"我觉得当时那个人瘸得有些不可思议——比罗斯平常瘸得厉害得多。他会是谁呢？"

"他可以是我们中的任何人。"肯纳韦一边喝着咖啡，一边看着陈。

"你说的真对，"侦探回过身，"你们中任何一个雨天在城里游荡，靠马六甲手杖走路的人。"

"或许还有可能是那个与书分不开的人，"年轻人提醒道，"也许他只是宣称他离不开书。我很乐意开老基恩上校的玩笑，他是个不受约束的读者。"

"啊，对——基恩，"陈说，"谁能弄清基恩有这种嗜好的原因？他总是在别人门前闲逛。"

"我知道，前不久是这样。"帕梅拉·波特说，"事实上，他最近不这么做了。我们刚离开横滨，维维安先生就抓住了他。争吵声在几个街区外都能听到，我的意思是说如果有街区的话。"

"维维安先生有吵架的天分。"查理指出。

"我也说他有，"肯纳韦表示同意，"昨天晚上他使桥牌成为了最危险的消遣活动之一。我认为维维安是因为微不足道的事就闹了起来，好像他想中断游戏。"

陈把眼睛眯了起来。"肯纳韦先生，我知道你的雇主泰特先生在离开纽约之前刚买了一块手表，是吗？"

年轻人大笑了起来。"对——他提醒我说你要来问这事。他买了，认为这在长途旅行中会更方便些。他把旧表和表链放进了他的旅行箱。我认为可以让他拿给你看看。"

"链子肯定是完好无损的吗？"

"哦，自然是。我在开罗最后看见它时是好的。"

泰特向他们走来。"卢斯夫人要和我打桥牌，"他宣布道，"你们这些年轻人被选中了。"

"但是，我是个糟糕透了的牌手。"女孩儿反驳道。

"我知道你是，"律师回答，"所以我指定你与马克合作。我觉得我会赢，因为我喜欢赢。"

肯纳韦和女孩儿站起身来。"陈先生，对不起，我们走了。"后者说。

"我不会打扰你们娱乐的。"他回答道。

"娱乐？"她重复道，"你听说过屠杀无辜吧。你难道不可以用一个中国古老的谚语来安慰我吗？"

"我有一个，或许能警告你，"查理告诉她，"鹿不应该和老虎玩耍。"

"这是我听到的最好的桥牌规则。"女孩儿回答道。

过了一会儿，查理起身向外面的甲板上走去。

当他站在栏杆旁的黑暗角落里时，突然听到夜幕中传出神秘的"吁吁"声，他已经完全忘掉了卡西莫。

他那瘦小的助手走近了。即便是在黑暗中，也能很明显地看出他带着兴奋的情绪跳着过来了。

"全都查过了。"他气喘吁吁地低声说。

"什么？"查理低声说。

"我发现了钥匙。"日本人回答道。

陈的心马上急跳起来。他想起韦尔比也曾发现过钥匙。

"卡西莫，你是个快手。"中国人说，"钥匙在哪里？"

"跟我来！"卡西莫说。他带着陈走进走廊，来到同一甲板的豪华舱。他在门口停了下来。

"谁住这屋子？"查理焦急地问。

"泰特先生和肯纳韦先生。"日本人告诉他，并推开门，让灯照亮了这个船舱。查理想起了桥牌，便很放心地跟着他，关上了身后的门。他注意到舷窗内装有百叶窗，而在散步甲板上的那些舷窗都是开着的。

卡西莫蹲着从一张床底下拖出一只大旧箱子，上面贴着一些外国旅馆的标签。日本人没有想去打开它，而是欣喜地用手摸着一个特别漂亮的标签——这是加尔各答东方大饭店的。"你也这样摸一摸。"他向查理建议道。

查理摸到了这个标签。在下端，他感觉到了模糊的钥匙外形，和达夫给他看过的那个一样大小。

"卡西莫，干得漂亮。"他低声说。

在箱锁的旁边，他看见了金色的缩写字母"M. K."。

第十八章
马克斯·明钦夫妇的宴会

  在低声给了卡西莫指示之后,查理回到甲板上,站在栏杆旁,凝视着黑暗水面上银色月光的倒影,深思着。他此时主要感情的是对他助手的钦佩。一个绝妙的能藏像钥匙这样的东西的地方——除了箱子粗糙的外皮上有一点点突起外,眼睛永远看不出来——只有手指能摸出来。的确,卡西莫是个容易做错事的人,但是在搜寻东西和摆弄别人的东西方面,这小伙子是个奇才。

  逐渐地,查理开始考虑问题的其他方面。这钥匙怎么会在肯纳韦的行李箱上呢?它是不是那天早上在伦敦饭店从休·莫里斯·德雷克这个死者手中发现的那把钥匙的复制品呢?当然,他没有看见钥匙,但摸到它了,可以假设它是那个复制品。那天晚上韦尔比说出钥匙的事时,他对帕梅拉·波特说过"都结束了"。对可怜的韦尔比来说,一切确实都结束了。他发现了一个很危险的物品。

  韦尔比在哪里发现它的?是和现在发现的这把在同一个地方吗?一定是的。因为钥匙是在加尔各答的东方大饭店标签的下面。那么很自然,推论应该是:它是在印度时被放在那里的。一个人除了在加尔各答以外,在任何地方都无法搞到一个加尔各答的标签。对,它一直是在现在这个位置。在横滨时,韦尔比发现了它。

  等一等,韦尔比对女孩儿说到这钥匙时,好像他真的看见了它,看见了它上面的数字和其他东西。但这确实吗?也许他也只是假设,正如陈自己现在所做的这样,认为这是那个复制的钥匙。这是个很自然的设想。也可能他也像陈一样,只是用他的手指摸出了轮廓。但有人得知了他的发现,就跟着他到了码头,把他谋杀了。

是谁呢？是肯纳韦？胡说。毫无疑问，杀霍尼伍德和他的妻子的人绝不是他。肯纳韦只是个孩子，他和吉姆·埃弗哈特和霍尼伍德夫妇能有什么关系呢？会不会是很久以前在某个地方发生过某事，这么多年来一直没有解决呢？

查理把手放在头上。难题，一个个的难题。不可能是肯纳韦，凶手的既定方针很明确，就是只要可能就嫁祸于无辜。在伦敦，带子的事就是证据，后来又从罗斯的拐杖上偷橡胶头。还有，不让别人在他的行里中发现这把钥匙是很难的，因此，他把钥匙放在其他人的物品中不是再自然不过的了吗？

谁又是能有最好的机会把钥匙放到肯纳韦的箱子上的人呢？陈直视着闪光的水面，却又视而不见。他突然眯起了眼睛。除了泰特还能有谁呢？是泰特在早晨急速地声明他是个无辜者；是他声称换成手表是由于要进行旅行；是泰特睡在德雷克死去的那个房间的隔壁；是泰特在第二天发现霍尼伍德——这个埃弗哈特想要杀的人——还活着时，心脏病突然发作。当然，泰特的年纪也足够老到与埃弗哈特认识，得到那些装有石子的小袋子，并多年来拿着它们，等到有机会时，归还给他们。还有谁比泰特更可能用他同伴的箱子呢？

陈开始在甲板上漫步徘徊。不，这钥匙从来就不是肯纳韦的。突然，他站住了。如果韦尔比是在现在的位置上发现的钥匙，而它又不属于肯纳韦，那么来自英格兰场的这个小侦探就没有发现凶手。那么为什么他会在横滨的码头上被杀呢？

陈又一次把手放在了头上。"嗜，我在迷茫中徘徊，"他咕哝着，"我现在最好去睡觉，明天才能更清晰。"

他马上按他自己的建议去做了。在"阿瑟总统号"船上的第二夜也平静地过去了。

早上，查理设法与马克·肯纳韦进行了接触。这意味着要不停地走来走去，因为这年轻人显得很不安，心绪烦乱。他在船上闲逛，查理便和他一起漫步。

"你是个年轻人，"查理说，"你应该学会冷静。我想说，你看上去也就二十岁出头儿。"

"二十五，"肯纳韦告诉他，"但参加了这次旅行，我似乎已经长了十岁。"

"这是段很艰难的时光吗？"陈同情地询问。

"你雇过保姆吗？"年轻人问，"上帝——我要是早知道我竟会让自己处于骑虎难下的境地就好了！晚上我一直要朗读到眼睛疼，嗓子像沙漠一样干。我还要不断地为泰特先生的处境着急。"

"除了在布鲁姆饭店的那次发作外，难道还有其他的吗？"陈问道。

肯纳韦点了点头。"是的，还有好几次。在红海的船上有过一次，在加尔各答还有相当可怕的一次。我已经发了海底电报，让他的儿子在旧金山与我们会面。相信我，我很乐意看见金门。如果我能使泰特活着到岸，我认为我就是傻人有傻福气了。那时我会宽慰地松一口气，就如所有的东部报纸登载了加州的又一次地震消息一样。"

"啊，是的，"陈表示同意，"你一定十分紧张。"

"哦，是我自找的。"肯纳韦郁闷地回答，"我本应该去实习法律而不应该进行环球旅游。我在波士顿的家人没有一个支持我这次旅行的。他们警告过我，但我不听。"

"波士顿，"查理重复道，"正如我昨天告诉你的，我对这个城市非常感兴趣。那里的人用词十分高雅。几年前，我给波士顿的一个家庭帮了一点儿小忙，我所听到的感谢话，用的是我一生中从没有听过的最美好的语言。"

肯纳韦笑了。"这个么，确实有这么点儿……"他回答道。

"相当厉害。"陈保证道，"我是个守旧的人，认为词语的选择能显示出是否是个绅士。有一次我说了'女士'，我的孩子们就认为我是老古板。"

"现在的孩子们对他们的父母不够尊敬，"年轻人点了点头，"我说这话时就像一个父母离异的孩子。好了，我希望我的父母不知道我这次旅行的可怕经历。我不乐意听到熟悉的话：'我早这样告诉过你。'当然，不仅仅是可怜的泰特，我还有其他麻烦。"

"我并不希望探究你内心的秘密。"查理说，"但能请你说一点儿吗？"

"当然可以。那个波特女孩儿——也许，我不应该说这事。"

陈吃惊地睁大了眼睛。"波特女孩儿怎么啦？"他问。

"每一件事，"年轻人回答，"她都让我烦恼，简直无法用语言表达。"

"使你烦恼？"

"对，我是这么说的，而且坚持这么说。她难道没有打扰过你的神经吗？那十足的中西部人的性格不是太可恨了吗？她不是太自负了吗？她比我的一个在比肯希尔生活了八十一年、见过各种头面人物的堂祖母还有自信。"他靠近了些，又说："你知道吗？我敢肯定，这女孩儿认为不用等这次旅行结束我就会向她求婚。我会抓住这个机会吗？我不会。我会当面把她的存折扔掉。"

"你认为那种事会发生吗？"

"我确认这一点。我了解这些中西部人——除了钱，什么都不在乎。你有多少钱？在波士顿我们不这样。金钱在那里并不重要，我们的钱当然也不重要。埃尔德雷德叔叔在纽约、约黑文和哈特福德赌输了他全部的钱。我——我不知道为什么要对你讲这些，但你能理解我的感觉吧！我十分讨厌有人像保姆一样总在我身边，而这女孩儿一天到晚地在我脑中出现。"

"那么，她是在你心中？"

"她确实是。当她想做好时，她能做得非常好！甜蜜，而且——嗯——你知道的，甜蜜！然后，我一下子被汽车碾过……是德雷克牌的车。车轮上有上百万的金钱。"

陈看了一下他的表。"我看见她在甲板的另一头。我猜你想逃跑？"

肯纳韦摇了摇头。"这有什么用？在船上，你无法躲开什么人。我早已放弃这种尝试了。"

帕梅拉·波特向他们走来。"陈先生，早上好！你好，马克！去玩儿甲板球怎么样？我想，今天早上我肯定能打败你。"

"你总是这样。"肯纳韦说。

"东部人总是无能的。"她笑着，领着俘虏肯纳韦走了。

陈在甲板上快速地转了一圈。他发现罗纳德·基恩上校独自在船首附近，就在他旁边的椅子上坐了下来。

"嘿，上校！"他说，"一个极好的早晨！"

"我想是的，"基恩回答，"真的，我还没有注意到。"

"你有其他的问题需要考虑吗？"查理问。

"在这个世界上，一个问题也没有了。"基恩叹息着，"但我从来不注意天气。注意天气的人都是些毫无生气的人。"

船上的总工程师到甲板上来散步。他在查理的椅子边停了下来。"陈先生，该是去轮机舱看一看的时候了。"他说。

"哦，是的。"中国人回答，"昨天晚上我们一起聊天时，你向我保证，一定会有无穷的乐趣。基恩上校，我想你一定乐意一块儿去。"他用询问的目光望着基恩。

上校很惊讶地凝视着他。"让我去？哦，我不去，谢谢。我对发动机不感兴趣，对垫圈上的小机件一无所知，而且不注意。"

查理看了工程师一眼。"万分感谢你，"他说，"如果你不反对，我等一会儿再去。我极想和基恩先生谈谈。"

"好吧。"工程师点了点头，走了。陈严厉地看着基恩。

"你真的对发动机一无所知？"他问。

"当然不。你又了解到什么了？"

"几个月以前，在布鲁姆饭店的休息室，你告诉达夫巡官，你当过工程师。"

基恩凝视着他。"我说你是个相当棒的小伙子，对吧？"他说，"我告诉过达夫吗？我完全忘记了。"

"这不是真的？"

"当然不是。我只是说了件在我脑海中出现的事。"

"这似乎是你的习惯。"

"你说这话是什么意思？"

"基恩上校，我在达夫巡官的笔记中看到过有关你的情况。调查凶手是件严肃的事，所以如果我把话说重了，请你原谅。你公开承认自己是骗子，而且似乎毫无懊悔之意。在整个旅途中,你表现得很奇怪,总在门外偷听,这是很招人讨厌的行为。"

"不,我想事情不是这样的,"基恩厉声道,"你一定是在工作时发现了这一点。"

"我不是那种鬼鬼祟祟的侦探。"陈严肃地回答道。

"是这样吗?"基恩问,"那你一定不是个好侦探。我干这一行已经六年了,可我并不为我所干的事而感到自豪。"

查理起身问道:"你是个侦探?"

基恩点了点头:"对——请保守秘密。我是旧金山私人侦探所的代表。"

"啊——私人侦探。"陈松了口气。

"对。不要发脾气,我们和你们一样好,我告诉你这事是因为我不想让你在我身上浪费时间。斯派塞夫人的丈夫焦急地想摆脱她而和一个演员结婚,所以他派我到船上了解情况。"

陈仔细地研究着基恩那张老练的脸。这是真的吗?这人看上去很适合私人侦探的角色。他真的不想让陈在他身上浪费时间?这是无法猜测的。

"你有什么收获吗?"中国人说。

"没有。这事从一开始就失败了。我相信维维安从看见我的那一刻就开始怀疑我了,等我们在旧金山登岸时,我真不敢见斯派塞——所有这一切已经花了他一大笔钱。如果说恋人的美梦开始不久便在我眼前破灭了,那并不是我的过错。如果他们不仅仅是打桥牌的搭档就好了,而现在桥牌结束了他们的一切。他们不再互相说话。维维安威胁说,如果我再走近他,他就扭断我的脖子。我喜欢我的脖子,所以从现在到回家我已经没有工作可干了。顺便说一句,这一切都是秘密。"

查理点了点头。

"你的秘密在我这里很安全。"

"我想知道,"基恩接着说道,"我是否能在调查这起凶杀案时帮你一把?是不是会有酬金或其他什么?"

"工作干好了就是奖赏。"查理回答道。

"废话!你该不会是在对这个波特女孩儿一无所知的情况下介入这个案子的吧?我说——你需要个经纪人。我去和她谈谈,她家有大笔的钱财,他们很自然地想找出谁杀死了那位老人。我们对半分成——"

"住口!"陈喊道,"你已经说得太多了。请记住,我不是私人侦探。你没有权力向我兜售你卑劣的计划——"

"等一等,让我们再辩论——"

"不。无知者在辩论中从来不会输。还有,也没有什么可争论的。请你别管这件事,这事和你没有关系。我祝你今天好运。"

基恩咆哮着:"你是个糟糕的企业家!"

查理快速走向甲板。他那惯常的平静被粗暴地打破了。这个基恩是个什么样的人啊？关于他是个私人侦探的说法是真的吗？可能不是。另一种可能是，这只是个骗人的大谎言，是为了让查理放松警惕。查理叹了口气。不应该忽视了基恩，不应该忽视他们中的任何一个人。

吱吱嘎嘎响的船破浪前进，顺利地行驶在平静的海面上。卡西莫报告说，钥匙还在肯纳韦的行李上。与旅行团成员一个接一个地进行了长时间的聊天，但没能获得任何结果。第二天过去了，第三天过去了，直到第四天晚上，查理又开始有了希望。正是在这天晚上，马克斯·明钦要举办一个大规模的晚会，庆祝旅行即将结束。

马克斯对大家发出了邀请。连他自己都很吃惊，大家竟然都诚心地接受了邀请。长达一周的在一起的日子使得大家宽容了他的粗鲁行为。正如卢斯夫人说的："不应该忘记，在这群人中还有比明钦先生更坏的人。"

每个人都接受了他的邀请，马克斯很高兴。当他把这个消息告诉给妻子时，她提醒他："算上洛夫顿，共有十三个人参加。"

"马克斯，我们不该放过任何机会。"她说，"你好运连连——不要拿你的运气闹着玩儿。你得找到第十四个人。"

明钦先生找到查理，作为参加宴会的第十四个人。"我并不讨厌侦探。"他对查理说，"我曾在芝加哥开过晚会，凑了一桌，那是我举办的最好的宴会之一。你来吧，很随意的，我不会从衣箱中拿出我的无尾晚礼服的。"

"万分感谢。"查理回答，"如果在晚会上我冒昧地提及杀人案的事，我希望你不会生气！"

"我不明白你的意思。"马克斯震惊了。

"我的意思是，我极想提及休·莫里斯·德雷克在布鲁姆饭店里发生的不幸。能听到每一个人对这件事的评论，我会十分高兴。"

马克斯皱了皱眉头说："好吧，我不懂这个。我只希望我们不要谈论公事，只是一起痛痛快快地玩儿玩儿。不要向他们提什么问题——明白我的意思吗？在这些人中，如果某人心中的确有事，我也不愿意让他在作为我的客人而担惊受怕。晚会之后的任何时候，你都可以随时把他铐起来——明白我的意思啦？到那时，他就不再是我的客人了。但是晚会那个晚上——"

"我会慎重的，"陈保证道，"不问问题。"

马克斯挥了挥手。"好了，按你的想法去做吧。如果你愿意，可以提杀人案一事。我的邀请不带附加条件。请客地点是'便厅'。"

"便厅"原来是甲板上的咖啡厅。十四个人围绕在一张被过分装饰过的桌子旁。明钦先生相当清楚，自己是在一条航行的船上举办晚会，他给每个人准备了一顶滑稽的帽子。他自己戴了一顶"拿破仑一世"的三角帽，帽上的花结是深红色的。有了这样的装饰，能让人感到晚会有个很吉利的开始。

"朋友们，尽量地吃，"他说，"多喝些。一切都是免费的。我告诉他们，把他们最好的东西拿出来。"

喝完咖啡，马克斯站起了身。"好了，现在我们，"他开始说，"已接近这次旅行的终点了。我们一起参观了各地，度过了愉快的时光，尽管有时不太愉快。所有这一切，都要归功于最初的完美安排。如果你们问我，我要说我们有个最好的领队。朋友们，举起你们的杯子，让我们向老洛夫顿博士——航行中最好的向导致意！"

有人为他的讲话而欢呼！洛夫顿站起来，有点儿局促不安。

"朋友们，谢谢你们。"他说，"我带这样的旅行团有很多年了，而这次在很多方面有最值得回忆的经历。你们给我添了些麻烦——当然，是指大多数人。你们的性格各不相同，但都能和睦相处。你们都很理智，有时承受了很大的压力。我万分感激你们！当然，如果我忽略了我们的旅行是在一种非常不寻常的、困难的环境中开始的话，那我就太笨了。如果帕梅拉小姐能宽恕我，我想提及，那天半夜在伦敦的布鲁姆饭店，她外祖父不幸逝世了。从那天深夜到第二天清晨——事件发生的时候，我比你们中的任何人都更深感痛惜——当然，我刚才提到的这位年轻女士除外。而现在，那已是过去很久的事了，似乎最好忘记它。即使它仍是个不解的谜，我们也必须接受这个现实，这是命运的安排。我将很快让你们在旧金山上岸，之后我们将分手。"他明显地兴奋起来，"但是我向你们保证，我将永远记住我们在一起的时光。"

"听着，静一下！"当博士在客气的掌声中坐下时，明钦先生大声喊道，"好了，朋友们，既然博士已把这事提出来了，那么可以说，我们都为在布鲁姆饭店发生的死亡事件而感到遗憾。这使我在此时能提到今晚我们这儿的特殊客人——从夏威夷来的中国侦探。朋友们，相信我，我见过各种各样的人，但没见过他这样的人。陈先生要说一些话。"

尽管有明钦的介绍，查理仍然严肃地站起来，平静地环视了一下整个屋子。

"充满了气的鼓发出的声音最大。"他说，"我此刻想起了这句话，所以就没有硬插话。我很高兴能有机会向我们仁慈的主人和他的愉快的、戴满宝石的夫人致敬。命运是反复无常的舞台监督。她把你们介绍给了世界各地的警察，介绍给了我杰出的苏格兰场的朋友，介绍给了法国和意大利的警官们。现在在你们面前的是来自夏威夷这块各种族融合之地的警察。让你们的目光在这谦卑的中国人身上停留一会儿吧，他正在跟踪少数罪犯遗留下的简单的线索，而这些罪犯正出没在我们的伊甸园里。

"我站在你们面前，处在不太愉快的位置上。智者曾说过，不要跟着悲伤走，因为它也许会返回。这是我本人对帕梅拉小姐的建议。但是如果我就这么站着，不去解决问题，过去的悲伤就不会从你们的脑海中消失。

"你们必须想清楚，如果这事不发生，我就不会在这儿。每当你们看到那些布鲁姆饭店的照片时，过去的事，刚忘掉了的事，会重新被回想起来。当忘了一段时间之后，再回忆起来，它们可能会有新的意义。我感到很悲伤，因为我知道我不得不回忆这些事情，但我赶紧控制住了自己。首先，我还是要说——洛夫顿博士告诉你们，如果事情永远解决不了，那是命运的安排。我是中国人，我接受命运的安排，但我在美国人中间生活了这么久，因此我觉得我应该与命运先做个小小的抗争之后再温顺地接受它。到现在，最重要的就是看这次晚会的结果了。我可以坐下了。"

明钦巡视的眼光落在了泰特先生身上。泰特以一个有经验的演说家的姿态站了起来。

"我也许比你们在座的任何一个人都高兴。"他开始发言，"在此之前，有很多次我似乎必须得离开你们，但留下来的决心更强烈。我保证，我既然和你们一起开始，就要和你们一起结束。

"在很多方面，我觉得我是幸运的。我有很多需要感谢的事情。例如，让我们再一次提到我的朋友——那个无辜的受害者——休·莫里斯·德雷克先生。而二月六号那天晚上到七号的早晨，很可能会是我睡在二十八号房间的那张床上，那纯属——"

他止住了叙述，无助地看了看周围。"对不起，我说跑题了，我担心我们又提及那对迷人的帕梅拉小姐来说是非常不幸的夜晚。我只想说，我很幸运地活了下来，并能在世界各地旅游。能与你们认识，我非常高兴。非常感谢。"

他在稀稀拉拉的掌声中赶快坐了下来。卢斯夫人也履行义务般地发了言。帕梅拉·波特说了一些感激的话。基恩上校站了起来，说：

"是的，这是一次极好的旅行。不管怎样，我想它就要结束了。我们之中有事要做的人可以去做事了，我们曾有过很多乐趣。就我来说，我几乎忘了发生在布鲁姆饭店的事件。那件事确实让人有些紧张。达夫巡官好像打算毁了这次旅行——至少对于我们之中的一些人是这样。他问的问题大多涉及个人情况。我本人并不想查寻凶手，但那天晚上，正如人们说的那样，我正好在那儿徘徊过。我们的心情很坏。我想，我们在座的有些人很焦急。我猜埃尔默·本博先生有点儿担心！是吧，本博先生？我对谁也没有说过这件事，但现在我们已经回到了祖国，我想我们能照顾我们自己了。我在发生凶杀案那天的凌晨三点看见了本博先生，他正从大厅溜回他自己的屋子。我想，你一定很高兴，我当时没有把这事告诉给苏格兰场的人！是吧，本博？"

基恩的样子像是在轻轻松松地开玩笑，但这欺骗不了任何人。隐藏在它下面的是令人不愉快的可鄙的恶念。就连马克斯·明钦——尽管他不能确定这种感觉——也知道有些不利的证据掌握在他手中。这个土匪站了起来。

"事情进展到这一步，你需要宴会主持人了吧！"他说，"本博先生，你被选为下一个发言者。"

这个从阿克伦来的男士慢慢地站了起来。"我这几年做过很多次演说，"

他开始说道,"但我从没有做过像这样的讲话。这是真的!在布鲁姆饭店的那天晚上,我是从房间里出来过。在我们回到房间去睡觉之后,我突然想到二月六日是我女儿的生日。我们一整天都在打算给她发个海底电报,但我们太忙了,没顾上。是的,我很不安,这没有错。然后我想起了时间的差异——那儿比阿克伦早六个小时。于是我想到,也许我仍然可以使她当天收到电报——虽然是深夜,但仍是她的生日。我赶快从床上起来,穿上衣服,匆忙出去了。饭店的大厅里有几个擦洗女工,但我没遇上其他巡回的服务员。当然,我应该告诉警察这件事,但我自然不愿意把它与那个案件联系起来,因为那是在国外。如果我是在国内,那么我会把一切都告诉警察局长的。但那是在英国,英格兰场,我十分害怕。

"我很高兴基恩上校今晚把这个问题提出来,我很高兴能解释这件事。我希望你们相信我。现在——呃——我刚才准备好了发言,但现在全忘了。哦,对了,有一件事我想起来了。如你们知道的,我一路上拍了不少照片,你们都在里边。我在檀香山买了一个放映机,星期五晚上——我们在外的最后一个晚上——由本博夫人和我来招待。我们希望你们都能成为我们的客人,我来给你们播放旅行的全过程。就说到这儿吧。"

他在友好、热烈的掌声中坐了下来。一些谴责的目光落在基恩身上,他若无其事地接受了这些。明钦先生又一次站了起来。

"我猜,该我来选下一个人了。"他说,"罗斯先生,我们还没有听你说呢。"

罗斯站了起来,使劲儿地拄着他的拐杖。"我没有什么控词可提供,"他说,桌子周围响起了掌声,"我所能说的只有:这是一次很有趣的旅行。我盼望它已经有很多年了——我不想告诉你们到底有多少年。它似乎比我所期待的还要令人兴奋。我没有一点儿后悔之感,我很高兴参加洛夫顿博士的旅行团,和你们大家在一起。我真希望我也像本博先生一样聪明,把我的经历录下来,当我回到塔科马时可以花时间好好看看。至于说到伦敦的那个不幸的夜晚,可怜的休·莫里斯·德雷克的尸体躺在布鲁姆饭店那闷热的屋子里,喉咙处是洛夫顿博士的背包带——"

突然,坐在桌子远端的维维安发言了。"谁说那是洛夫顿博士的背包带?"他唐突地问。

罗斯迟疑了一下。"啊——啊——我从询问中这么理解的,"他回答,"那是从博士的衣橱里拿来的——"

"今晚我们都说出我们的真名了。"维维安冷淡地说,"那不是洛夫顿的背包带。实际上,那根本就不是一根背包带,那是摄影机带——那种你用来背摄影机的带子。而我碰巧知道这是埃尔默·本博先生的物品。"

大家全都转向了本博,看着他。他坐在离桌角很近的地方,像是受到了伤害。

第十九章　结满果实的树

在紧张的寂静中，马克斯·明钦慢慢地站了起来。他从头上摘下拿破仑式的帽子，做了个让位的手势，把它扔到了一边。

"好了，你们这些家伙搞得这晚餐很不像样子！"他说，"萨迪，我们从来没有办过这样的晚会，对吧？为什么我说这话呢，一起吃饭的伙伴？即便是出去之后马上就要开枪，在饭桌上也应该表现得友好、善良些。我还要说，我并不是一个要告诉我的客人们应该怎样举止文明的人。本博先生，你已经发过一次言了，但在我看来，你得再发一次言。"

本博站了起来，受到伤害般的神情消失了。他显得很坚强并很有决心。

"好吧，"他说，"我想我犯了一个错误。当我告诉你们有关我给女儿发海底电报一事时，我的脑海中曾闪现了一下，我是否应该谈一下关于带子的事——"

"我猜想你是把它作为生日礼物送给她了。"基恩讥讽道。

本博转向他："基恩上校，我不知道我干了什么，使你对我这样充满敌意。我从一开始就认为你是个低贱的、可鄙的小人，但我一直将对你的看法藏在内心深处。我没有把带子作为生日礼物寄给我女儿。我真希望我寄了，那样它就不会被用来作为凶器了。"

他呷了一口水，继续说："我听到德雷克先生被杀，是在第二天清晨。于是我就去他的房间，想看看有没有什么要我帮忙的事。那是我在阿克伦做的事——这似乎是应该做的事。那时除了旅馆的服务员，没有人在那里——警察还没有到。我走过去，看见了德雷克，看见了缠在他喉咙上的带子，觉得非常像我的摄影机带。我可以告诉你，这使我很震惊。我回到我的屋里，寻找我的摄影机，却发现摄影机的带子不见了。

"于是我和内蒂回忆了很久。我们的门总是不锁的——我不愿意这样不锁门就离开房间,但服务员要求我们这样做。那天下午摄影机一直在那里,晚上在我们去剧院之前也一直在那里。任何一个人都能很容易地拿到那背带。我妻子建议我去和洛夫顿博士谈谈这件事。"他看了看博士,"于是我就去说了。"

洛夫顿点了点头。"当然,是这样。"他说。

"开始他还讥笑我胆怯,但当我告诉他我头一天晚上出去发过电报时,他开始变得严肃了。我问他,是否我应该告诉苏格兰场的人,这是我的带子,并且我在发生凶杀案的那个早上的两点到三点之间从屋里出去过。男子汉一般不会这样犹豫不决。但我那时是在一个陌生的国家,我是第一次离开这美好的美国。我被吓坏了,于是对博士说:'我大概马上就得离开你的团了。'他拍着我的肩膀告诉我:'什么也不要说。这件事由我处理。我相信你没有杀德雷克。我会尽我所能,使你免遭审查。'这是个很好的提议,我采纳了。之后我再听到有关带子的事,是说洛夫顿博士声明带子是他的。这就是我说的一切。哦,对了,维维安在船上曾问过我,我的带子到哪里去了。他是以一种令人讨厌的方式问的。当我在巴黎又买了一条带子时,他又敲打了我几句。我知道他了解这件事,但他似乎并不想说什么。"

在这么长的时间里,陈第一次说话了。他十分感兴趣地转向维维安。

"先生,是真的吗?"他问。

"是的。"维维安回答,"我从一开始就知道这是本博的带子。但是,我们那时是在国外,更何况我并不真的认为本博有罪。我不知道应该做什么。所以我向我们团里的一个人请教,他知道该怎么处理这样的事。我是指泰特先生,这位受到赞扬的刑事律师。我向他概述了整件事,他建议我什么都不要说。"

"而你现在不顾他的建议了?"陈说。

"不准确。我和他今天谈了这件事。他告诉我,他认为现在是把带子事件说出来的时候了。他建议我把这件事告诉你。他说他认为你的脑子最机敏,可以调查清楚这案子。"

陈鞠了一躬。"泰特先生给了我太多的夸奖。"他谦虚地说。

"好了,我没有什么要说的了。"本博擦了一下额头上的汗,继续道,"洛夫顿博士声明,这带子是他的,这才让我解脱了。"他坐下了。

大家都看着洛夫顿,他显得十分生气,眼睛里似乎冒着怒火。

"本博先生告诉你们的每件事都是真的。"他说,"但是请考虑一下我处的位置:我带的团里有一个凶手,还与世界上大名鼎鼎的侦探组织作对。我唯一的目的就是能尽快地切断他们的调查线索,使我的团完整无缺地离开英国。我认为,如果本博先生承认了这两件毁坏他名誉的事实,他必定会被留在伦敦。把两件事分别来看，似乎说明不了什么；但合在一起——那么，就很成问题了。这样，旅途刚一开始，我就会失去两个最好的顾客，而我又十分确信本博先生是完全无辜的。

"当达夫巡官提出带子的问题时，我马上就找到了一条出路。在前一天晚上，我没有出门，没有人能证明我出门了。确实，有一些人说我和德雷克先生之间有不愉快的谈话，但正如巡官马上了解到的那样，那并不能说明什么。从哪方面说，我也没有犯罪嫌疑。这带子和我旧包上的带子很像，只是宽度不太一样，但颜色一样，都是黑的。我告诉达夫，我有一条带子和他给我看的类似。我回到我的屋子，从包上解下带子，藏在衣柜的底部。衣柜底部几乎要贴着地面了。如果我被发现，我可以假装在那里发现了它，告诉达夫我搞错了。之后我回到德雷克的房间，告诉侦探，我认为用来勒死老先生的带子是我的。

"这十分有效。从那时起，带子的问题就不再使苏格兰场的人感兴趣了。本博先生安全了，而且——"

"你也安全了。"基恩上校一边说着，一边对着天花板吹烟圈。

"请你再说一遍，先生。"洛夫顿怒视着他。

"我说本博安全了，你也安全了。"基恩平静地继续说，"如果达夫有怀疑你是罪犯的意向，你最好声明现场的带子是你的，以打消他对你的怀疑。他会认为，如果你有罪，你就不可能用你自己的带子来作案，接着又马上承认带子是你的，对吧？我亲爱的博士，这真是太妙了！"

洛夫顿的脸涨得通红。"你这个恶魔想暗示些什么？"

"哦，什么也没有，什么也不想。不要太激动了。没有人在这个案子里注意到你。你那时应该很伤心，因为在你的旅行团里发生了这样的事。但你是这样吗？难道对你来说没有比旅行团还要重要的事吗？"

洛夫顿扔开他的椅子，大步走向基恩坐的地方。

"站起来！"他大喊，"站起来，你这个卑劣的坏人！我是个老人，但上帝——"

"先生们，先生们，"马克斯·明钦喊道，"请记住，这里有女士们在！"

查理那肥胖的身体挡在洛夫顿博士和上校之间。"让理智的清风吹过这件事！"他温柔地提议道，"洛夫顿博士，你听信这轻率的人不负责任的讲话，真是太傻了。他说的任何恶意的暗示都没有根据。"他抓住博士的胳膊，把他拉到几英尺以外。

"好了，朋友们，"马克斯·明钦说道，"我想应该晚餐结束了。我曾打算在结束时建议我们握手并共同高歌《令人怀念的往日》，但现在也许我们最好砍掉这一内容。打开门，我希望门厅里不再出现枪杀！"

陈快步跟着洛夫顿走了出去。当他离开时，听到了背后的椅子互相碰撞的声音。马克斯的令人感兴趣的晚宴结束了。

"激烈的言词能在这有风的甲板上冷却下来！"他说，"请接受我的建议，避免与基恩见面，直到你的怒火平息下来。"

"好吧。我想我最好这样。"博士承认道，"从见到他时起，我就憎恨那个讥讽别人的人！当然，我不应该忘记我的职责。"他试探着看了查理一眼，"我很高兴听你说，他的那些指控是没有根据的。"

"没有一个和我发现的一致。"陈平淡地说。

"我不知道——现在我开始考虑这事，我声明那带子是我的，这是个相当愚蠢的行为。我无法用其他理由来解释，只有一个原因，就是在你和像这样的旅行团一起旅行了一些年之后，你开始把他们看做是你自己的孩子——有点愚蠢、无助、需要保护的孩子。我最先的本能反应是提供保护。我的人遇上了麻烦，就像从前发生过的一样，我就用自己的肩膀帮他担起重负，继续走下去。"

查理点了点头。"我相当理解你。"他向老人保证道。

"陈先生，谢谢你！"洛夫顿回答，"你似乎是个能理解别人的人。我想，在我刚见到你时，我把你看扁了。"

查理微微一笑。"这很自然。我不会为这种事烦恼。我的目的是料理好一切，当我们分手时，人们就不会再贬低我了。"

"我想，你的目的一般都能达到。"博士鞠了一躬道，"我该回我的舱位了，我还有很多事情要做。"

他们分手后，陈在甲板上散起步来。他脚步匆匆，但神态自若。在马克思·明钦的晚宴上发生了很多事。当他回想起有那么多事发生时，独自微笑起来。此时，有人在甲板的躺椅处叫他。

"嘿，泰特先生，"他招呼道，"如果你不反对的话，我就坐在你旁边。"

"我很高兴。"泰特回答。

"哦，对了。你对维维安先生说了那么多奉承我的话，真是太好了。"

"我的确是这么想的。"律师向他表明了态度。

"那么，你是在很窄的范围内做出的判断。"

"不，我从来不这样做。"陈帮他盖好了毯子。"谢谢。"他说，"喔，这顿晚餐其实并不丰盛。这是不是碰巧又是你的一次调查呢？"

"不，不，"陈摇了摇头，"这是好客的明钦先生的主意。但是谁知道呢——我也许能把这变得与我的意图相符。"

"我相信你会的。"

查理继续说："当侦探站在一边，听着凶手谈论涉及罪行的事件的时候，他是在交好运。今晚很多人都发言了，很可能凶手也在其中。有没有什么不得体的表白呢？"

"你注意到了什么吗？"泰特问。

"我想恐怕是的。它来自——请原谅我的鲁莽——它来自你的话。"

律师点了点头。"你证明了我对你的信任是有道理的。我很难想到你会看出我的疏忽。"

"很显然，我们谈论的是同一件事！"

"是的，毫无疑问。"

"那你能告诉我，我们说的是什么事吗？"

"很乐意告诉你。对我来说，那是口误：承认那天晚上在布鲁姆饭店我们中的任何人都可能会处于休·莫里斯·德雷克被害的位置。"

"正是这件事。当然，你知道那天晚上霍尼伍德和德雷克换了房间。达夫巡官是在从尼斯开往圣雷莫的火车上告诉你这件事的。"

"是的，他正是在那里告诉我的。我发现你对达夫巡官的笔记了解得很透彻。"

"是这样的，那是我唯一的希望。我没有发现任何记载说明你曾看过霍尼伍德先生最后写给他妻子的信。"

"我甚至不知道有这样的信。"

"但你知道，德雷克是被某个想杀霍尼伍德的人杀害的。正如你开始时说的那样，你知道那可怜的男人的死亡纯属是个意外。旅行团中的任何一个人都有可能发生那样的事。"

"是的，我必须承认，我了解这一点。我很抱歉，我把它说了出来，但现在后悔也晚了。"

"你是怎么知道的？达夫从来没有告诉过你。"

"没有——当然，达夫从来没有告诉过我。"

"那么，是谁呢？"

泰特迟疑了一下。"我想我还是应该承认，我是从马克·肯纳韦那里得来的消息。"

"啊，对。而肯纳韦先生是从——"

"据他自己讲，他是听帕梅拉·波特说的。"

在寂静片刻之后，陈站起了身。"泰特先生，祝贺你，你干净利落地摆脱了与这件案子的瓜葛。"

泰特笑了。"用简单的方式，"他补充道，"只要讲实话。"

"这是一个非常愉快的夜晚，"查理说，"我还是让你自己享受你那无疑是十分有趣的想法吧。"他溜达着走开了。

他在甲板的舞会上找人时，发现了帕梅拉·波特和马克·肯纳韦在范围有限的地板上转着圈跳舞。他耐心地等待着，直到音乐结束，然后向这对年轻人走去。

"对不起，"他说，"这位女士的下一个狐步舞和我跳。"

"就这样吧。"肯纳韦笑着说。

陈庄重地伸出手，邀请女孩儿跳舞。音乐又响了起来。

"我曾比喻过，"查理说，"我的体重和跳舞是无法融合在一起的。"

"胡说，"她答道，"我猜你从来就没有跳过舞。"

"聪明的象从来不想效仿蝴蝶。"他说，然后把她带到了栏杆旁的阴暗角落，"我把你带到这里，不仅是为了你的芳香，那是令人愉快的，而且是为了要问你个问题。"

"哦——我想我已经被征服了。"她笑着说。

"当然，这对你来说一定是一个陈旧的故事，"他说，"不值得记录下来。如果你很善良，请告诉我，你有没有把'你看过霍尼伍德先生写给他妻子的信'这件事告诉给其他人？你有没有和你们团的成员说过你祖父的被害是个意外事故？"

"哦，亲爱的，"她低声道，"难道我不应该这么做吗？"

陈耸了耸肩："有句老话说：两只耳朵，一张嘴。听多了就好像是你说的了。"

"我可能是受到谴责了。"她说。

"不要着急，可能还没有造成什么损害。我只想知道你到底告诉谁了。"

"好吧，我告诉过卢斯夫人。"

"那很自然。还有谁呢？"

"还有一个人——马克·肯纳韦先生。"

"啊，对了。你也许今晚注意到了，肯纳韦先生已经把这消息告诉了泰特先生。"

"是的，我是注意到了，这使我很生气。虽然我没有告诉马克，这是个秘密，但他应该是知道的。那个小伙子使我非常生气。"

"使你生气？我应该说——"

"是的，我知道——我总和他在一起。但是天哪，我能选谁呢？维维安？还是基恩？毫无希望。有些活动需要有个男人，比如跳舞，所以我很自然地只能选择马克。但那还是一样，他使我生气。"

"这可是你说的。"

"我就是这个意思。你一定亲眼看见过他的表现。一个非常自命不凡的人！波士顿、哈佛……我可以告诉你，这一切使我恼怒！"

"假如，"陈微笑着说，"那个使你气愤的人请求你嫁给他呢？"

"你认为他会吗？"女孩儿急切地问。

"为什么我该知道呢？"查理说。

"好吧，陈先生，你怎么能问这种秘密呢，这是十分危险的。我可以告诉你，我希望他求我嫁给他。实际上，我正把他一点儿一点儿地引向这方面——我想让他向我求婚。"

"然后呢？"

"然后我会拒绝他。那是怎样的一个胜利啊！一朵波士顿的鲜花将会被来自中西部地区的某种粗鲁、野蛮的势力所拒绝。"

陈摇了摇头。"真是女人心——"他说，"海底针哪。"

"哦，我们没有那样让人讨厌。我的目的相当明确。当然，在某种程度上，也有点儿遗憾。如果他愿意，他是能很好地——"

"是吗？"

"是的，但他很少愿意。他一般都只是个冷淡的、傲慢的波士顿人，而且我知道他讥笑我有钱。"她把纤细的手放在查理的胳膊上，"如果我的外祖父因聪明而变得富有，我又能怎么样呢？"她细声补充道。

"没有一个诚实的人会认为你应该负有责任。"查理安慰她，"如果你还要继续一点儿一点儿地吸引这个男人的话，我们现在就应该回去了。"

他们顺着甲板走向乐队。

"他绝不应该告诉泰特先生的。"女孩儿说，"我应该为这骂他一顿，但我想我不会骂的，因为今天他的情绪不错。"

"让他保持这种情绪吧，"陈怂恿地说，"我更乐意看到这种情况。"

他注意到，当肯纳韦再次看见女孩儿时，并没有任何恼怒的迹象。而帕梅拉·波特也似乎没有格外地生气。正当陈转身要走时，他看到轮船的事务长正面对着他。

"陈先生，请跟我来。"林奇说。他把陈带到了他的办公室。

卡西莫低垂着眼皮坐在椅子上。很明显，他非常沮丧。

"发生什么事了？"查理问。

卡西莫抬起了头。"对不起！"他吁了一声，陈的心沉了下来。

"你的助手使自己陷入了困境。"事务长解释道。

"我怎么知道她会回来呢？"日本人说。

"你说得莫明其妙！"陈说，"谁回来了？"

"明钦夫人，"事务长插话道，"几分钟前回到她的船舱，发现这个男孩在那里找东西。她的行李里有价值百万元的装饰品，她的尖叫声可以传到远在上海的阿斯托豪斯酒吧。我向她保证，我将亲自把这个小伙子赶下船。我们必须使他离开这些船舱，到其他地方去。我想，恐怕他对你已经没用了。"

"真对不起。"卡西莫重复着。

"等一等，"查理说，"你会有足够的时间去懊悔。先告诉我，在明钦夫人的船舱里发现什么有趣的东西了吗？"

卡西莫一下子站了起来。"查理，我想是的。我使劲儿地寻找！你说过，我是个好的寻物人。"

"是的。你发现什么了?"

"我发现了没有用过的各种旅馆标签。这些精美的标签是旅游者从曾经去过的旅馆里收集来的。有豪华大饭店、辉煌大饭店、皇家大饭店……"

"有没有加尔各答东方大饭店的标签?"陈问。

"没有,我看了两次。那个饭店的标签没在里面。"

陈笑了,拍了拍日本小伙子的背。"卡西莫,不要再轻视自己获得的东西,"他建议道,"石头打在果实累累的树上了。总有一天你会发现自己处于真正的弹雨中。"

第二十章
帕梅拉小姐列的名单

查理转向事务长,仅几分钟就把卡西莫今后在船上的身份问题解决了。他被安置到底舱,并且从现在直到旅行结束,他必须尽可能地避开大声说话的萨迪·明钦。日本小伙子垂头丧气地溜掉了。陈回到甲板上,又一次站在栏杆边,考虑着破案的进展情况。

如果在"阿瑟总统号"船上就有可用的饭店的标签,那么肯纳韦的包上的钥匙也可能不是在加尔各答就被贴在上面了。那么,当韦尔比在横滨找到它时,它也可能不是在现在这个地方。不,毫无疑问,钥匙是在别的地方,在它的主人那里。那个人不想把它扔掉,可又从韦尔比的故事中得到了警示,因而想出个了一个好主意:在探访肯纳韦的时候,把它放在他皮箱的标签底下,然后离开。他知道这样的标签哪里会有。他甚至可能自己就有这样的标签。他也许就是马克斯·明钦。

陈笑了。他在甲板上待了几分钟,就回到了他的船舱。他回来的第一件事就是拿出达夫的笔记,再一次研究它们。他看到的笔记内容似乎使他很高兴。他心情愉快地上床睡觉了,这是他上船以来休息得最好的一次。

第二天清晨,查理遇见马克斯·明钦在甲板上散步,他在坚持锻炼。查理与他一起并肩散起步来。

"长官,你好,"马克斯说,"暴风雨过后的一个美好的清晨。"

"暴风雨?"陈问道。

"我是说,我昨晚的简短、有效的晚会。那些人也许没有把事情弄混吧?希望你喜欢这个晚会。"

"晚会相当好。"中国人笑着说。

"可是，我有些焦急。"马克斯说，"宴会的主人不能从这些吵闹中得到快乐。宴会会以发现一副女人的手镯为结束。但在说完和做完所有这一切之后，我猜你办的这个案子仍进展不大。"

陈深深地叹息着。

"我想是的。"

"这的确有些奇怪。"马克斯继续说，"就我来说，我不能判断出为什么有人想杀死那善良的老先生。泰特说的一句话使我认为，也许这完全是个误会——德雷克被杀害，也许那些人认为他是另外一个人。这样的事是会发生的。我记得有一次在芝加哥——我为什么要让侦探了解那件事呢？我想要说的是，昨晚在我的船舱里发生了很刺激的事。"

"是吗？什么样的事？"查理有些好奇。

"我们这些富裕的百万富翁，"马克斯继续说，"我时时睁大眼睛注视着他们。大家都传着这样的话，说我们在挣大钱。而这之后，我们就会被抢！我不知道将来的世界是什么样的。不再尊重资产权——真令人作呕。当萨迪回到船舱里时，一个男招待正在像堪萨斯的旋风一样仔细地翻着东西。"

"多么遗憾，"陈说道，"我相信你没拿到什么值钱的东西。"

"这是个奇怪的地方。那里有萨迪收集的所有值钱的东西。我是无意中发现这一点的。而当萨迪走进船舱时，这个中国人——"

"呃，不过——"陈刚要说出来，又及时止住了。

"这个中国人手里拿着一沓饭店的标签。"

"你收集这样的标签吗？"查理问。

"嗯——这是从我们去过的各个饭店里收集来的，准备拿回家给我的儿子小马克斯，他可以把它们贴到自己的箱子上。他想和我们一起来，但我告诉他，上学最重要，让他呆在这儿学说话。现在就连贩卖违禁品的人在和好人打交道时也能说一口漂亮的英文。既然我想让小马克斯干工作，那么他就必须具备处理财产的能力。我对他说，我给他带回标签，这就如同他也参加了这次旅游。正如我刚刚告诉你的，萨迪的所有有价值的东西都放在周围，可只有这些标签吸引住了这个中国人。但他只来得及拿了一张。"

"哦——丢了一张？"

"是的，我妻子马上就发现了。是其中最好的一张。我们俩都记得。得知我们弄到那张标签时，小马克斯将会十分高兴，那可是加尔各答饭店的标签！但它被弄丢了，我们哪儿也找不到。"

查理转过身来盯着他。那张单纯无辜的黑脸令他感到很惊讶。什么也无法安慰这位溺爱儿子的父亲，他万分焦虑。

"我向事务长要求解雇他。"明钦先生继续说，"他告诉我，他搜查了那个中国人，没有发现东西。我猜，他大概是把标签藏起来了。在过去，他曾把一个菠萝藏在汤里！哦，算了，顺其自然吧。反正小马克斯不知道丢了什么东西！但这确实有点儿怪。"

"我祝贺你，"陈说，"生活使你成为哲学家，这意味着今后的日子更平静了。"

"这正是我所渴望的。"明钦回答道。他们在沉默中结束了散步。

中午刚过，查理遇到了不太愉快的基恩上校。这个中国人打算装作没看见，但上校叫住了他。

"好吗？"基恩开始说话了。

"好。"陈回答。

"昨天的晚餐，使你的事情有了相当大的进展吧？"

"相当大。"陈点了点头。

"对我来说进展也相当大。"基恩回答，"就我所知，事情开始变得相当清楚了。"

"你的意思是……本博先生？"

"嘿，本博！别想取笑我。我的选择是洛夫顿，从一开始就是他。你知道吗，在圣雷莫他就告诉我，旅行要结束了。我亲爱的陈先生，知道为什么吗？最根本的原因就是达夫强迫他继续旅行，但他不想这样，因为他已经干完了他的事。"

"你认为这个证据足以使英国法庭信服吗？"

"不——我知道这不能。但我仍在努力。波特小姐指示我继续追查下去。她答应，如果我干得好，她会付给我钱的。"

陈瞥了他一眼。"你没有提我的名字？"

"我为什么要提你的名字？在这个案子结束前，你可能就被解雇了。接着干吧！放聪明点儿！我想，你大概认为我追错了目标。"

"不是的。"陈回答。

"什么？"

"为什么我该这么认为呢？在城里，最愚蠢的人也能指出通向学校的路。"

"你说这话是什么意思？"

"没什么意思。这是中国的一句古话。"

"我并不看重这话。"基恩回答完，就走了。

这个下午很快就过去了，船一直在阳光照耀下的平静水面上行驶。夜晚又来临了。这是陈的倒数第二个晚上了，但他如大海一样的平静。他走上甲板，在准备吃晚饭时看见泰特正要走进吸烟室。

"不和我做伴吗？"律师邀请他。

查理摇了摇头。"我正在找肯纳韦先生。"他回答。

"在我离开时，他还在船舱里。"泰特说。

"房间号是？"中国人问。

泰特告诉了他。之后，陈来到了马克·肯纳韦的房间。他正忙着系黑领带。

"陈先生,请进!"年轻人和他打着招呼,"我正在使外表看上去更英俊些。"

"对!与帕梅拉小姐在一起的时间越来越少了。"查理微笑着说。

"为什么这么说?"肯纳韦问,"'永远让人看到最佳状态'是我的座右铭。也许会有一些想雇律师的人——"

陈关上了门。"我来是想和你私下谈一下,"他说,"你必须以你的名誉保证,不把我们的谈话内容说出去。"

"自然。"肯纳韦似乎有些惊讶。

查理跪下,从一张床下拖出那个带着有趣标签的箱子。他指了指标签。"请注意那个。"

"你是说那个加尔各答东方大饭店的标签?它怎么啦?"

"请回忆一下——当你离开加尔各答时,它在那儿吗?"

"为什么不在?当然在!我在戴蒙德港上船后就注意到它了。它所在的位置是这样显著,几乎没有人会看不见它。"

"你确保这个标签就是你在那时看见的那个?"

"我怎么能确保这一点哪!我看见的那个很像这个。"

"很准确,"陈回答,"你看见的那个很像这个。这么说,你是没有看见这个了?"

肯纳韦走近他。"你这是什么意思?"他问。

"我是说,在后来的某天,第二张标签平整地贴在第一张的上面。而在这两张标签之间——请你用手指摸一下!"

年轻人按他的话去做了。"这是什么?"他皱了皱眉头,"有点儿像一把钥匙。"

"是钥匙,"查理点了点头,"就是二月的某个早晨在布鲁姆饭店,在休·莫里斯·德富克的手中发现的那把钥匙的复制品。"

肯纳韦轻轻地吹了声口哨。"谁把它放在我的包上了?"他问。

"我很奇怪。"陈慢慢地说。

年轻人坐在他的床边沉思着。他的目光转向屋子对面的床,床上放着一套睡衣。"我也很奇怪。"他说。他和查理长时间地对视着。

"我得把箱子放回原处。"侦探突然轻快地说。他这样做了。"你对任何一个人也不要说起这事。注意这把钥匙,我想在船到达港口之前,它一定会被移动的。当你发现它被拿走时,请马上告诉我。"

门突然被打开了,泰特走了进来。"啊,陈先生,"他说,"请原谅,是在私下谈话吧?"

"没有。"查理向他表明。

"我发现我没带手绢。"泰特解释道。他打开抽屉,拿出一块手绢。"你们俩难道不和我一起去喝点儿开胃酒吗？"

"太抱歉了，我不能去，"中国人回答，"我最想要的是不开胃的东西。"他微笑着，平静地走了。

晚饭后，他看到卢斯夫人和帕梅拉·波特一起坐在甲板椅上。

"我能打扰你们一下吗？"他问。

"陈先生，请坐！"老妇人说，"这次旅行我没怎么看见你。我想，你一定很忙吧！"

"不像我期待的那么忙。"他轻声答道。

"真的？"她疑惑地看着他，"这是个美妙的夜晚，对不对？这气候使我想起了南非的无林草原。我曾在那里待过一年。"

"你很好地研究过地图？"

"是的，我研究了。我现在想在帕萨德那安家——在刚刚结束一次长途旅行时，我总有这样的感觉。某一天，当我从一个满是关于轮船的宣传品的橱窗旁经过时，我就又要航行了。"

查理转向那个女孩儿。"我能鲁莽、大胆地问你关于昨天晚上的事吗？也许你把年轻人又向前引了一步！"

"当我还是个小孩子的时候，"她笑着说，"常常堆雪人。能遇上一个可以一起散步的人是很有趣的事。"

"你们还有两个夜晚，会有明媚的月亮陪伴。"

"如果是北极的夜晚，即使长达六个月也没有用。"她告诉他，"恐怕最后的分别就要来了。"

"不要失望，"陈回答道，"坚持就是胜利。我已经用自己的努力证明了这一点。顺便问一句，你曾对基恩上校这样许诺过吗？如果他找到了杀你祖父的凶手，你将给他奖励？"

"怎么？没有啊！"

"他对你说过这事？"

"他没和我谈过任何事。"

陈眯起了眼睛。"他没有讲真话。我们不再说这事了。"他瞥见女孩儿手里拿着纸和笔，就说："对不起——我想，我打扰你写信了！"

她摇了摇头。"没有。我——我——喔，事实上，我只是在为我们这儿发生的事情感到迷惑。时间已经所剩不多了，你知道这一点。"

"没有人比我更明白这一切了。"他严肃地点了点头。

"而我们似乎还没有发现什么线索。哦——对不起——你才接手调查这个案子，确实还没有机会了解。我刚刚列出了我们团的人名单。在每个人名旁边，我把可疑的事写了下来。就我现在所了解的，除了明钦先生和马克·肯纳韦，其他人都在某种情况下有犯罪嫌疑。"

"你的名单不正确。这两个人也不能说是清白的。"

她喘了口气。"你的意思是，团里的每个人都被牵扯进去了？"

陈站起身，轻轻地从她手里拿过那张名单，把它撕成了碎片。然后，他走向栏杆，把那些碎片扔了。

"不要担心这件事了，"他一边走回来，一边对她说，"这事已经解决了。"

"你这是什么意思？"她叫了起来。

"当然，现在还需要进行严密的搜索，为英国法庭提供能被采纳的证据，而这一定能做到。"

"你的意思是，你知道是谁杀了我外祖父？"

"你自己难道不知道？"查理问。

"我当然不知道！我怎么能知道？"

查理笑了。"你和我有同样的机会知道这件事。但你脑中全被那惹你心烦的年轻人占据了，而我却没有这种障碍。"

两个人互相鞠了个优美的躬后，查理潇洒地大步走下了甲板。

第二十一章
普罗梅纳德的安格兰斯

帕梅拉·波特吃惊地睁大眼睛看着卢斯夫人。"到底发生了什么事啊?"她叫道,"陈先生是那个意思吗?"

卢斯夫人微笑着说:"他是说,他知道是谁杀了你的外祖父,亲爱的。我宁愿认为他已经弄清了一切。"

"但他是怎样发现的呢?他说我也应该知道。可我不能想象——"

老妇人耸了耸肩。"即使是在你的同辈人当中,"她说,"你也是个聪明的女孩儿。我已经注意到了这一点,如同我们过去说的一句老话'聪明伶俐'。但你没有查理聪明,没有什么人比他更聪明。我也注意到了这一点。"她站起了身,"年轻的肯纳韦来了!我想,我要回休息室去了。"

"哦,请不要走开。"

"帕梅拉,我可能是个陪伴,但我也曾年轻过。"然后,她向远处的门慢慢地走去。

肯纳韦试探性地坐了下来,坐在那老妇人刚离开的椅子上。

"好啦,"他评论道,"又一天过去了。"

女孩儿点了点头。

"你似乎不那么想说话。"年轻人提示道。

"是应该调剂一下了。"她答道,"我——我正在积极地思考。陈先生刚刚告诉了我最令人惊讶的事。"

"什么样的事?"

她摇了摇头。"不,我不再向你复述。我曾经告诉过你一些事,而你没能保守住秘密。"

"我不懂你是什么意思。"

"没关系，我们现在不必再说了。"

"不论我做了什么，我很抱歉！"他说，"真的，我很抱歉！"他看上去很懊悔。在月光下，他显得很英俊。两个人都沉默了一会儿。突然，一种关心的表情掠过了年轻人的脸。"我说，陈先生有没有告诉你，他已经找到凶手了？"

"为什么他应该告诉我？"

"我不知道！今晚发生的一些事——"他又沉默了，盯着前方。"我很奇怪！"他终于说话了，显得很紧张，甚至可以说是显得很恐惧。

帕梅拉·波特瞥了他一眼。底特律的一个男孩曾接受过类似的一瞥，而此后她再也没有瞥过任何人。"离下船只有一个晚上了。"她提醒他。

"我知道。"他郁闷地回答道。

"当战争过后，我们会想念这个晚上的。"

"我会的。"他点了点头，"而你，你会回到底特律，过上奢华的生活。汽车上的小公主，所有的农民都向你深深地鞠躬。"

"胡说，你将回到波士顿——那是你的血源所在，比肯大街的肯纳韦家族成员之一。我想，当你到那儿时，布朗宁家族会为你开个特别的晚会。"

他摇了摇头。"请别取笑我，不知什么缘故，我似乎对它不再感兴趣了。"

"你怎么啦？我还以为你精神饱满呢。旅行已接近尾声，终于可以摆脱可怜的泰特先生和我了。"

"我知道，"他表示同意，"我应该是世界上最幸福的人，但我不是。哦，好了！毫无疑问，这就是生活。"

"在巴克湾，有个好姑娘在等你吧？"

"什么姑娘？"

"和你订婚的那个。"

"我——我订婚？我看上去是那么虚伪吗？在波士顿有很多好女孩儿，但我没和任何人订婚，感谢上帝。"

"你应该去试试，相当有趣。"

"我猜，你试过了？"

"哦，是的，很频繁。"

"他们之中的一个在等你？"

"他们中的一个？我谁都没有选。他们中的任何人都可以在不同的时间和我约会。"

"好了，做出选择吧，"他建议道，"了结这件事，我们谁都不再年轻了。"

"我还年轻——我想保持现状。我们分手之后，你能写信给我吗？"

"为什么?"

"我喜欢收到信。"

"我不喜欢写信。此外,我会很忙。我的能力一般,需要花一生的时间努力工作,去竞争。不可能所有的人都生产汽车。"

"上天也会禁止的!道路已经够拥挤的了。那——当我们说再见时,就永远不再见了?"

"离分手还有一天。"他补充说,强作高兴的样子。

"这使它更加罗曼蒂克,你难道不这么认为吗?你最好进去玩一会儿桥牌,我想泰特先生正等着呢。"

"毫无疑问,他是在等。"年轻人表示同意。

"你想让我也去玩儿吗?"

"随你的便。你清楚你打得不好。"

"我想也是。"她叹息道。

"当然,你能使可怜的老泰特高兴,只要你不是他的搭档。"

"我是说,我做你的搭档,这很难办吗?"

他耸了耸肩,站起身。"哦,我不在意。我知道这不是永久的。"

她站起身,他伸手去拉她。"既然你坚持,"她说,"那我就加入。"

"太谢谢了。"他强作笑脸。他们走了进去。

卢斯夫人和泰特已经坐在桥牌桌旁,后者渴望地环视着房间。当他看见肯纳韦时,面露喜悦之情。

"啊,我的孩子,"他叫起来,"你来加入我们吗?"

"当然。"肯纳韦回答。

"太好了!我不想去叫你,是因为我已经占了你那么多时间,而这是你在船上最后的几个晚上。"

"没关系,"年轻人向他确认道,"我没有什么其他事要做。"

"上帝保佑发明桥牌的人!"帕梅拉·波特说,"来吧,小伙子,说吧!"

"说什么?"肯纳韦问道。

"说你应该说的:'你应该学会它。'"

他笑了。"我不会那么粗鲁。"他为自己辩解道。

"哦,你不会吗?"她说。

此时,查理走进了图书馆。他选了一本书,坐在那里看起来。他的神情就像一个参加了图书俱乐部的人,希望一年内都没有朋友打扰他。他一直看到十点,又悠闲地绕甲板走了一圈,然后回到他的卧舱。睡意随之而来,对世态炎凉早已淡漠的他连梦都没做就一觉睡到了大天亮。

第二天早上八点,他来到了阳光普照的甲板上。一次重要旅行的最后二十四小时即将来临。从他的态度可以清楚地看出,他是那种能预感到有什么事将会发生的人。他正是意识到了这一点，才如此平静和安详。

上午，他收到了达夫发来的一份很长的电报。他拿着它回到了船舱。阳光照在他的肩头上，他读着电文：

  一条极好的消息。我该怎样感谢你呢？查理，你搞到了证据。我知道你会的。从局长那里来的电文说，对加尔各答珠宝店的调查证明，他曾是南非的 I. D. B，意思是非法的钻石买主。在钻石商中询问后，阿姆斯特丹方面提供了进一步的证据：大约在十五年前，在金伯利的身边还有一个 I. D. B，名字叫吉姆·埃弗哈特。这可能会对我们有帮助。别忘了装宝石的袋子。苏格兰场在纽约的巡官沃尔斯接受了局长的命令，正在旧金山安排调查我出事之事。他将在港口见你，准备逮捕凶手。我们的朋友弗兰纳里和他在一起。像以往一样，很遗憾，不能到你那里去了。我恢复得很快，不久会到海岸，你在那儿等着我去谢你吧。珍重，祝走运！

达夫

陈又看了一遍信的内容。当他看到有关弗兰纳里队长的内容时，笑容掠过了他那张宽阔的脸。他马上想到，命运真像个神奇的舞台监督。他很高兴能再次见到弗兰纳里。他把达夫的电报撕成碎片，从舷窗扔了出去。

这天没有发生意外事故。下午，本博来找他了。

"陈先生，我不知道你是否能理解，"他说，"我邀请你参加我们今天晚上的晚会。晚会不能没有你参加。你说过，世界上哪里都有警察。"

陈鞠了一躬。"我非常高兴地接受邀请。你会播放你的影片？"

"是的。我将在豪华的起居室里播放。大约在八点半，我们开始。我将从事务长那里借一个屏幕挂起来。我得说，似乎没有人对这非常感兴趣。"

"我非常感兴趣。"查理向他表明。

"是——但其他的人——你认为他们会喜欢看那些影片吗？那是他们自己的旅行。"他叹了口气，"但事情就是这样。一个拿着摄影机的人从来不会受到鼓励。我想，当我在阿克伦放这些片子时，得先把门锁上。那么，八点半，在 A 舱。"

"你真好！"陈回答道，"我都找不出能表达我的荣幸之词了。"

到八点时，一直俯视着总统号船的晴朗的天空消失在不透光的幕布后面。船在浓雾中缓慢地行进着。这浓雾使人想起伦敦的那天早上，在布鲁姆饭店里躺着休·莫里斯·德雷克的尸体。雾角声不时地深沉而响亮地响起，引起了船上每一个人的注意。

八点半，当所有旅行团的成员都在 A 舱集中时，查理推开了门。人们在移动着，无目的地谈着话。而本博夫人，一个办事高效的妇女，很快就让人们面对着一个白色屏幕，围成半圈坐了下来。本博正忙着解决放映前的细节问题，这些问题给了他很大的压力。

当他们等候的时候，查理说话了。"在一生中，"他评论说，"我极度渴望旅行，像你们这里所有的人一样。现在，环球旅行就要结束了。有一件事我不能不问。我想问问，在这次长途旅行中，给人印象最深刻的景色是什么？卢斯夫人，您是机敏、灵活的旅行者，在最近这些事情中，什么是最使你感兴趣的？"

"我马上就能告诉你。"老妇人回答，"我永远不会忘记尼斯喜剧院中的那个受过训练的猫剧团。那是我一生中见过的最壮观的景象。"

洛夫顿博士笑了。"你不必这样吃惊，陈先生。"他说，"在每次旅行要结束时，我都会问同样的问题，而答案总会使我震惊。斯派塞夫人，如果我问你——"

"让我想想。"这位旧金山的妇女充满幻想地说，"在巴黎歌剧院里，我看见了一件晚礼服。那不仅仅是件晚礼服，那是上天的杰作，任何女人穿上它都会显得年轻。"

"就我来说，"维维安说，"这次旅行最精彩的时刻就要到了，也就是明早我们过了费拉隆群岛，俄罗斯山在雾中出现的时刻。好了，这就是你要问我的问题吧，陈先生。我知道这样做是不礼貌的，但我不得不这样做。"

马克斯·明钦拿出一支大雪茄，环视了一下拥挤的房间，又把它放回了口袋里。"在意大利，有个小伙子赶着辆牛车，这最精彩。"他说，"驾！我希望小马克斯能看见他，这会使他对我出发前给他买的八缸直排式汽车有新的了解。"

"你们中谁还记得枫丹白露森林中的树木？"罗斯问道，"我非常喜欢这些树。"

"帕梅拉小姐，你还没有说话。"陈提醒她。

"我有很多回忆。"她回答。她穿着翠青色晚礼服，这是特意为最后的夜晚而穿的。所有的女人都注意到了她的礼服，就连一些男士都注意到了。这可能就是斯派塞夫人梦寐以求的那种晚礼服。"很难说什么事最让我感兴趣。"女孩儿接着说，"在红海，有一条飞鱼蹦到了我们的船上。它的眼睛是那样的悲伤和充满浪漫的气息，使我无法忘却它。"她转向她身边的年轻人，"你记得吧！我把它叫做约翰·巴里莫尔。"

"我认为它更像埃迪·坎托。"肯纳韦笑着说。

"一切都太奇妙了，"本博夫人说，"与阿克伦如此不同，而我恰恰喜欢这种不同。我永远都不会忘记在德尔亥散步的那个下午。印度土邦主大君驾着罗伊斯车向我们驶来。他穿着最华丽的衣服，是金丝织锦的。那是——"她严肃地看着正在忙着鼓捣放映机的丈夫,"埃尔默,你一到家就得去裁缝店。"

"旅途中有很多东西使我感兴趣,"基恩插话说,"横滨的最后一晚使我记忆犹新。我在城里转时,走进了一个电报局。洛夫顿博士在那儿,还有那个名叫韦尔比的小服务员。我问博士,他是否要回船上去,但他让我先走。我看得出,他想独自留下。所以我就自己走了,走向海边,那黑暗、神秘的地方。我看着有趣的小人影在黑暗中奔跑,看着舢板上的灯光。我称它为'图画般的景色'。这给了我一些东方的感觉。"他意味深长地看着洛夫顿,眼中闪着恶意的光,"那正是发现韦尔比死尸的地方,你是知道的——"

"朋友们,一切都准备好了。"本博先生喊道,"肯纳韦先生,请你关一下灯!谢谢!正如你们看到的,第一组照片是我们正要离开纽约港时在甲板上照的。那时我们互相还不太了解。我想,我把自由女神照上了!对,这就是她。请摘下你们的帽子,小伙子们。现在我们看见的照片是在过大西洋时照的。这张照片上的人不多。我猜,大多数人都在下面的小卧舱里。这是可怜的德雷克先生!幸运的是,他当时还不知道将会发生什么事。"

随着胶片的展开,他继续着他的解说。他们又见到了伦敦和布鲁姆饭店。他们看见了芬威克一家,是本博在街角处遇上他们并坚持要拍下他们的。这个从皮茨菲尔德来的矮个子男人显然对此有些气愤。然后就是巡官达夫的照片:从布鲁姆旅店门前开车离开,也和芬威克一样不愿意被照下来。接着是多佛海峡上的船的照片和在巴黎照的照片,之后就是在尼斯照的照片。

坐在那里的本博先生的观众表现出越来越浓的兴趣。

尼斯的画面还没有展示完,查理突然放下跷起的胖腿,向前探过身去。是泰特把他招呼过去的,泰特就坐在他的旁边。这位律师在低声说着话。

"我要走了,陈先生。"他说,"我——我觉得很不舒服。"即使是在昏暗的光线下,查理也能看出他的脸像粉笔一样白,"我不跟肯纳韦说了——这是他最后的夜晚,我不想再给他添麻烦。我在床上休息一会儿就会好的。"他轻手轻脚地溜了出去。

本博开始了新的一轮展示。他的图片似乎没完没了,但他的观众们一直在跟着他看。埃及、印度、新加坡、中国——他的确显示出了在选择镜头方面的超人的才能。

最后,照片终于被展示完了。全团的人感谢了他之后,又在屋里待了一会儿。最后,只剩下陈和本博一家。侦探在仔细查看上面绕有胶片的卷轴。"非常有趣的夜晚。"他说。

"谢谢!"本博回答,"我相信他们一定会喜欢它,你说呢?"

"我也确信他们会喜欢。"查理告诉他,"本博夫人,这不是你柔弱的身子所能承受的压力。我要和你丈夫一起把这些材料移到你的船舱里去。"他拿起很多盘胶卷,向门口走去。本博搬起放映机,跟在后面。他们向下面的船舱走去。

进了本博的卧舱，查理把胶卷放在床上，转向从阿克伦来的男人。

"我能问一下谁的卧舱在你们的两侧吗？"他问。

本博似乎有些吃惊。"怎么？卢斯夫人和帕梅拉小姐在一边，前面的卧舱是空的。"

"等等！"陈答道。他不见了，但马上又回来了。"此刻，"他声明，"两个卧舱都是空的，走廊也被所有的人遗弃了，空荡荡的。"

本博紧张地摆弄着放映机，把它放到盒子里，用一条长的黑带缠上。"这——这一切都是怎么回事，陈先生？"他结结巴巴地问。

"你的这些胶片是十分珍贵的吧？"查理温和地问。

"是的。"

"你是用结实的锁把那箱子锁好的吗？"

"当然是的。"本博对着角落中的衣柜点了点头。

"提一个不重要的建议：你要很好地把所有的胶卷盘放在里面，并且马上安全地锁上。"

"当然。但为什么呢？当然不会有人——"

陈的小眼睛眯了起来。"不会有人知道！"他说，"如果你回到可爱的家乡时，发现少了重要的胶片盘，这会使我非常难过，比如那盘在尼斯……"

"陈先生，这是什么意思？"本博问。

"你在那些特殊的照片上面没注意到什么吗？"

"没有。我不能说我注意到了什么。"

"其他人也许会更仔细地观察。请不要为此烦恼。只是，要把照片放好、锁好。人们把事情告诉我，可能就永不会再被苏格兰场的人询问——"

"苏格兰场的人！"本博喊了起来，"我愿意看他们尽力——"

"对不起，我一定要问一个问题。你现在记得住确切的日子吗？在尼斯的大街上照的照片是哪天照的？"

"你是说在普罗梅纳德的安格兰斯？"本博从口袋里拿出一张破旧的纸，研究了一下。"那胶片是二月二十一日早上冲洗的。"他说。

"你的摄影系统真是太棒了！"陈很满意，"我非常感激！现在你必须收藏好这些胶卷盘，我来帮你。我想这是弹簧锁，它看上去很好、很结实。"他转身要走，"本博先生，我欠了你很多：第一是你拍了这么多照片；第二是你把这些照片给我看了。"

"啊，没什么！"本博回答。

陈则马上走到甲板的最高处，走进了无线电报室。他深思了一会儿，然后写了一条消息。

旧金山警察厅的弗兰纳里队长转沃尔斯巡官：不要延误，马上让苏格兰场当局从吉米·布林那里获得消息。他是法国尼斯普罗梅纳德的安格兰斯的英国裁缝。仔细讲述一下他在二月二十一日前后干的工作以及那天早上干了什么。案件的核心工作已完成。期待明天早上在甲板上见到你。

陈查理

怀着轻松的心情，查理走到低层的甲板上，开始仔细回想。浓雾笼罩着船的每个角落。与前几夜完全不同的是，甲板上十分冷清，大多数乘客都呆在灯光明亮的公共房间里。他走了两圈，感到十分愉快、十分满意。

他第三次走过被黑暗笼罩着的甲板时，突然在自己右边的阴影中发现一个黑影在移动。一支钢管在他侧面闪了一下。当他向那个方向走去时，子弹突然飞了过来。这一定是冲他来的。查理趴在甲板上，一动不动。

接着就是很快撤退的声响，然后是可怕的寂静。过了一会儿，事务长的声音打破了寂静，他绊倒在陈的身上。

"侦探，看在上帝的分上，"他喊道，"发生了什么事情？"

查理坐了起来。"突然，我发觉横卧的姿势更舒服。"他说，"你会看出，我本质上是很保守的。"

"有人向你开枪？"事务长说。

"简单地说，是这样。"中国人回答，"只偏了一英寸。"

"我说——在这儿不可能有这种事发生。"事务长忧郁地解释道。

陈慢慢地站了起来。"不要烦恼，"他指出，"明天早晨，只要船一到岸，那个开枪的人就会落到警察的手心里。"

"但——今晚——"

"没有必要惊慌！各种迹象表明，他并没有真的想打准他的目标。请注意距离：这样近，是不会打不中的。"

"仅仅是一种警告，呃？"事务长放松了下来。

"有这样的可能。"查理转过身，大步走开了。当他走到通向主要座舱的过道时，马克·肯纳韦向他跑来。这个年轻人脸色煞白，头发乱蓬蓬的。

"陈先生，"他喊道，"你必须马上跟我来！"

查理无言地跟着他。肯纳韦领他来到他和泰特同住的卧舱，打开了门。泰特躺在他的床上，显然失去了知觉。

"啊！可怜的先生遇到了攻击！"陈说。

"很明显，"肯纳韦回答，"我刚一进来就发现他这样了。这是怎么回事？我听说有人向你开枪！不过，请看这儿！"

他指着床边的地板，上面有一支手枪。

"它还热着呢!"年轻人声音沙哑地补充道,"我碰了它,它还是热的。"

查理蹲下并捡起了武器。"啊,是的,"他说,"它还热着呢。有充分的理由说明,这就是那支几分钟前向我射出子弹的枪。"

肯纳韦坐在自己的床边,用手捂着脸。"泰特,"他咕哝着,"我的上帝——泰特!"

"没错!"查理点了点头,"泰特的指纹一定会留在手枪的表面。"他又蹲下去,从床下拉出了肯纳韦的箱子。他盯着那个加尔各答的标签看了一会儿,然后用手指去感觉了一下。中间的夹缝比钥匙的长度稍长一点儿,而且原来的纸已贴回了那个地方,有一个地方还相当潮。"干得相当麻利!"侦探评论着,"和我想的一样,钥匙已经没有了。"

肯纳韦在旁边乱看一气。"在哪里呢?"他问。

"它在我想让它在的地方,"查理回答,"在那个刚才用这支枪射击的人身上。"

年轻人盯着那张床。"你是说,在他身上?"

"不,"查理摇了摇头,"不在泰特那儿。在凶残的凶手身上——这个十分谨慎小心的人利用了躺在床上的泰特。此人今晚到这儿来拿钥匙,发现泰特先生没有察觉,觉得有了机会。这个人冲出去,向我开枪,然后回到这儿,按住泰特的手,制造出了枪上的手印,然后有意识地将枪扔在地上。这是我见过的相当聪明的罪犯。当我明早把他交给我的老朋友弗兰纳里时,我将会得到最大的快慰。"

第二十二章　钓鱼的时刻

肯纳韦站了起来。他看上去已经不再恐惧。查理把手枪放进了自己的口袋。

"感谢上帝，"年轻人说，"我解除了沉重的负担。"他瞥了一眼泰特，泰特正在微微地晃动，"我想他正在苏醒，可怜的人。我整晚都在奇怪，无论如何也不能相信这件事。他是个好人，尽管他经常大声呵斥别人。我不能相信他会做这些可怕的事情。"

陈向门口走去。"我相信，你会闭紧你的嘴。"他说，"你当然不会转述我告诉你的任何一个字。我们还要使我们的猎物现形，我确信我们的猎物是出人意料的。如果他认为他的计谋成功了的话，我想我们今后的事可能会更顺利些。"

"我懂，"肯纳韦回答，"你可以信任我。"他把手放在律师的胸口上，"看来，我得帮这可怜的泰特先生安全回家。在那之后，他就再也不用我管了。"

查理点了点头。"监督自己的命运对任何一个人来说都不是件容易的事。"他说。

"我也这么认为！"肯纳韦激动地应答着。陈打开了门。"巡官，请等等！如果你碰巧遇上波特小姐的话，麻烦你让她在上边等我。我可能会在这儿待半个小时左右，但只要泰特先生一睡着——"

"啊！好！"陈笑了，"我很高兴能带这个口信儿。"

"哦，请不要特意去找她！我只是想——这是我们最后一个夜晚，你是知道的。我真的只是想向她说声再见。"

"只说再见？"陈重复道。

"对，没有什么更多的。刚才你是怎么告诉我的？监督自己的命运不是件容易的事——"

"对于一个胆小的人……"陈马上接过去说，"我被其他事情所困扰着，所以很抱歉，我刚才说话时愚蠢地引错了话。"

"哦！"肯纳韦漠然地回答。陈迈步进了走廊，关上了他身后的门。

船长正在主升降口的扶梯处等他。"我刚听说了发生的事。"他说，"我的船舱里还有个多余的铺位，我要你今晚睡在那里。"

"我感到非常荣幸，"查理鞠了一躬，"但没有必要作出这样的牺牲。"

"你说'牺牲'是什么意思？我这样做是为了我自己，不是为了你，我不希望在我的船上发生任何事故。我在期待着你的回答。这是船长的命令。"

"船长的命令一定要服从。"陈表示同意。

他发现帕梅拉·波特在休息室的一个角落里看书。她放下书，很关心地看着他。

"你遭枪击是怎么回事？"她说。

查理耸了耸肩。"这件事不会有什么结果的。"他想使她确信，"我感觉到，船上的人对此不太关心。不必多想它了。我给你带个口信儿：肯纳韦先生请你等他。"

"好吧！"女孩儿回答。

"泰特先生受到了袭击。"

"哦，我很遗憾。"

"他正在恢复。一有机会，肯纳韦先生就会来找你。"查理说，"他是个相当好的年轻人。"

"我还在生他的气。"她坚决地回答。

查理笑了。"我能理解这种感情！就算是为我做件好事了！请等着他，让他最后惹你生一次气。"

"我会的，"她回答，"但只是为了你。"

查理走后，她又拿起了她的书。接着，她把书放到一边，套上了包装，然后走上了甲板。今晚的太平洋一点儿也不太平，它是黑暗、愤怒、狂暴的。女孩儿靠在栏杆上，盯着眼前的雾。雾角在她头顶不时地响起。

肯纳韦突然出现在了她的身边。"你好！"他说，"我想，陈先生给你带口信儿了。"

"哦，这不成问题。"她回答，"我还没打算回我的船舱。有这个东西在响，也不能睡觉。"

他们一起等着雾角停下来。

"很老的号角，是吧？"肯纳韦说，"当我还是个小孩子时，曾得到过一个号角作为圣诞礼物。那是段美妙的时光。"

"为什么突然高兴起来了？"女孩儿问。

"哦，有很多原因。我整晚都在担心着一些事，而我刚才发现，没什么可担心的了，一切都很好。明天早上一到岸，泰特先生的儿子就会在那里等他。这之后，我就自由了。我告诉你，我——"

雾角又响了起来。

"你刚才说什么？"雾角一停，女孩儿就问。

"我说什么？哦，对了，从明天开始，我只要照顾好自己就行了。"

"这是非常愉快的感觉，对吧？"

"我想是的。如果明天我见不到你——"

"哦，你会见到我的。"

"我只想告诉你，能认识你我很高兴！你真的太好了，相当迷人！你一定不知道，在这次旅行中，没有你在身边时我在干什么。我一直在想你！但请记住，没有信——"

号角在他们上方刺耳地响着。肯纳韦继续喊着无法让人听清的话。女孩儿看着他。她突然变得非常可爱，非常吸引人。他拥抱着她，亲吻着她。

"行，"她说，"如果你坚持。"

"行什么？"他问。

"如果你要我嫁给你，那么我会的。这是你刚才说的，对吧？"

"不完全是。"

"这是我的错。我不能听得很清楚。但我认为，我听到了'嫁'这个字——"

"我刚才说，我希望你能嫁个好小伙儿，并能幸福。"

"哦，对不起。"

"看着我！你的意思是，你会嫁给我？"

"为什么提这个？你没有问我。"

"但我会问的。我要问，我正在问。"

号角又响了起来。肯纳韦一句话也没说。一声号角过后，他放开了她。

"你真的对我有意？"她问。

"我都要为你发疯了。但我确信，你一定会拒绝我，所以我不想问你。你不会拒绝我吧？"

"这是多么荒唐的想法啊！"她回答。

"真是个美妙的夜晚。"年轻人说，"我知道哪里有椅子——在后甲板的黑暗角落里。"

"从香港出发以来，这些椅子一直在那里闲置着。"女孩儿回答。于是，他们便走过去找椅子。

当他们穿过浓雾时，号角又响了起来。"干这个活儿的小伙子，"肯纳韦说，"早晨会得到一个大的惊喜。我打算给他小费，但这会把他吓死。"

就在此刻，查理躺在船长的船舱里。周围的一切对他来说都十分生疏，他一点儿睡意也没有。他在想,大概所有的老水手都能像船长一样鼾声如雷。

第二天,他被敲门声唤醒之后,马上起了床。他发现他的舱友已经起来了,并且已经穿戴好了。船长从一个神情慌乱的小伙子手里接过一份电报,把它交给了查理。

"是从旧金山警察局的弗兰纳里队长那里来的,"查理边看边说,"他和苏格兰场的沃尔斯巡官会上船进行移民检查。"

"好!"船长说,"越快越好,巡官。就我而言,我一直在想,我们现在就把我们的对象监禁起来,直到他们来,难道不更好吗?"

陈摇了摇头。"谢谢你,不必了。我更乐意让他就这样一直不产生怀疑。泰特先生无疑会在舱里待一上午,我将在洛夫顿的团员中散布:我们已相信他就是我们要抓的人。请相信,当真正的猎物得到这消息时,一定会露出更多的马脚。"

"就按你说的做吧。"船长点头同意,"你是内行。尽管在昨晚你告诉我一切之后,我自己并不急切地想行动,但我会拿一年的薪金来做赌注,证明你是对的。我会告诉我的手下,密切注意那个人,直到他落到警察手中。你知道,这些人有时会从船上失踪的。"

"非常明智的建议,"查理表示同意,"我非常感激你的帮助。"当他们谈话时,他赶快穿上了衣服。现在,他拿着自己的包向门口走去。"我要回自己房间的卫生间了。我从心底里感谢你留我过夜。"

"没什么,侦探!再见!这次你一直在工作。由于在这个案子上所做出的成绩,你应该得到很高的荣誉。"

陈耸了耸肩。"当晚餐结束时,谁还会提钥匙的价值?"他说完便走了出去。雾正在迅速地消散,在东方的天空中,太阳已隐约可见。

他回到自己的船舱,以特有的谨慎和周到面对着这一天的到来。在去吃早点的路上,他走进了泰特和肯纳韦所住的船舱。两个人都醒着,律师看上去好多了。

"哦,我挺好的,"他感到陈有些怀疑,便主动说道,"我曾向你许诺,我一定能到达旧金山,对吧?而且,在我死前,我还要到其他的城市去。马克认为我最好一直躺着,直到船到岸。这都是乱说,但我仍同意这么做。"

"是个极好的主意。"陈点了点头,"肯纳韦先生告诉你昨晚发生的事了吗?"

泰特皱了一下眉。"他告诉我了。这个罪犯即使付给我一百万美元,我也不会为他辩护。"

查理简要地讲了当天上午的计划,律师十分赞成。

"我没有问题,"他说,"只要能抓住他。当然,在我们上岸前,你得让旅行团的成员了解事情的真相。"

"那自然。"陈回答。

"那么，去吧。你说你已经抓住你想要的人了？我想不会——"

"不会很久了。"查理笑着走开了。

早饭后，他在甲板上遇见了事务长。"我给你弄到了一张上岸卡。"这位先生说，"至于卡西莫，我不知该怎么办。他从没来过这儿，自然不会有在这个岛上出生的记录。他是因为偷渡才来到这条船上的——他自己也承认了这一点。他最好马上回去。我们的船在同一个码头上，计划今天两点启程。我把他转托给那条船的事务长了，让他把他带回檀香山。"

陈点了点头。"我批准这计划，因而没有问题，卡西莫也会同意。他的工作已经完成，可以说很出色，他已有想家的迹象了。我知道他会很高兴，希望马上回去接受上司的赞扬。请安排他作为旅客回去，我会为他付船票钱的。"繁忙的事务长点了点头，急匆匆地离开了。

侦探继续在甲板上走，遇到了斯图尔特·维维安。这个旧金山人站在栏杆边，手里拿着一对杯子，肩上背着一个空包。

"早上好。"他说，"我正在看俄罗斯山。上帝作证，我从来没有像现在这样高兴地看着它。"

"哪里的景色都没有家乡的景色更能让疲惫的人放松。"查理说。

"你曾说过这话。我几周以来已经厌倦这次旅行了。我很早就不想再接着旅行了，但我生怕你们警察会认为……顺便问一下，我听说，你已经发现谁是凶手了？"

查理点了点头。"非常不幸的事情。"

"的确是。啊——呃——我想，凶手的名字是保密的吧？"

"一点儿也不用。泰特先生允许公开这件事。"

"泰特！"维维安叫了起来。他沉默了一会儿。"这事很有趣，对吗？"他看了一下表，"十分钟后，我们在图书馆开个告别会。我想，洛夫顿会把船票分发给那些还要继续旅行的人。还有，他会送上最后的祝福。这个消息将会引起多么大的骚动啊！"

"我想，也许会的。"陈笑了笑，继续顺着甲板走去。

二十分钟后，船的发动机终于停了下来。船停在了浪涛滚滚的灰色大海上，等着海关官员及移民局官员的到来。

当小摩托艇到达时，查理正在梯子的最上方。弗兰纳里绯红的脸和宽阔的肩膀进入了他的视野。

"你好，"这位官员喊道，"我的老朋友！陈警官，你还像我一样活着呢！"

他们互相握了握手。"真高兴又见到你，"查理说，"很久以前的一天，我曾站在那里关注你办布鲁斯案所取得的令人羡慕的成绩。自那以来，有很多事发生了变化。其中一件，就是我已被提升为探长了。"

"真的?"弗兰纳里回答，"好了，你不能让松鼠永远呆在地上。这是句中国的老话。"

查理笑了。"看来，你还没有忘记我。"在弗兰纳里后边站着个结实的高个男人，"这位，我想就是——"

"对不起，"弗兰纳里说，"认识一下吧，这位是苏格兰场的巡官沃尔斯。"

"见到你很荣幸。"陈说。

"你从达夫那里收到的最后的消息是什么？"巡官问。

"案情已有稳步的进展。"查理告诉他，"达夫说，你为害他的凶手而来。当然，休·莫里斯·德雷克的凶杀案也是在你们伦敦的饭店里发生的。"

"我当然该来。"沃尔斯说。

"我很高兴把他交给你。"陈回答，"这件事可能用不着太公开，所以我拟定了一个小计划。请你们跟我来，行吗？"

他带着他们来到了一个船舱前面，门上写着"一一九号"。

他们一边走进去，他一边给他们指着：两把柳条椅子、船舱内两边各一张床、床旁边各一堆行李。

"如果你们在这里等着，你们的猎物就会自己到你们这儿来。"他声明。然后，他转向沃尔斯："有一件事我得问一下，你收到我昨晚发的消息了吗？"

"是的，收到了，"警察回答，"而且我马上与苏格兰场取得了联系。那边正好是早上，这你知道，因而才过了几小时就有了结果。在我们正要离开弗兰纳里队长的办公室时，调查结果被传到了旧金山。情况好极了。吉米·布林告诉我们的代表，在二月二十日，你的目标曾带给他一件外衣让他补，并要求在第二天早上取。这是件灰色制服外衣，右边的口袋已经破了。"

"哦，是的，"查理点了点头，"是二月七日清晨在布鲁姆饭店被老巡视人的手扯破的。凶手本应该扔掉这件外衣的，但他从没想过扔，因为从一开始，他就认为自己很安全。我敢打赌，他肯定是把外衣从伦敦海运到尼斯，写上自己为收件人，然后雇用了织补能手布林先生。这是绝妙的选择。我注意到，现在有很多裁缝的广告牌上有'无缝织补'的字样。屏幕太小，无法看出布林的杰作留下的痕迹。但我相信，一定会有的。有很多次，我观察过那件外衣，但布林先生无疑是无缝织补的高手。"他向门口走去，"不管怎么说，光凭嘴说不能做出饭来。你们在这儿等着罪犯来吧。"他解释道，然后就消失了。

他找到了洛夫顿旅行团。除了泰特没在场外，其他人都已聚在图书馆里，而且显然都非常兴奋。在通向屋子的唯一的门旁，查理碰见了船上的大副。在他的陪伴下，侦探简短地发了言。

"朋友们，请安静！"大副喊道，"只要是在船上的行李，就要进行检查。海关官员们已经来了，请回到你们自己的房间。"

马克·肯纳韦和帕梅拉·波特首先走了出来。他们俩都十分高兴。

"真像耶鲁大学的庆典日。"年轻人笑着说,"到你的房间去,陈先生。我们一会儿去你那里,有消息告诉你。"

"听上去是有好消息。"查理回答着,表情很严肃。

明钦和他的夫人出来了。"我会再也见不到你们了吗?"查理说着,和他们握了握手,"向小马克斯问个好,告诉他要做个好孩子,要努力学习。空洞的头脑是邪恶最好的活动场所。"

"我会告诉他的,长官!"那匪徒说,"你是我愿意相识的警察。再见。"

斯派塞夫人点了点头,笑着走了过来。接着,卢斯夫人走了过来。

"当你到南加州来时,请通知我。"她说,"那是上帝的领地中最伟大的土地。"

"陈先生,先别对那里进行评论!"本博先生走了过来,"等我们先领你看了阿克伦再说——"

"既然这样,那么别管他们,到西北部来看看。"罗斯补充道。

"你们都不对,"维维安声明,"他半小时后就会来到上帝的土地上。"

基恩和洛夫顿向这边走过来。查理没等他们,他让大副留在门口,自己赶快离开了。

与此同时,在一一九号船舱,弗兰纳里队长和从苏格兰场来的人变得有点儿不耐烦了。后者站起来,焦急地走动着。

"我希望不会出什么差错。"他嘀咕着。

"不要着急,"弗兰纳里大度地说,"陈查理是旧金山的金门以西一带最杰出的侦探——"

门突然开了,弗兰纳里马上站了起来。维维安站在门廊处。

"这是怎么回事?"他厉声问道。

"进来!"警察说,"关上门,快,走进来!你是谁?"

"我叫维维安,这是我的船舱——"

"坐在床上。"

"你是什么意思?敢命令我——"

"我是在办公事。坐下,保持安静!"

维维安不情愿地服从了。沃尔斯看了一眼弗兰纳里。"无疑,他就是我们最终要找的那个人。"巡官说。

"听——"弗兰纳里低声说。

外面,从走廊坚硬的地面上传来了"嗒、嗒、嗒"的拐杖声。

门开了,罗斯走了进来。他环视了一下周围,然后回头瞥了门口一眼,陈查理正站在那里。如果用十分婉转的语言来表达,那么可以说他填充了门的缝隙。

"罗斯先生,"查理说,"你和弗兰纳里队长握握手吧,他是从旧金山警察局来的。"队长抓住了罗斯那毫无抵抗力的手。查理上前几步,快速地搜查了一遍。"我想,"他补充道,"你在沿途多次补充的弹药,最后全都被耗尽了。"

"你是什么意思?"罗斯问道。

"我遗憾地告诉你,弗兰纳里队长有逮捕你的证件。"

"逮捕?"

"苏格兰场方面要求他以谋杀罪逮捕你。今年二月七日的早上,在伦敦的布鲁姆饭店,你谋杀了休·莫里斯·德雷克。"罗斯瞪着他。"还有其他的麻烦,"陈继续道,"但在你对那些麻烦作出回答之前,你不会被传讯。他们在尼斯对霍尼伍德进行谋杀,在圣雷莫对西比尔·康韦进行谋杀,在横滨对韦尔比进行谋杀,在檀香山对达夫巡官进行残酷的袭击。整个世界的谋杀案……罗斯先生!"

"这不是真的。"罗斯声音嘶哑地说。

"我们会了解的。卡西莫!"查理提高了嗓门儿,"你可以从你藏的地方出来了。"

穿着脏衣服的小身体迅速地从一张床底下钻了出来。这个日本人身上全是棉绒、零散的线头和尘土。陈帮助他站了起来。

"啊,卡西莫,你有点儿僵硬了吧!"他说,"我很抱歉,不能让你早点儿出来。弗兰纳里队长,东方人的参与越来越多了。这是来自檀香山警方的卡西莫警官。"他转向小伙子问道:"现在让你告诉我们那把珍贵的钥匙在哪里,是不是有些太过分呢?"

"我知道在哪儿。"日本人骄傲地回答。他跪下来,从罗斯右裤脚的卷折处拿出了钥匙。他洋洋得意地高高举起了它。

查理把钥匙接了过来。"这是什么,沃尔斯巡官?对我来说,这似乎是相当好的证据。一把某银行保险箱的钥匙,号码是三二六〇。嘿,罗斯先生,你本应该把它扔掉。但是我理解,你担心如果没有它,你就不能再拿到那些贵重物品了。"他把钥匙递给了沃尔斯。

"这是给陪审团的东西。"这个英国人满意地说。

"这钥匙是栽赃的,"罗斯叫道,"我否认所有的一切!"

"所有的一切?"查理眯起了眼睛,"昨天晚上,我们坐在一起看本博先生的片子。忽隐忽现的影片暴露了你曾在尼斯的一个商店的门厅出现。你认为我会没注意吗?我可能会,但几天来我已经知道你有罪——"

"什么?"罗斯掩饰不住自己的惊讶。

"我过一会儿会解释的。刚才,我说到了尼斯。吉米·布林,那个裁缝,记得吗?他回忆起那件右边口袋破了的灰外衣——"

罗斯刚要说话,侦探便举起了手。

"所有的证据都对你不利。"查理继续说,"你是个聪明人,对自己的评价很高,因而你很难相信自己输了。然而,这就是事实。你把钥匙藏在肯纳韦先生的包上——这个包一般是被推进床底下就不加理睬了,直到马上要到岸时才被拿出来,这样做很聪明。你从拐杖上换掉橡皮头,然后改用另一只手去拿拐杖,希望有反应敏锐的人注意到这一点,这也很聪明。有那么多人被怀疑,你也想被人怀疑,然后用令人信服的态度使自己解脱出来。我应该承认,你做到了。昨天晚上,你又表现出了你的聪明。你向我疯狂地射击之后,又把冒烟的枪扔在了可怜的泰特先生身旁。这是个残酷的行为,而你就是个残酷的人。多么无用的举止啊!如同我以前说过的那样,我已经知道了几天了,你是有罪的。"

"你没告诉我,"罗斯嘲笑着,"你是怎么知道这一切的。"

"我知道这一切,是因为有某一时刻你不是那么聪明,罗斯先生。在明钦先生的晚宴上,你发了言。那是个简短的发言,却包含了一个词——一个不被注意的小词。这个词证实了凶手是你。"

"真的?那是个什么词?"

查理拿出一张卡片,在上面写了些什么。他把卡片递给了罗斯。"像纪念品一样保存起来吧。"他提议道。

这男人瞥了一眼卡片,脸变白了。他把卡片撕成碎片,扔到了地上。

"谢谢!"他悲惨地说,"但是我不收集纪念品。好吧,后来发生了什么事?"

第二十三章　收网的时刻

接下去发生的事是，一个海关检查员来敲门，在紧张的气氛中检查了维维安和罗斯的随身行李。一个服务员跟着他进舱拿行李。维维安赶快溜了出去。卡西莫和查理简短地说了几句话之后，也离开了。

弗兰纳里队长拿手帕擦了一下额头。"这里变得很热。"他对沃尔斯说，"让我们把他带到图书馆，听听他会为自己辩解些什么！"

"我没什么可说的。"罗斯冷冷地插话道。

"真是这样吗？好吧，我见过处于你这种状况的人改变了他们的想法。"弗兰纳里先走，然后是罗斯，沃尔斯紧跟其后，查理关上了门。

他们在台阶处碰到了马克·肯纳韦。陈停下来，说了句话。

"我们抓住了我们要找的人。"他声明。

"罗斯！"肯纳韦叫了起来，"上帝！"

"我提议，你最好在旅行团成员中恢复可怜的泰特先生的名声。"

"放心吧，"年轻人回答，"我会赢得时间的，就像历史上的保罗·里维尔一样，尽管他当时还有匹马。"

走到甲板上，查理首先意识到的是，他们的船又开了。右边是普勒西迪奥的低矮楼房，正前方是阿尔卡特拉兹岛的要塞。在他周围，船上的乘客们情绪激动地互相告着别。

弗兰纳里、沃尔斯和他们的猎物坐在另一边的无人的图书馆里。查理关上身后的门，外面嘈杂的狂欢声消失了。

当查理走过去加入他们的行列时，罗斯非常仇恨地看着他。在他的注视下，查理想起了一周前他和达夫一起吃午饭的情景。他在那个场合曾对英国巡官说过："你显然是在找个两面人。"这已不再是旅行团成员们所了解的那个文雅的、态度温和的罗斯,他是另一个人:冷酷的、无情的和凶残的人。

"你最好过来。"弗兰纳里说。罗斯的唯一反应就是轻蔑地瞥了他一眼。

"队长在给你一个好建议。"沃尔斯愉快地说,他的态度比弗兰纳里的更平和,"在我一生的事业中,我还没有遇到过像这样证据充分的案子。谢谢,当然是谢陈侦探了!我的职责是警告你,你所说的一切都有可能作为呈堂证供,而我的建议是,你最好认罪——"

"承认我没有做过的事?"罗斯生气地说。

"哦,好了,说吧。我们不仅有钥匙,还有从裁缝那里带来的话。"

"是的,可动机是什么呢?"被指控的人提高了嗓门儿问,"我对你们的这些钥匙和外衣毫不在乎——你们不能把它们当做证据。这很重要,而你们知道这一点。我从来也没有见过你们认为是我谋杀了的那个人!我一直住在西海岸的州,有很多年了——我——"

"你有很明显的动机,罗斯先生。"沃尔斯有礼貌地回答,"或者我应该说,我想,是埃弗哈特先生,吉姆·埃弗哈特。"

罗斯的脸色变成了灰白色。一时间,他似乎要崩溃了。他尽力想保持一直支撑着他的精神力量,但没有成功。

"啊,是的,是埃弗哈特先生。或者,如果你愿意,仍叫你罗斯。"沃尔斯继续平静地说,"根据几天前苏格兰场方面得到的情报,你的动机是非常清楚的。我们现在还没有急于考虑动机,我们只是急于证实你的身份。陈巡官已经敏锐地发现了这一点。当陪审团成员问我们动机时,我们只需告诉他们,你在南非的那些日子发生的事,霍尼伍德怎样偷了你的姑娘——"

"还有我的钻石,"罗斯哭了,"我的钻石和我的姑娘!而她——"他本已从椅子上直起了身子,现在又倒在椅子上,突然寂静无声了。

"你是在大约十五年前到南非去的,我认为,"巡官接着说,"是作为音乐喜剧团中管弦乐队的小提琴手去的。西比尔·康韦在剧团里是演主角的女演员,你爱上了她。但她有抱负,渴望得到金钱,想当明星。你正好有一小笔遗产,但那还不够。无论如何,对于你开始经商是够了——秘密地经营,从当地人,从小偷那里买钻石。在一年之中,你就有了装满这些偷来的宝石的两个口袋。于是,西比尔·康韦就许诺嫁给你。你最后一次去附近的钻石交易处时,把那两袋钻石留在了开普城你的姑娘那里。而当你回到她那儿时——"

"我看见了他。"罗斯结束这个故事道,"哦,这有什么用!我应付不了你们了——你和这个中国人。在我回来后的第一个晚上,我看见了他——沃尔特·霍尼伍德·斯旺。那是在西比尔·康韦的房子的小客厅里。"

"一个年轻人,"沃尔斯说,"在家还没有干好过一件事,就出来在那里当了南非警察局的一名警察。"

"是的,我知道他和警察局有关系。在他走后,我问西比尔这是怎么回事。她说，这个年轻人怀疑我，他在跟踪我，我最好赶快离开。她还说，当演出结束后，她会找我。半夜有一条要开往澳大利亚的船，她催我上船。就在船刚要开时，在甲板上的黑暗中，她塞给我两个小袋子。我能摸到有石头在里面，但那时我不敢看。她和我亲吻告别后，我们分开了。

"当船开出之后，我回到我的船舱里，查看装石头的小袋子。那是两个软皮袋，每个都装满一百多块大小不同的卵石。我完了。她选择了那个警官，而把我出卖了。"

"所以你去了澳大利亚。"沃尔斯有礼貌地催他继续讲下去，"你在那儿听说西比尔·康韦和斯旺结婚了，而且他现在名叫沃尔特·霍尼伍德。你想杀了他们俩，但是你没有那么做，因为要找到他们不那么容易。时间一年一年地过去了，你最终来到了美国。你发誓要成为一个令人尊敬的公民。复仇的夙愿已经消失，而在那一刻突然又出现了。"

罗斯抬起了头，他的眼睛里充满了杀意。"是的，"他慢慢地说，"又出现了。"

"那是怎么回事？"沃尔斯继续问，"是在你的脚受伤后发生的吗？你躺在那里，无聊、孤独，有很多时间去想——"

"是的，想很多事情。"罗斯喊道，"整个事件又活生生地展现在我面前，如同昨天发生的一样。他们都对我干了些什么？你想知道我的想法吗？我要让他们受到惩罚。"他暴怒地看着沃尔斯，"我告诉你，即使一个人认为自己的行为是正当的——"

"不，不对，"沃尔斯反驳道，"你应该忘记过去。如果你忘记过去，你现在会是个很幸福的人。不要期待由于宿怨而得到怜悯。你杀德雷克的行为是正当的吗？"

"那是误会。我很抱歉，那屋子里很黑。"

"那韦尔比巡官呢？他是我认识的最好的小伙子。"

"我不得不那样做。"

"你还企图杀了达夫——"

"我没想杀他。如果我打算杀他的话，会把他杀死的，但是我没有。我只想把他赶走一会儿——"

"罗斯，你很残酷无情。"沃尔斯严肃地说，"你将为此付出代价。"

"我知道要付出代价。"

"如果你从不企图对过去的事进行报复，你的情况就会好多了。"沃尔斯继续说，"但是你没有。当你的脚好了之后，我知道你集中了所有的有价值的东西，以及你的存款，永远离开了塔科马。你把你所有的财产放进了某个小镇的保险箱。在哪里？我们最近会知道的。然后你出发到纽约去找这两个霍尼伍德。此时沃尔特·霍尼伍德正准备去世界旅游，你也订了同一个旅行团的票。

"在布鲁姆饭店，你试图进行第一次谋杀，但这次出了个严重的错误，你却继续干了下去。你把那件外衣寄到尼斯，修补好了。你丢失了表链中的一部分，它上面有一把开保险箱的钥匙。你考虑再三——是否应该保留另一把钥匙呢？你知道，苏格兰场的人会尽最大努力找到三二六〇号保险箱的主人。你能不能到银行去呢？本来那里没人知道你，但如果你通知银行，说你丢了两把钥匙，会不会引起别人对你过分的注意呢？不能去。唯一能再见到你的财产的希望就寄托在另一把钥匙上了。

"随着旅行团旅游的沃尔特·霍尼伍德也认出了你，但他像你一样，想竭力不把这事宣扬出去。他警告你，如果他发生了什么不幸，他有一封信可以用来控告你。你一直在找这封信，直到把它找到。就在当天夜里，在尼斯饭店的花园里，你杀了他。你听说，西比尔·康韦在旁边的镇上。你不敢离开旅行团，只好跟着旅行团继续走，希望能有最好的机会。而那个电梯，正好让你达到目的。

"那之后，航行似乎十分顺利。你开始认为你是幸运的。达夫很困惑，你是知道的。你一直感到很平静、安全，直到到了横滨，你得知韦尔比发现了那把复制的钥匙。顺便问一句，那时你把它放在哪里了？"罗斯没有回答。

"某个巧妙的地方，我敢打赌。"苏格兰场的警察继续着，"但这没关系。不管由于什么原因，你感到韦尔比已经上岸去发电报了。没等你阻止他，他就已经发完了电报。幸运的是，他没有在电报中提到你。当他回来时，你在甲板上向他开了枪。

"你又一次感到自己安全了。我不太知道到了横滨之后发生了什么事。但我判断，当你到了檀香山，在码头上遇见了达夫之后，你又感到了危险。而此时，你们的旅行快要结束了。只剩下几英里了，一切都很顺利，这挽救了达夫。他了解了多少情况呢？什么也没有，这是很清楚的。他在旅程的最后一段时间内还会了解到多少情况呢？如果你防范的话，他不会得到更多的东西。但你想摆脱他的跟踪。"沃尔斯瞥了陈查理一眼，"罗斯，就在这儿。"英国人结束他的谈话道，"我认为你犯了一生中最大的错误。"

罗斯站了起来。船快速向码头驶去。在窗外，旅客们都聚集在舷梯的顶部。

"好了，还有什么？"罗斯说，"上岸行吗？"

他们在甲板上等了一会儿，直到舷梯上只剩下最后几个零散的旅客，他们才开始下去。一个穿警服的警察出现在弗兰纳里面前。"车准备好了，长官。"他说。

查理向沃尔斯巡官伸出手说："我们会再见面的！我把达夫巡官的文件夹放在行李里了，我对它的研究已经完成了。"

沃尔斯热情地和他握了握手。"我想，你已经通过了这方面的考试，"他笑着说，"而且成绩优秀。我会等在旧金山，直到达夫来。我希望他来时你也在这儿。我知道，他一定想亲自感谢你。"

"也许会的！谁能说得准呢？"查理回答。

"好！你今晚得和我共进晚餐。还有一些细节我想知道，比如罗斯在明钦举办的晚宴上的发言。你能七点在斯图尔特和我见面吗？"

"很乐意！"查理回答，"我也住在同一个饭店。"沃尔斯和在警察押解下的罗斯离开了。这个被查理最终送上审判台的人显得死气沉沉。在最后的几分钟里，他的眼睛故意避开了陈的目光。

"在旧金山能待多长时间，查理？"弗兰纳里问。

"很难说。"陈回答，"我有个女儿在南加州的一个大学里读书，我很渴望见到她。"

"这是车票。"弗兰纳里轻松地大声说，"你去给洛杉矶警察局当当帮手！只要有事，他们就会需要你。"

查理有礼貌地对他笑了笑。"强将手下无弱兵。"

"你说过，很多真理都存在于你的这些谚语之中。好吧，查理，你走之前要来看我！我现在得马上走了。"

当查理去拿他的行李时，遇上了卡西莫和事务长。

"我带这小伙子去乘'塔夫脱总统号'船，"事务长说，"他两点就回夏威夷。"

陈高兴地对他的助手说："你满载荣誉而归。卡西莫，我十分为你感到的骄傲，不仅是由于你在船上出色的查寻，而且由于你在檀香山的那天晚上到船上来时，就已经怀疑到那个罪犯了。"他拍了拍日本人的肩膀，"即使是在背阴处生长的桃子，最终也会成熟。"

"希望上司不会因为我擅离岗位而生气。"卡西莫说。

"上司会让乐队在码头上高奏乐曲迎接你的。"查理让他放心，"看来我没能让你明白，卡西莫，你是个英雄。我再重复一遍，你满载荣誉而归。不要忽略这一点，就像在炎热的夜晚总爱忽略毛毯一样。现在到那条船上去吧，等着我回来！我去城里给你买件新的亚麻衬衣。我想，六天时间足够我找到合适的礼物了。"

他拿起行李，跟着他们向"塔夫脱总统号"船的舷梯处走去。

"现在，我该和你说再见了。"他说，"我会再见到你的，可能在一点钟。卡西莫，在你回家时，不仅可以披上光芒四射的成功的外衣，还可以穿上更有利于健康的衬衫。"

"好吧。"卡西莫温顺地说。

查理正要离开码头时，碰上了马克·肯纳韦。

"你好！"年轻人喊道，"帕梅拉和我一直在等你！我安排了一辆车，你和我们一起进城吧！"

"你真太好了！"查理回答。

"哦，我们的动机并不完全是无私的。我一会儿就告诉你为什么这么说。"他们走向街边，帕梅拉·波特正坐在那里的一个大旅游车里。"陈先生，跳上去吧！"年轻人说。

陈没有跳，而是带着他固有的尊严爬进了车里。肯纳韦紧跟其后。车开了。

"你们俩看上去都很高兴。"查理抢先说道。

"我想，关于我们的消息，现在说也是多余的了。"年轻人说，"事实上，我们订婚了。"

陈转向了女孩儿。"对不起，我很奇怪，你最终接受这个令人讨厌的小伙子了？"

"当然是的，就在他提出请求的前一分钟。我不想让我的努力白费。"

"我向你们俩表示最热烈的祝贺。"陈鞠了一躬。

"谢谢。"女孩儿笑着说，"总的来说，马克是不错的。他许诺忘掉波士顿，到底特律去当律师。"

"这是个高尚而勇敢的选择。"肯纳韦点了点头说。

"所以这次旅行就成了相当美妙的旅行，"女孩儿接着说，"尽管它开始时很糟。"她的笑容消失了，"顺便问一句，我一分钟也不能再等下去了，我想知道，你怎么知道罗斯有罪？你那天晚上在甲板上说，我也应该知道。我绞尽脑汁也想不出来。我想，我没有侦探的本事。"

"维维安几分钟前告诉了我们。"肯纳韦补充道，"是由于罗斯在明钦举办的晚宴上所说的话。我们把罗斯的话想了好几遍。就我所想到的，他的话里并没有什么。他还没完全展开，就被打断了。"

"但不是在他说了最能说明他有罪的话之前。"陈插话道，"我给你们重复一下那天他说过的话，我已经背下来了。请注意听好：'至于说到伦敦的那个不幸的夜晚，可怜的休·莫里斯·德雷克的尸体躺在布鲁姆饭店那闷热的屋子里……'"

"闷热的！"帕梅拉·波特叫了起来。

"闷热的！"查理重复着，"我想，你是个聪明的女孩儿。考虑一下，发现你那可敬的外祖父死了的那间屋子是闷热的吗？还记得那个服务员马丁作的证词吧，你在询问时听到过这证词，我在达夫巡官的记录中也看到过。马丁说：'我打开房门，走了进来。一个窗户关着，窗帘是放下的；另一个窗户开着，窗帘被拉了起来，光线从那里进来……'如果加上我的评论，就是屋里有很多新鲜空气。"

"当然，"女孩儿大声说，"我是应该记得的。当我走进那间屋子，和达夫先生谈话时，窗户还是开着的。外面街上的管乐队正在演奏《拖着长长尾巴的风》，音乐声相当大。"

"啊，但这不是你外祖父被杀害的那间屋。"陈提醒她，"应该是旁边的那间。当罗斯在晚餐时提到这事时,他的记忆与他开了个使他遗憾的玩笑。当他回忆时,想的不是那间发现你外祖父的屋子,而是另一间屋子。你看了沃尔特·霍尼伍德给他妻子写的信吗?"

"我看了。"

"想想他对她是怎样说的:'我走进去,四下看了看,发现他的衣服放在一把椅子上,助听器放在桌子上,所有的门和窗户都关着……'帕梅拉小姐,你看,这才是闷热的屋子,你外祖父死去的屋子。"

"当然是这样的。"女孩儿回答,"可怜的外祖父有气喘病,他认为伦敦夜晚的空气对他不好,所以当他睡觉时,他一个窗户也不肯开。哦,我真笨!"

"在别的方面,你订婚了,"查理笑着,"而我没有。有三个人知道休·莫里斯·德雷克那晚睡在闷热的屋子里。一个是德雷克先生本人——他死了。第二个是霍尼伍德先生,他进屋发现了尸体——他也死了。第三个就是那天晚上偷偷溜进那里谋杀了德雷克的凶手,简单地说,就是罗斯先生。"

"干得漂亮!"肯纳韦大喊道。

"但现在已经结束了,"陈补充道,"建造了中国长城的秦始皇曾说过:'一个大肆宣扬昨天辉煌成就的人,在明天将一事无成。'"

汽车在联合广场的饭店门口停了下来。年轻人下车后,查理也下了车。他握住了女孩儿的手。

"今天早晨我看见你的眼中充满了愉快,"他说,"希望它能永存!记住:幸运永远微笑着在大门口向你招手。"

他和肯纳韦握手后,拿起行李,很快消失在拐角处。

Earl Derr Biggers
CHARLIE CHAN CARRIES ON

本书译自美国 Bobbs – Merrill 出版社 1930 年版